LE CARNET DES RANCUNES

Après avoir été grand reporter à France Inter et France Info, réalisateur, directeur des programmes de Paris Première et RTL, Jacques Expert est entré dans le monde des écrivains du noir il y a une dizaine d'années avec *La Femme du monstre*. Il se consacre désormais à l'écriture de romans et de scénarios. Il est l'auteur de plus d'une quinzaine de polars couronnés de succès, et plusieurs fois adaptés en films et séries.

Paru au Livre de Poche :

ADIEU

CE SOIR JE VAIS TUER L'ASSASSIN DE MON FILS

DEUX GOUTTES D'EAU

LA FEMME DU MONSTRE

HORTENSE

LE JOUR DE MA MORT

NE NOUS QUITTONS PAS

PLUS FORT QU'ELLE

QUI ?

SAUVEZ-MOI

LA THÉORIE DES SIX

TU ME PLAIS

JACQUES EXPERT

Le Carnet des rancunes

CALMANN-LÉVY

ISBN : 978-2-253-94023-4 – 1re publication LGF

Rancune, selon le *Petit Larousse illustré* : nom féminin (du latin *rancor*, rancœur, et *cura*, soucis). Ressentiment que l'on garde d'une offense, d'une injustice.

Prologue

À l'orée de ce récit, celui où je vais raconter ma vie, car c'est bien de cela que j'ai l'intention de parler, je me dois d'être tout à fait honnête. Même si les gens l'ignorent, j'ai la rancune tenace. Ce que je fais ce matin sous le coup d'une pulsion de colère n'est pas exactement une rancune, au sens précis du terme tel que défini dans le dictionnaire… La rancune, la vraie, ça tient au corps, ça ne vous quitte jamais. Ça dure des mois, des années… Ça mûrit… Jusqu'à ce que vienne le moment où il faut s'en délivrer.

De ces vraies rancunes, nous en parlerons, j'en ai pas mal en magasin…

Pourtant, ce matin, celui de mon cinquantième anniversaire, je n'ai pas résisté à l'envie de relire mon carnet.

Il y a bien une douzaine d'années qu'il ne me quitte pas. Je l'ai toujours avec moi, dans la poche intérieure de ma veste. Sur la couverture de moleskine bordeaux est écrit en lettres noires « Carnet des rancunes ». À force de l'ouvrir, de le triturer, il est en piteux état.

Quelques feuilles se détachent, d'autres ne tiennent qu'avec du Scotch. Je me dis qu'il est urgent de raviver les lettres qui sont à peine lisibles. Je le ferai tout à l'heure en rentrant à l'appartement.

Mais je l'aime ainsi. Ce carnet est comme moi, cabossé par la vie.

Les pages sont couvertes d'une écriture à la fois nerveuse et appliquée. Je parcours souvent ces anciennes histoires qui méritent que je ne les oublie pas.

C'est là que je note scrupuleusement et avec le maximum de détails les noms de ceux qui m'ont blessé, fait du mal et qui auront l'honneur de ma vengeance. J'y écris aussi la date, l'heure, le lieu des offenses qui m'ont été faites. Dessous, j'indique pourquoi ils ont le droit de figurer dans mon carnet avec toutes mes autres rancunes.

Ils sont une bonne dizaine auxquels je me suis promis de faire payer un jour leurs saloperies.

J'ai décidé que je solderais tout cela quand j'aurais cinquante berges.

Comme vous le savez, je suis désormais cinquantenaire ! Il paraît que c'est le bel âge !

Je n'ai qu'une hâte : m'attaquer sérieusement à mon carnet des rancunes. Le moment est venu, enfin !

1

Il est 16 h 01. J'ai cinquante ans depuis cinq minutes. Je suis né à Royan un 31 mars à 15 h 56.

« Un âge qu'on n'a pas tous les jours ! » affirme avec sérieux mon amie Dominique qui, hier soir, m'a fait l'immense surprise de m'offrir un dîner dans un restaurant étoilé où je n'imaginais pas mettre un jour les pieds. Cette femme possède la qualité incroyable de deviner ce qui me ferait le plus plaisir au monde. Elle m'a aussi offert une splendide montre en acier mat. « Ainsi, a-t-elle murmuré avec un sourire éclatant, tu penseras chaque seconde à moi. »

En effet, je pense chaque seconde à elle !

Elle travaille dans une école primaire. Elle m'interdit gentiment de dire qu'elle est « institutrice », puisque aujourd'hui il faut dire professeure des écoles ! J'aime bien la taquiner en lui disant qu'elle est très pointilleuse sur les détails. Elle répond, sans doute avec raison, que la vie ne tient qu'à des petites choses ! Elle me rappelle que c'est à un petit détail, le léger sourire que je lui ai adressé le jour de notre rencontre, que je l'ai séduite. Je ne m'en souviens pas, mais ce doit être vrai…

Nous nous fréquentons depuis quelques mois

seulement et, d'un commun accord, nous avons entamé une relation prudente.

Au début, nous nous voyions deux fois par semaine, toujours chez moi.

L'un comme l'autre, nous n'étions pas pressés… surtout prudents compte tenu de nos « passifs » respectifs. Nos vies amoureuses ne sont pas un chemin parsemé de pétales de roses, mais plutôt d'épines, pour employer une mauvaise métaphore.

Nous nous sommes apprivoisés, avons vaincu nos démons et désormais, même si elle a conservé son appartement, Dominique passe de plus en plus de temps chez moi. Bien que ce ne soit pas le grand luxe, elle dit qu'elle s'y plaît…

Je vis, depuis bientôt un an, dans un modeste trois-pièces de la cité Napoléon. Un nom bien pompeux pour cet endroit laissé à l'abandon et aux trafics en tout genre. Mais je voulais un quatrième étage avec un balcon. À un prix abordable. Le propriétaire n'est pas regardant et me fout une paix royale. Du moment que je le paye en liquide…

Jusqu'à présent, ma vie a été des plus ordinaires, avec son lot de bons moments (de très bons, même) et de mauvais (voire très mauvais) moments.

Mais je ne me plains pas, car je pense que c'est le lot de tous. Nos parcours sont faits de hauts et de bas, je ne l'apprendrai à personne.

J'imagine que beaucoup de monde se reconnaîtra en moi, car, comme tout un chacun, je n'ai rien (ni rien fait) d'extraordinaire. Je n'ai aucune illusion sur moi-même : je ne suis pas inintéressant, simplement banal.

D'ailleurs je ne revendique rien d'autre. J'accepte sans aucun problème ma condition de personne ordinaire. Je suis comme la plupart des gens sur terre.

Attention, cependant, je ne suis pas médiocre, mais moyen.

J'ai une ambition professionnelle moyenne. Je suis comptable de formation, et non expert-comptable comme en rêvaient mes parents. Un mariage précoce m'a empêché de poursuivre mes études. J'aurais aimé être médecin, mais j'étais sans doute plus doué pour les chiffres. Ce métier est peu excitant, avec un salaire tout à fait moyen, il me convient cependant.

Je n'ai pas honte de l'affirmer : je suis ce qu'on appelle un Français moyen !

Je me suis marié à vingt-quatre ans avec Béatrice. Nous avons divorcé après seulement treize ans de mariage dont, quand j'y repense, plus de la moitié sans grand intérêt. Nous avons eu deux enfants, Emma, vingt ans cette année, et Samuel, dix-huit ans.

C'est Béatrice qui m'a quitté, mais je n'ai pas fait d'histoires.

Pourtant j'aurais pu, vu ce qu'elle m'a fait endurer. Il est difficile d'imaginer à quel point j'ai souffert de cette séparation, mais, par pudeur sans doute, je n'ai rien voulu dévoiler de ma douleur. Je pense surtout que j'étais si dévasté que je n'ai pas eu la force de me battre.

Elle m'a « jeté » sur un coup de tête, pour un collègue qui l'a larguée comme une vieille chaussette au bout de deux ans. Ce bellâtre s'est lassé, il est parti pour d'autres conquêtes. À sa décharge, mon ex-femme n'est pas facile à vivre. Si ça se trouve, lui aussi en a bavé…

Elle a bien essayé de reprendre notre vie commune mais, comme j'ai mon honneur, je l'ai envoyée balader. Elle a multiplié les relations désastreuses avant de se fixer avec un restaurateur italien. Je ne sais combien de temps il supportera son fichu caractère.

Nous entretenons désormais des rapports rares et lointains mais que je qualifierais de normaux, ou disons de « moyens »... Elle est convaincue que le temps a fait son œuvre... Elle se trompe, car je n'ai rien oublié.

En dépit de sa trahison, la juge lui a accordé la garde de nos gosses et le droit de conserver la maison, qu'elle a longtemps occupée avant de la vendre. Je n'ai toujours pas digéré cette injustice... De plus, je dois lui verser une pension alimentaire de trois cents euros par mois.

Je me suis fait avoir sur toute la ligne, d'autant que mes relations avec mes deux enfants ne sont pas aussi fortes que je le souhaiterais. J'ai fait beaucoup pour eux lorsqu'ils étaient enfants, mais ce n'est pas pareil quand on ne peut les recevoir qu'un week-end sur deux. En dépit de notre affection réciproque, j'ai parfois le sentiment qu'ils se forcent à venir chez moi. Il faut avouer que mon récent trois-pièces dans une cité construite dans les années 1980 en périphérie n'est pas le meilleur endroit pour s'éclater à leur âge. Mais bon, ils viennent encore, c'est déjà ça. Ils sont grands, ils ont leur vie, j'essaie d'être un bon père.

À l'époque, lorsque nous formions une famille, j'avais l'impression d'être sinon heureux, du moins pas malheureux !

Nous habitions une maison classique, ni trop grande ni trop petite, dans un quartier pavillonnaire, près du centre-ville. Nous l'avions fait construire sur une parcelle de quatre cents mètres carrés, ce qui est bien suffisant pour quelqu'un comme moi qui avait une passion tout ordinaire pour le jardinage (un hobby qui m'est passé depuis).

À l'époque, l'avenir me paraissait simple. Emma et Samuel allaient grandir et nous deux vieillir tranquillement jusqu'à la retraite. Chacun de nous avait un travail, nous gagnions suffisamment pour vivre correctement. De quoi partir en Espagne sur la Costa del Sol tous les étés, et une semaine au ski à Gourette en février, avec les gosses.

Nous avions un cercle d'amis. Nous nous recevions à tour de rôle. Depuis, la plupart de ces ingrats m'ont tourné le dos mais ils ne me manquent pas, j'ai Dominique.

Elle est âgée de trente-huit ans et divorcée mais, à l'inverse de moi, elle n'a pas d'enfants. J'évite d'évoquer le sujet, car je la sens fragile sur ce manque de maternité. Elle m'encourage à être davantage présent auprès des miens.

Emma et Samuel savent que j'ai une compagne et sont impatients de la rencontrer. Pour l'instant, elle comme moi préférons qu'elle reste à l'écart de mes enfants.

Que dire encore à mon sujet ?

Je n'ai pas beaucoup de passions (la randonnée et le bon vin, cependant). Je suis d'un tempérament égal. Le genre à voir le verre ni à moitié plein ni à moitié vide.

J'ai une voiture dans la moyenne, une Renault Twingo de couleur rouge. C'est une « première main » que j'ai achetée d'occasion et elle est en parfait état. Je pense avoir fait une belle affaire, moi qui passe souvent à côté des bonnes. Je ne sais pas marchander. Ça me barbe et j'ai surtout le sentiment de me faire avoir par plus malin que moi. De plus, pour un bonhomme, je me fous des voitures et je n'y connais rien en mécanique. Je suis ce qu'on appelle le « pigeon parfait ».

Je sais ce qu'on dit de moi au boulot et cela me convient tout à fait : je suis un gars sérieux, travailleur et plutôt sympathique. Je suis aussi quelqu'un qui ne crée jamais de problèmes. À la cantine, je ne déjeune jamais seul. Il y a toujours quelqu'un pour m'inviter à le (ou la) rejoindre.

Qu'ajouter encore : j'aime le foot et, évidemment, le PSG. Le week-end, je fais un peu de footing pour garder la forme. J'aime les bons petits plats, surtout depuis que je suis avec Dominique qui est bien meilleure cuisinière que Béatrice. Elle m'encourage, me guide pour entretenir ma modeste cave avec des vins de petits propriétaires.

Mes gosses ont insisté pour que je m'abonne à Netflix. Ils s'y réfugient les week-ends passés avec moi. Comme je n'ai pas osé leur expliquer que je n'en ai pas les moyens, j'ai payé. Je ne le regrette pas, car Dominique en est adepte et m'a converti à de formidables séries.

Elle souhaite m'intégrer à son groupe d'amis. Il est prévu que nous les recevions bientôt, sans doute avant les vacances, chez moi, pour une fondue. Un plat idéal pour une soirée entre amis !

Enfin, un dernier mot sur mon physique de cinquantenaire pas du tout bedonnant : un mètre soixante-dix-sept pour soixante-quinze kilos. Dominique chasse mes premiers cheveux blancs. Malheureusement, je me déplume sur le dessus du crâne. Elle me répète qu'elle ne veut pas d'un chauve ! Ce en quoi je la comprends, bien que je craigne qu'elle doive s'y habituer si notre relation perdure !

Dominique est mignonnette, fine, charmante. Je la trouve magnifique. Elle irradie. Enfin et surtout, elle a un cœur énorme…

Voilà résumée ma vie d'homme ordinaire. Vous pouvez me poser d'autres questions si vous le souhaitez et j'y répondrai volontiers. Je n'ai rien à cacher !

La seule chose que je ne révélerai jamais, c'est la fréquence de nos relations sexuelles ! C'est mon jardin secret, mais disons que de ce côté-là aussi je suis un mec tout à fait dans la moyenne !

Dominique dit que j'ai de l'humour. Moi, je dis surtout que nous sommes faits l'un pour l'autre.

2

Si on interroge Dominique, mes rares amis, mes collègues ou même, pourquoi pas, Béatrice, ma première épouse, en résumé toutes les personnes qui pensent me connaître, ils affirmeront que je ne suis pas rancunier.

Voilà, par exemple, des propos tenus par Bernard Nageotte, un commercial de ma boîte : « Ce type, il ne faut pas trop compter sur lui, il est comme les canards. Rien ne l'atteint, il préfère rester à l'écart des embrouilles. Mis à part ça, c'est un bon gars. » Il a ajouté qu'il ne m'avait jamais vu me mettre en colère.

En vérité, je cache bien mon jeu : je ne dis jamais de mal de quiconque, je n'exprime ouvertement aucune rancœur. C'est un autre trait de mon caractère : en toute circonstance, je reste neutre, je déteste m'agiter avec les autres. Mon défunt papa disait : « Pour vivre heureux restons cachés », et il avait bien raison. Je crois que je suis transparent… Et cela me convient tout à fait.

Je garde donc pour moi seul, bien au chaud dans mon carnet, la liste de mes rancunes. Elles ne regardent que moi. Même à Dominique, je préfère les taire, car j'ignore quelle serait sa réaction. S'en amuserait-elle ? Ou, à l'inverse, se fâcherait-elle et me quitterait-elle ?

Je tiens à elle, et je ne prendrai pas ce risque-là.

Elle a si bon fond que je ne l'ai jamais entendue s'en prendre à quiconque. Pourtant, vu les épreuves qu'elle a endurées, elle aurait toutes les excuses. Parfois il m'arrive de lui reprocher (tendrement) d'être trop gentille...

Déjà quand j'étais gamin, je trouvais toujours le moyen de me venger des crasses et des injustices que je subissais. Il n'y en a pas eu des dizaines, je vous rassure, mais je me suis appliqué à n'en laisser passer aucune. Celui qui me faisait un croc-en-jambe, me piquait mes billes ou allait me dénoncer au prof, celui-là y avait droit. Et, déjà, ça me paraissait légitime.

J'ai toujours agi en cachette, pas lâchement mais de façon à ce qu'on ne puisse pas m'accuser ouvertement. Pas de preuve, pas de témoin, pas de coupable.

Par exemple, je me rappelle un certain Désobeau, Philippe Désobeau. Il avait pompé intégralement sur moi un exercice de maths en quatrième. Il avait eu le culot d'affirmer au prof que c'était moi qui avais copié sur lui. L'accusation était grave et, comme il était incapable de nous départager, le prof a décidé de nous donner un zéro pointé à tous les deux. J'ai pleuré, tandis que Désobeau a protesté si fort que nous avons été convoqués chez le proviseur.

Résultat : deux heures de colle pour moi et « l'amnistie » pour lui. En sortant de chez le dirlo, Désobeau s'est moqué de moi : « Je t'ai bien baisé, ducon ! »

J'ai laissé mûrir ma rancune pendant trois semaines, partant du principe que la vengeance est un plat qui se mange froid, et, un jour, j'ai jeté à la poubelle le cartable du prof. Ensuite je me suis bien débrouillé pour que tout le monde pense que c'était Désobeau le coupable. Il a été viré du collège pendant huit jours et, à la fin de l'année, il a redoublé.

Une fois ma vengeance assouvie, je suis allé lui expliquer que j'étais le responsable de son malheur. « Tu as eu la juste récompense de ta méchanceté », lui ai-je dit. Croyez-moi si vous le voulez, mais Désobeau n'a pas réagi alors que je me tenais sur mes gardes, prêt à filer.

3

Que les choses soient bien claires, quitte à me répéter : j'ai la rancune vissée au corps et je ne pardonne rien.

Mais revenons à mon carnet. Toutes les offenses qui me sont faites y sont écrites à jamais.

J'espère que la suite de ce récit le confirmera et que j'irai au bout du règlement des rancunes accumulées au fil du temps.

Même quand Béatrice m'a largué comme une vieille chaussette pour un rouleur de mécaniques, j'ai décidé de patienter avant de prendre ma revanche. Je me suis retrouvé désespéré et malheureux comme les pierres à m'occuper de nos deux gamins avant qu'elle ne me les prenne avec la bénédiction de la juge.

J'ai pris sur moi… Comme quand elle expliquait à tout le monde qu'elle s'emmerdait avec moi : « Il ne m'a jamais fait rêver. » Entendre cela, alors que nous avions été formidablement heureux, est une souffrance que je ne souhaite à personne.

J'ai donc encaissé l'humiliation, les moqueries, la honte. Aux yeux de tous, j'étais le cocu de service… Un pauvre type, un minable, qui n'avait que ce qu'il méritait.

Je me souviens que je me suis senti tellement blessé que j'ai voulu me venger aussitôt. Il fallait qu'elle et son play-boy payent. J'ai imaginé toutes les façons de lui faire regretter sa trahison. Péter la gueule à son nouveau mec, foutre le feu à leur appartement, crever les roues de sa bagnole, j'ai même pensé à lui lancer de l'acide chlorhydrique au visage, histoire de la défigurer à jamais. Je ne l'aurais pas fait, bien sûr, mais cela illustre la puissance de ma haine. Elle et son gigolo m'avaient détruit, ils devaient être punis *très* sévèrement.

J'ai été encore plus humilié quand la juge a tranché en faveur de Béatrice. Selon elle, j'étais un mauvais mari, un mauvais père. Elle a estimé que j'étais incapable de m'occuper de mes enfants à cause de mon état dépressif. Une imbécile d'assistante sociale avait indiqué dans son rapport qu'il fallait me retirer mes gamins de toute urgence. Pas un mot sur les raisons et les responsables de ma dépression. La juge s'est montrée impitoyable... Peut-être ai-je été trop impulsif avec elle. Je n'aurais pas dû la traiter d'incompétente, elle me l'a fait payer...

Cette juge mériterait d'être inscrite dans mon carnet... Je ne sais par quel miracle elle y a échappé.

Il a bien fallu que j'accepte la sentence, mais j'ai gardé mes rancunes bien ancrées dans ma tête.

C'était il y a des années, et le temps n'a effacé ni cette souffrance ni ce besoin de revanche.

Aujourd'hui, nos relations sont cordiales, et Béatrice ne soupçonne pas ce que j'aurais été capable de faire à l'époque. Au contraire, elle m'a avoué plus tard qu'elle avait été surprise par ma réaction mesurée et mon calme.

Elle m'a dit : « Pourtant tu aurais eu raison de m'en vouloir… J'ai agi comme une imbécile, j'ai été méchante. Je n'ai pas d'excuses sauf d'être tombée bêtement dans le piège de ce dragueur. Ça me dégoûte de t'avoir fait subir ça. Je regrette profondément de t'avoir fait souffrir et je m'en excuse. En fait, je t'admire, car tu as d'abord pensé à préserver nos enfants alors que je me comportais aussi mal. Je ne te remercierai jamais assez d'avoir fait en sorte que je les retrouve et qu'ils me comprennent. » Elle aurait dû dire « qu'ils me pardonnent »…

Elle ignore que moi, je n'ai rien pardonné. Je n'y arrive pas.

Si elle avait su tout ce que j'ai imaginé à l'époque pour les punir, elle serait tombée de sa chaise. Aujourd'hui, elle soutient toujours que je ne suis pas rancunier ! « Heureusement », dit-elle, soulagée.

C'est donc avec cette histoire douloureuse que je vais inaugurer mon carnet des rancunes.

4

Pour mon anniversaire, Dominique m'a offert une soirée inoubliable… Nous l'avons commencée dans ce fameux restaurant étoilé dont j'ai encadré le menu dans l'entrée de l'appartement, à côté de la magnifique photo aérienne de New York qui vient d'elle également. Puis nous nous sommes aimés. La tendresse de cette nuit-là, la paix, le bonheur intime que j'ai ressenti resteront gravés à jamais dans ma mémoire.

Le lendemain, mes enfants organisent une fête surprise en présence de quelques amis. Ils en ont retrouvé certains que j'avais perdus de vue et qui, ironie ultime, pourraient figurer en bonne place dans mon carnet des rancunes !

Ma première épouse est présente. Certes un peu contrainte et forcée, mais bien là.

Je l'accueille en la prenant dans mes bras.

— Toujours célibataire ? se moque-t-elle gentiment.

Elle est curieuse de ma vie personnelle, comme si je lui appartenais encore un peu.

J'ironise :

— Toujours seul… Tu es irremplaçable !

Elle sourit.

— Les enfants m'ont dit que tu avais une compagne… C'est bien !

Je répète que je n'ai personne. Elle fait la moue et me donne une tape amicale sur l'épaule…

— Allez, raconte !

Je tranche un peu brutalement :

— Il n'y a rien à raconter.

Je n'ai pas envie de lui parler de Dominique, qui ne tenait pas à être là. « C'est encore trop tôt », a-t-elle argumenté à juste raison.

Je garde mes distances avec mon ex-épouse car je ne veux rien partager avec elle. Sinon, comment pourrais-je assouvir ma rancune dans les jours qui viennent ? Car il n'est évidemment pas question qu'elle ne paie pas sa « dette ».

Mais avant, et dès aujourd'hui, je vais inaugurer mon carnet avec le salopard qui me l'a volée et qui a massacré ma vie.

Elle y aura droit elle aussi un peu plus tard, mais j'ai envie de commencer par lui. N'est-il pas le principal responsable de la dépression brutale et profonde dont il m'a fallu des années pour me remettre ?

Alexandre Darcourt figure donc en première place dans mon carnet.

Âge : 35 ans.
Physique : grand, brun, yeux bleus, élégant (?). Bronzé.
Impression : frimeur et sûr de lui. Grande gueule.
Profession : dirige une concession Renault.
Revenus mensuels estimés à 4 000 euros.

Véhicule : Renault Mégane décapotable.
Adresse : 5, avenue Rigoulot. 2e étage. Appartement de cinq pièces. Code entrée : 5025C.
Sa faute : a séduit Béatrice, née Barrère, mon épouse.
Préjudice : séparation douloureuse, divorce avec jugement à charge. Des années heureuses de vie commune balayées. Difficultés financières, gros épisode dépressif.

Voilà ce que j'ai écrit il y a treize ans en lettres rouges. Il a donc aujourd'hui quarante-huit ans.

De ce que j'ai observé, il porte toujours beau, même s'il accuse désormais une surcharge pondérable assez visible. Le poids des ans et le résultat d'une vie bien arrosée. Ce fumier est un noceur de première. En toute objectivité, il a perdu tout ce qui faisait son charme. Je le trouve pathétique.

Je me demande encore comment Béatrice a pu se laisser séduire par un pareil connard. J'ai montré sa photo à Dominique. Elle le trouve moche, vulgaire et sans aucun charme. « Moi, il ne m'aurait pas séduite », m'a-t-elle affirmé. Et je la crois.

J'ai rajouté au crayon :

Marié depuis quatre ans avec Stéphanie, 35 ans (commerciale).
Père de trois enfants : Ella, 18 ans, Jérémie, 15 ans, Léa, 2 ans (née du second mariage). Relations houleuses avec première épouse, Estelle (rien à lui reprocher. Cocue, elle aussi !).
Adresse actuelle : 17, avenue de Lattre-de-Tassigny. Appartement de 150 mètres carrés avec terrasse sur le bois. Possède une villa à Lège-Cap-Ferret.

Véhicules : Audi A4 de couleur noire (vitres teintées), Smart, scooter de marque Aprilia. Jaguar cabriolet de collection.
Profession actuelle : consultant marketing en management. Finie la concession Renault !
Niveau de vie : correct.
Préjudice : rien à ajouter.
Attention ! Il s'énerve vite, peut être violent. Un sanguin.

En relisant sa fiche, je ne peux résister au plaisir d'écrire en bas de page, en majuscules et en rouge :

TOUJOURS AUSSI CONNARD ET FRIMEUR. RANCUNE MÉRITÉE !

5

Comme on dit chez les Desmichelles (c'est mon nom de famille), celui-là va avoir droit à un chien de ma chienne. Et pas un chihuahua, un molosse, genre pitbull !

À cause de lui, et je ne le répéterai jamais assez, j'ai souffert le martyre. Il a détruit une famille, mes enfants ont pâti de l'absence de leur père. La vie agréable et bien réglée que nous avions construite a volé en éclats. Pendant des mois, je n'ai plus su qui j'étais, j'avais le sentiment que mon existence était finie. J'ai sombré. Il faut me croire : j'ai même songé à me foutre en l'air. Si je ne l'ai pas fait, c'est à cause de mes gosses.

Tout compte fait, Béatrice a été la principale victime de ce play-boy à la petite semaine. Il est coupable d'avoir détruit cette pauvre femme et de l'avoir entraînée sur un chemin sans avenir. Ah, avec ses yeux de braise, il s'est bien foutu d'elle. Et elle, elle est tombée dans le panneau du « grand amour » comme une débutante ! À l'approche de la quarantaine !

Ce n'est pas une raison pour qu'elle échappe à ma rancune. Son tour viendra… Je l'ai tant haïe.

Dans mon carnet, ce sale type a une place de choix, la toute première.

Puisqu'il a massacré mon bonheur je vais en faire de même avec lui. Cet homme, non, cet « individu » (ce sinistre personnage ne mérite pas d'être qualifié d'homme) doit souffrir. Il ne mérite aucune compassion. Pas de pitié ni de circonstances atténuantes pour mon bourreau !

Darcourt sera donc le premier à subir ma rancune. Il va essuyer les plâtres, je vais me faire la main sur lui. Je vais m'appliquer, mais vous me pardonnerez si ce n'est pas parfait…

Je tremble un peu, serai-je à la hauteur ? Ce coup d'essai sera-t-il un coup de maître ? Quoique néophyte en la matière, je n'hésite pas longtemps pour trouver la vengeance la plus efficace. Je pense d'abord à le priver de son chien, un magnifique labrador du nom de Biscotto, auquel il semble plus attaché qu'aux siens. Mais j'abandonne vite cette idée saugrenue, car cette vengeance aurait été très insuffisante eu égard au mal qu'il m'a fait. De plus, je n'aime pas m'en prendre aux animaux. Ils n'y sont pour rien, les pauvres bêtes ne doivent pas payer pour les erreurs de leurs maîtres.

J'aurais pu brûler sa Jaguar (autre prunelle de ses yeux et à laquelle il doit pas mal de succès féminins…), ou propager la rumeur que ses conseils en management ont coulé plusieurs boîtes, ce qui l'aurait mis sur la paille. Cette option est tirée par les cheveux et surtout trop longue ! Et de cela aussi il se serait remis. Or je veux le voir à terre. Là où il m'a mis, il y a treize ans.

J'en fais une règle pour l'avenir : lui comme les autres doivent tomber par où ils ont péché. Dans son cas, l'adultère. D'expérience, je sais que ce genre de bonhomme ne change jamais. Je suis certain que Stéphanie, son épouse actuelle (la malheureuse !) doit porter des cornes longues comme ça !

Je la plains sincèrement. Elle me remerciera plus tard !

Il me reste à dénicher sa maîtresse, prendre les photos et les adresser à sa chère et tendre avec comme résultat espéré : engueulades, divorce, pension alimentaire et tout le tintouin. Tout ce qu'il m'a fait vivre.

C'est la meilleure des solutions, car, de ce que j'ai observé, elle n'a pas l'air commode, la Steph. Quand je lui fournirai les preuves de sa trahison, elle ne laissera pas passer cette humiliation et il va « trinquer sérieux » ! Pour cela, je peux compter sur elle !

Je n'ai pas eu de mal dans mes recherches. J'ai mis dans le mille dès mon premier jour de surveillance. Sous prétexte de rendre visite à un client, j'ai pris ma journée. J'ignore ce qu'il raconte à Stéphanie, mais ce salopard doit lui servir un mensonge de compétition pour expliquer pourquoi il rentre aussi tard à la maison. Évidemment, il ne lui dira pas qu'il saute une secrétaire de sa boîte, une petite nana de vingt-cinq ans… Toute jolie. Encore une de ses malheureuses victimes à qui il promet monts et merveilles. Je me pose une question : comment un homme aussi retors, répugnant, peut-il briser autant de vies ? Cette pauvre innocente va vite déchanter. Elle semble tellement amoureuse…

Il ne se méfie pas, et je l'ai suivi jusqu'au Select, un hôtel peu regardant de la rue des Trivaux, qui loue les chambres l'après-midi aux couples clandestins.

En à peine une semaine, je constitue un dossier à charge, très complet. Il contient beaucoup de photos où ils s'embrassent à pleine bouche, dans la voiture et dans la rue (j'en ai une particulièrement explicite où il lui met la main aux fesses…), des adresses d'hôtels, des lieux de rendez-vous, et même la copie de la facture d'une chambre. J'ai bien sûr joint le pedigree de la fille (qui est, je le redis, plus à plaindre qu'à blâmer). Rien ne manque dans le dossier assez épais que je vais remettre en main propre, et à visage découvert, à sa jeune et jolie femme.

Car dans cette histoire, comme dans les futures, je ne veux pas avoir la rancune anonyme. Après avoir accompli ma vengeance, tous sauront d'où vient le coup. Dans ce cas précis, Alexandre Darcourt apprendra qu'il lui a été donné par celui dont il a piqué la femme.

Donc c'est confiant et impatient que je me rends au dernier étage du 17, avenue de Lattre-de-Tassigny. Je sais que Stéphanie est là, elle ne travaille pas. Négligeant l'ascenseur, je grimpe les marches deux par deux.

La suite est scrupuleusement exacte.

Mais c'est dingue comme le hasard fait parfois bien les choses.

6

Lorsque j'arrive sur le palier du second, j'entends des chuchotements descendant des étages. Je me penche par curiosité, et c'est là que je les aperçois l'espace de quelques secondes. Une femme embrasse passionnément un homme. La femme, c'est Stéphanie, et le type que je croise et salue ensuite sur le palier du troisième n'est pas son mari.

Une conclusion s'impose : elle reçoit chez elle son amant pendant que le bellâtre s'envoie sa secrétaire ! Un couple moderne, en somme, comme s'en amuserait Dominique.

Je renonce aussitôt à déposer mon dossier pour en monter un autre.

Le « bel » Alexandre est cocu, et cette révélation sera une tornade. Ce que j'ai fait pour lui, je le réalise avec elle.

Photos, nom et adresse de l'amant, horaires des visites, etc. En deux jours, rien ne manque. Franchement, je ne peux espérer mieux pour inaugurer mon carnet des rancunes. Si j'avais autant d'humour que Dominique, je dirais que j'ai une chance de cocu !

Macho comme il est, je mesure d'avance l'humiliation

d'Alexandre quand il apprendra que sa femme baise sur le lit nuptial, car toutes leurs rencontres se déroulent ici, dans l'appartement, tandis que leur gamine joue, enfermée dans sa chambre.

Il n'y a plus de morale en ce bas monde !

Cinq jours plus tard, je tapote à la vitre de son cabriolet, au moment où il s'apprête à embarquer la jolie secrétaire au décolleté avantageux. Inutile de dire qu'il fait une drôle de tronche en me reconnaissant. Même s'il a dû voir passer de nombreux maris trompés et que treize années se sont écoulées, je vois tout de suite qu'il ne m'a pas oublié.

Sans lui laisser le temps de demander ce que je fais là, je glisse le dossier par la vitre entrouverte. Je lance :

— Bienvenue au club !

— C'est quoi ce truc ? s'étonne-t-il.

— Si tu fais vite, avec un peu de chance tu vas tomber sur eux !

Je ne vais quand même pas vouvoyer ce fumier, n'est-ce pas ? Je me suis promis de rester stoïque, de ne manifester aucune émotion, mais je ne peux m'empêcher de sourire en partant, le pouce levé.

La suite est un régal !

Après avoir feuilleté rapidement le dossier, il plante sa maîtresse et fonce chez lui. Abrité derrière un arbre, avec une bonne vision sur leurs baies vitrées, j'assiste à un spectacle grandiose. Les fenêtres du salon étant grandes ouvertes, je ne manque rien.

Visiblement, il arrive à un moment que je qualifierais de crucial.

Stéphanie a juste eu le temps d'enfiler un peignoir avant d'accueillir son mari dans le salon, sa gosse dans les bras comme une protection. Il s'étonne de la trouver dans cette tenue en début d'après-midi. Il gueule : « Il est où cet enculé ? »

Elle est tétanisée, incapable de prononcer le moindre mot. Il faut reconnaître que la situation n'est pas facile quand on est surprise en train de baiser avec son amant.

J'éclate de rire en voyant le mec en caleçon tenter de se planquer sous le lit après avoir hésité à se cacher sur le balcon de la chambre.

Le cocu écarte violemment Stéphanie, fait le tour de l'appartement et découvre l'amant. Le mec réussit l'exploit de se tirer vite fait, échappant de justesse au mari qui réclame une explication « entre hommes ». Il fuit à moitié habillé en abandonnant lâchement sa maîtresse à son sort et à un mari en furie. Je ne perds rien des engueulades, des menaces et des pleurs de cette pauvre femme quand il la traite de salope.

Petit à petit, elle se reprend et elle l'affronte vaillamment, hurlant plus fort que lui, ce qui a pour bénéfice d'attirer quelques curieux à leurs fenêtres.

Elle le défie :

— Tu devrais te demander pourquoi je m'éclate avec un autre.

Elle ne se dégonfle pas et le nargue :

— Lui, il me baise comme un dieu !

Les voisins sont aux anges, pas autant que moi, mais presque !

Visiblement, il n'aime pas ce qu'elle vient de lui balancer au visage. Il lui donne une gifle si forte qu'elle perd l'équilibre. J'espère qu'il va s'acharner, mais il n'insiste pas, se retenant de justesse. Dommage, car en ces temps les violences faites aux femmes vous conduisent fissa en taule. La cerise sur le gâteau !

Elle se relève, le traite d'ordure et hurle :

— Je me casse. Je vais baiser un vrai mec !

— Tu peux baiser avec qui tu veux, je m'en branle !

Il la toise, montre l'appartement de la main :

— Tu peux dire adieu à tout ça. Je vais te mettre sur la paille et tu iras faire la pute pour gagner ta croûte.

Elle répond :

— Va te faire foutre !

Quelques minutes plus tard, elle rassemble quelques vêtements dans un petit sac, tandis qu'il continue à l'injurier. Elle demeure stoïque, va récupérer la petite fille effrayée qui s'est réfugiée dans sa chambre.

— Elle vient avec moi ! annonce-t-elle.

Une surprise l'attend sur le pare-brise de sa Golf : le dossier que j'ai monté contre lui. Elle l'ouvre. Je la vois taper fébrilement sur le volant et sourire de contentement. Elle vient de comprendre le bénéfice qu'elle va tirer de cette aubaine inattendue.

Elle lui fait un doigt d'honneur par la vitre ouverte.

Avec ce magnifique dossier à charge contre lui, ils seront à égalité devant le juge au moment du divorce et il n'échappera pas à une seconde compensation financière. Il va vraiment morfler.

De la terrasse, indifférent aux curieux de plus en plus nombreux, le cocu continue de l'injurier : « Barre-toi, connasse », tandis que la Golf disparaît.

Bizarrement, tout au long de leur engueulade, il n'a

pas eu un mot pour sa gosse, ne s'est pas opposé à ce qu'elle file avec sa femme, comme s'il n'était obnubilé que par l'humiliation qu'il venait de subir.

J'ai honte pour lui. Cocu, salopard et mauvais père. Comment Béatrice a-t-elle pu tomber amoureuse d'une merde pareille ?

Il est temps de triompher. Je sors de ma planque et me montre. Il faut que je l'appelle en criant « oh, le play-boy ! » pour qu'il m'aperçoive enfin.

Je lève le pouce en signe de victoire. Je m'approche au plus près pour qu'il me reconnaisse, je mets les mains en porte-voix et je crie :

— Maintenant tu sais ce que ça fait d'être cocu !

Il met quelques secondes à réaliser qui l'interpelle depuis la chaussée.

Je profite de sa stupéfaction pour filer vite car, dans l'état de nerfs où il se trouve, il est capable de tout. Je n'ai pas envie d'inaugurer mon carnet en me faisant casser la gueule ! Je tiens à mon intégrité physique…

Dans la voiture, je chante à tue-tête un tube de Freddie Mercury qui passe sur Nostalgie.

Je kiffe un max, comme disent mes gosses !

Je suis tout simplement heureux. Heureux de l'avoir mis à terre, content aussi d'avoir si bien mené mon affaire. C'était un encouragement formidable pour mes vengeances prochaines.

Pour tout dire, je suis très fier de moi. Je suis un as : je ne pouvais espérer mieux pour entamer le carnet de mes rancunes !

Je pense soudain à celui qui occupe l'ultime page de mon carnet. Il passera en dernier. Je le garde pour une fin en apothéose… Je ne suis pas pressé… Mais ce que je lui réserve est bien plus terrible que ce que je viens d'infliger à Darcourt.

Celui-là, je vais le faire souffrir. Longuement. Et enfin je le tuerai. Car seule sa mort pourra apaiser ma rancune.

En attendant, je vais continuer à m'amuser avec les autres qui sont inscrits dans mon carnet.

Ceux-là, je ne les tuerai pas, bien sûr (je ne suis pas un serial killer !), mais je vais m'occuper d'eux avec autant de soin que je l'ai fait avec le cocu !

Yannick

Cela peut sembler idiot, irraisonné, mais j'éprouve un sentiment étrange, très désagréable, à l'instant où je sors du parking de mon immeuble au volant de ma voiture. Cette sale impression ne me quitte pas de la journée. Il ne se passe pas un instant sans que je reste sur le qui-vive. De ma vie je n'ai jamais connu ça…

En toute situation, je suis d'un calme impressionnant. J'ai les nerfs solides et peu de choses m'émeuvent. Ma femme Agnès dit de moi que je suis comme les serpents, j'ai le sang glacial. Pourtant ce matin monte en moi un sentiment que j'ignore : l'inquiétude, pas encore de la peur, mais presque.

J'habite avec ma famille un appartement de huit pièces en duplex avec deux terrasses d'un immeuble récent. Ce bâtiment de cinq étages est le fleuron d'un vieux quartier de la ville dont la rénovation vient de se terminer, ce qui a fait quasiment doubler le prix du mètre carré.

Je ne sais comment je me débrouille dans la vie, mais je dois avoir un ange protecteur sur l'épaule. Autant que je me souvienne, j'ai toujours eu de la chance. Tout me sourit. Et cela ne date pas d'hier. Enfant déjà, j'étais un *winner*, pour parler comme mes gosses.

Mes nombreux amis disent avec désinvolture (et, je l'espère, affection) que j'ai le cul bordé de nouilles !

Moi, je leur réponds que la chance sourit aux audacieux. Mais il est vrai que les événements, et je pourrais en citer des dizaines, me sont le plus souvent favorables. J'ai la réputation d'être un sacré malin à défaut d'être un « très bon ». Et cela me convient très bien !

Je n'ai pas d'ego surdimensionné !

Dans ce bel appartement orienté plein sud et haut de plafond, chacun a sa chambre et nous accueillons ma belle-mère qui, à quatre-vingt-quatre ans, commence à ressentir les méfaits de la maladie d'Alzheimer qui lui fait perdre petit à petit tout sens des réalités. Elle a encore des éclairs de lucidité quand elle se désole : « Que c'est triste de vieillir. » Ma femme, Agnès, avec laquelle je suis marié depuis vingt-six ans, veut la placer en Ehpad le plus vite possible car, dit-elle, « je n'ai pas le temps de m'occuper d'elle et je n'ai pas envie de la rechercher dans la ville en pleine nuit parce qu'elle a eu envie de se promener ».

Elle en veut à sa sœur qui refuse de prendre leur mère chez elle sous prétexte que, faute de place, elle serait obligée de lui céder sa chambre et de coucher dans le salon.

Moi, j'aime bien la vieille dame qui ne quitte guère sa chambre au fond du couloir et je fais tout pour qu'elle reste avec nous, même si je sens qu'elle n'échappera pas à la maison de retraite. Quand Agnès a une idée en tête, elle n'en varie jamais. Elle est si têtue, ma chère épouse !

Nous avons trois enfants qui font tous des études brillantes. Je suis fier d'eux. L'aînée est fiancée avec un garçon formidable, diplômé de HEC. Le mariage est prévu l'an prochain dans un château de Bourgogne, dont la famille de mon futur gendre est originaire. Plus de trois cents personnes seront invitées. La robe, le menu et les festivités, tout est déjà quasiment réglé. Il ne reste plus qu'à trouver le DJ qui animera la soirée. Ils sont en contact avec un Allemand qui est, paraît-il, l'un des rois des nuits d'Ibiza. J'ai préféré ne pas regarder son devis…

Ma fille est comme moi, elle est bien tombée : sa belle-famille a beaucoup d'argent ! Lorsque la mère d'Agnès s'éteindra, un joli pactole nous attend. Nous avons réussi à lui faire mettre une bonne partie de sa fortune sur une assurance-vie dont la totalité nous reviendra (comme l'autorise la loi…). En revanche, il faudra partager le reste des biens (elle possède un important patrimoine immobilier) avec ma belle-sœur qui, je le rappelle, ne s'occupe pas de sa pauvre maman.

Agnès peste contre cette règle ridicule qui empêche les parents de déshériter leurs enfants. Elle et moi ne sommes pas toujours d'accord, mais sur ce point, si.

Je voudrais parler de ma « chère et tendre ». Notre longue union fait l'admiration de tout le monde. Nous sommes qualifiés de « couple parfait » et nous faisons des envieux parmi nos amis qui, eux, se sont tous séparés.

— Comment faites-vous pour rester soudés ? Dis-moi votre secret, car je n'ai pas envie de finir seul, m'a demandé sans plaisanter Alain, qui vient de divorcer pour la deuxième fois.

J'ai répondu dans un sourire :

— C'est l'amour ! Tu ne peux pas comprendre…

— Arrête tes conneries ! Ne me dis pas que vous êtes toujours amoureux !

— Ben si, comme au premier jour.

— Je ne te crois pas !

Je n'ai pas essayé de le convaincre, pourtant il a tort…

Agnès et moi sommes « parfaitement » heureux ensemble, nous nous entendons à merveille, mais de là à parler d'amour comme au premier jour, ce serait exagérer un peu. Cependant, il n'y a ni engueulades ni frictions sévères entre nous, et c'est bien l'essentiel pour qu'un couple dure. Le nôtre durera !

Agnès est une femme organisée, volontaire, toujours partante. Elle est l'épouse parfaite, encore superbe à presque cinquante ans.

Si je l'ai trompée ? Le mot ne me semble pas adapté à la situation. Car si la femme parfaite existe, l'homme parfait, je ne crois pas… Agnès n'a jamais fait d'histoire pour les deux ou trois (quatre ?) coups de canif à la promesse initiale de fidélité prononcée il y a vingt-six ans devant l'abbé Costes.

Je pense que, si j'avais une maîtresse aujourd'hui (ce qui n'est pas le cas), elle s'en soucierait peu… Ma femme est pragmatique et compréhensive. L'autre jour, je l'entendais soutenir à l'une de ses copines qui se plaignait de son mari que l'infidélité était inscrite dans les gènes des mecs. « Et ils reviennent toujours comme des bons toutous. »

Ce qui importe pour elle, c'est de rester une famille.

Notre couple est solide et, j'en suis sûr, nous finirons ensemble. Nous serons des « grands-parents gâteaux » entourés de leur nombreuse et bruyante descendance !

Qu'est-ce que je peux encore ajouter pour me présenter ? Plusieurs choses me viennent en tête, en dix points.

1- J'ai quarante-huit ans. Je suis du signe du Lion. Un signe de feu, flamboyant et lumineux, tout moi !

2- Je pèse quatre-vingts kilos pour un mètre quatre-vingt-un.

3- Je suis sportif. Ancien trois-quarts aile de rugby, j'entretiens ma forme chaque week-end en parcourant cent bornes à vélo et en faisant quarante-cinq minutes de gym tous les matins avant le petit déjeuner. Je pratique assidûment le ski.

4- Je dirige une entreprise prospère de gestion de patrimoine avec quinze salariés. Je préfère ne pas dire combien le fisc me prend, ce serait indécent. Et ce, malgré les placements judicieux que je réalise pour faire baisser l'addition.

5- Agnès est avocate en droit fiscal. Ce qui est un avantage appréciable vu mes affaires, dont certaines… Mais je n'en dirai pas plus pour l'instant ! Agnès n'a jamais remis en question ma manière de gérer parfois, mais il le faut bien, à la limite de la régularité (mais, j'insiste : je n'ai jamais franchi la ligne rouge. J'ai l'instinct…).

6- Nous sommes propriétaires de notre grand appartement, d'une villa aux Portes à l'île de Ré, de trois studios et d'un deux-pièces à Paris que nous louons.

7- Je conduis une Audi Q4, et ma femme une Mini Cooper.

8- Musicalement, je suis plus Beatles que Rolling Stones.

9- J'adore la pêche au gros, que je pratique chaque année en Floride où nous passons dix jours en février. Je peux rester des heures à jouer avec un thon d'un mètre. Je gagne toujours…

10- Je préfère de très loin le bordeaux au bourgogne, et ma cave, où je laisse vieillir quelques bonnes bouteilles, mérite le détour.

Il y aurait bien d'autres choses à dire sur moi, mais j'arrête ici car je ne voudrais pas donner l'impression d'avoir la grosse tête. Je n'ai aucune honte d'être un nanti, ni d'avoir suffisamment d'argent pour vivre très confortablement. Après tout, on ne vit qu'une fois.

Ce que j'ai gagné est de l'argent honnête et je ne suis pas allé le planquer en Suisse comme me le conseillent beaucoup de mes confrères. Je ne suis pas né non plus avec une cuillère d'argent dans la bouche. J'ai bossé et je bosse encore à fond de train ! Ma situation, je ne la dois qu'à moi et à ma volonté de réussir. Il est vrai que je n'ai jamais connu d'échecs, pas plus privés que professionnels.

Je vous fais une dernière confidence : je suis content de ma vie, je ne me connais pas d'ennemis, même si bien sûr je dois faire des envieux. Bref, je suis heureux, à l'aise financièrement et en parfaite santé (j'ai depuis longtemps arrêté de fumer) !

J'espère devenir centenaire et mes amis disent affectueusement que je n'ai pas fini de « les faire chier » !

Mais, de ma vie, je crois que je ne me suis jamais senti aussi mal.

Je veux parler de ce trouble qui s'empare de moi à l'instant où je sors du parking de l'immeuble à 8 heures précises ce matin. Il pleut dru, ma vision est floue, pourtant mon regard est aussitôt attiré par une silhouette étrange. À mieux y regarder, c'est un type qui patiente sous le porche du bâtiment en face du nôtre. Ce pourrait être n'importe quel quidam qui s'abrite là en attendant que la pluie cesse. Mais, non, je ne le quitte pas des yeux tandis que mon cœur s'emballe.

Sa dégaine intrigue : en dépit du temps pourri, il porte des lunettes noires et une casquette vert pâle avec un logo NY. Son imperméable gris est trempé mais cela ne semble pas le gêner.

Je le surveille dans mon rétroviseur. Il monte dans une Twingo rouge et il me suit jusqu'au bureau.

Le plus perturbant est qu'il ne se cache pas, comme s'il tenait à ce que je sache qu'il est après moi. Durant tout le trajet, il me colle comme une sangsue.

Je me gare sur le bas-côté et j'attends. Sa Twingo s'arrête à ma hauteur, puis repart à petite vitesse. À l'instant où il me dépasse, il se tourne dans ma direction. Il porte toujours ses lunettes noires et sa casquette. Avec la pluie qui inonde les vitres, je ne réussis pas à voir son visage. Impossible de savoir s'il est jeune ou pas.

Quand il s'éloigne, je ne pense ni à le suivre ni à relever son numéro d'immatriculation. J'ai le souffle court, je transpire. Il faut que je marche quelques instants pour retrouver mes esprits.

Depuis mon bureau au douzième étage, je surveille régulièrement la rue. Mais je ne sais dire si la Twingo rouge qui passe sous mes fenêtres à plusieurs reprises est la même que celle qui m'a suivi ce matin. Des Twingo rouges, il y en a à la pelle. Cette voiture est tellement banale.

Cette histoire me gâche la journée au point que, par manque d'application, je rate un coup en Bourse pourtant facile. Je laisse filer deux mille cinq cents euros !

Ce soir, j'emprunte des chemins détournés pour rentrer. L'œil aux aguets, je ne repère rien de suspect. Aucun homme à lunettes noires ne planque devant l'immeuble et pas de Twingo rouge en vue. La sagesse voudrait que j'aille chez les flics, ne serait-ce que pour déposer une main courante.

Mais j'avertis d'entrée : Yannick Lefèvre, c'est mon nom, a toujours évité les commissariats. Il n'aime pas que les flics fouillent dans ses affaires… Plus on reste à l'écart d'eux, mieux on se porte. Les flics, on paye un coup à boire aux sous-fifres (ils sont utiles), on invite au resto les patrons qui arrangent les gros coups et, seulement quand il le faut, on glisse une petite enveloppe. Une pratique à manier avec modération et prudence. Ça devient de plus en plus périlleux.

Plus que la peur que m'inspire ce type, je n'aime pas ce sentiment diffus d'avoir perdu la main. De ne plus avoir le cul bordé de nouilles. Pour un *winner* comme moi, c'est extrêmement perturbant.

Je n'en parle pas à Agnès et je tente en vain de trouver le sommeil. En sueur, je prends une douche glaciale qui ne m'apaise pas.

J'ai beau tenter de me convaincre du contraire, je pressens que ce qui s'est passé aujourd'hui n'est qu'un début.

7

Dominique s'étonne de mon entrain quand elle me rejoint à l'appartement. Je dois rester discret, mais j'aimerais tant partager avec elle ce qui me rend si euphorique : je lui ai fait peur, et cette peur ne le quittera plus…

— Je t'ai rarement vu aussi heureux, tu n'es pas le même que d'habitude. Qu'est-ce qui se passe ? me demande-t-elle.

Pris de court, je ne sais que répondre :

— La soirée que nous allons passer ensemble.

Elle sourit à son tour, sans insister davantage. Cette femme, et c'est ce que j'apprécie en elle, est toujours d'une discrétion absolue. Elle respecte mes silences. Mes secrets.

C'est vrai que la soirée (et le repas que nous avons cuisiné tous les deux) est un régal, et j'oublie pour un temps Lefèvre. Nous discutons de tout et de rien, nous rions beaucoup. Nous terminons une bouteille de bordeaux que je garde pour les grandes occasions. Je ne repense à lui et à cette première journée à le tourmenter qu'une fois allongé, tandis qu'à mes côtés, Dominique dort paisiblement. Elle a la chance de trouver le sommeil facilement, alors que je dois souvent prendre un cachet pour m'endormir.

Ce soir, en revanche, je ne suis pas pressé, je me régale au souvenir de cet homme pris d'une frayeur soudaine en me découvrant. J'ai un léger regret, celui de ne pas avoir mieux profité à cause de cette satanée pluie.

Qu'il tremble était d'ailleurs le but recherché… Sur ce point crucial, le contrat est rempli !

Sait-il que son calvaire ne fait que commencer ?

Son angoisse s'est vue quand il a marqué un temps d'arrêt en sortant du parking. Il est vrai que ma dégaine, bien choisie pour l'occasion, avait de quoi attirer l'attention, lunettes noires, casquette et imperméable sombre. J'espère qu'il a relevé l'inscription NY sur la casquette. Sur l'instant, il n'a probablement pas fait le lien, mais il le fera forcément un jour. Il ne peut avoir oublié ce New York.

Je suis resté immobile, le regard fixé sur lui. En dépit de la distance, une vingtaine de mètres environ, et de la pluie balayée par ses essuie-glaces, j'ai vu sa surprise. Qui est ce type qui brave la pluie dans cet accoutrement ? Il était intrigué.

Puis, comme je ne l'ai pas lâché des yeux, que je n'ai pas bougé, il a forcément réalisé que je l'attendais. J'étais là pour lui seul.

C'est ainsi qu'il a perdu pied. Ce n'était pas encore de la peur panique (ça viendra…), mais j'ai vu dans ses yeux une lueur d'inquiétude. Ma présence était anormale donc dangereuse.

Ensuite, tout s'est accéléré et il a dû passer par tous les états quand il a compris que je le suivais, et mieux encore quand je me suis arrêté à sa hauteur et que j'ai posé un visage impassible sur lui. Là, à cet instant, il a basculé dans la peur.

Pour notre prochaine rencontre, je choisirai une journée de plein soleil, cette maudite pluie m'a privé d'un plaisir total. Mais ce n'est qu'un début et j'aurai l'occasion d'en profiter davantage dans l'avenir. Car assouvir ma rancune est loin de se résumer à ce maigre frisson.

Mais revenons à ce matin. La vie m'a enseigné la leçon suivante : les personnes qui ont des choses à se reprocher remarquent vite quand une menace les guette, comme si elles disposaient d'un sixième sens qui déclenche le warning « Attention danger ! ». Du coup, pour elles, tout prend des proportions qui dépassent l'entendement. Paranoïaques, elles ne sont plus les mêmes. L'explication est simple : ces individus ne sont pas préparés à affronter un péril pareil tant ils se croient intouchables.

Une telle réaction n'arriverait jamais à une personne « normale ». Qu'a-t-on à redouter quand on n'a rien fait de mal ? Rien justement. Ce qui est loin d'être son cas à lui…

Lefèvre sait qu'il a laissé des ardoises un peu partout. Alors il s'interroge : qui est cet inconnu sorti de nulle part ? Pourquoi est-il là ? Que me veut-il ? Qui me l'envoie ?

Ces questions vont l'obséder dans les jours et les semaines à venir. Je suis certain qu'à cette heure tardive, lui non plus ne dort pas… Il doit se triturer les méninges, refaire le film de sa vie, fouiller dans sa mémoire, échafauder toutes les hypothèses, chercher,

chercher, chercher… Mais en vain, car dans l'immédiat il ne fait pas le lien entre l'individu menaçant et le mal qu'il a commis. Il en a tant fait… Tant à se reprocher. J'ai marqué de façon éblouissante un premier point. Il commence à paniquer. Il se demande ce qu'il fera si la menace revient le hanter.

À partir de maintenant, je ne vais plus le quitter. À intervalles réguliers, la silhouette de l'homme à l'imperméable sombre, aux lunettes noires et à la casquette New York surgira du néant.

J'ai déjà mon plan pour la suite. J'ai pensé à plein de choses pour transformer sa vie de rêve en cauchemar. Ce matin, Yannick Lefèvre a entamé son chemin de croix.

Je veux qu'il souffre autant que j'ai souffert, je veux qu'il tremble autant que j'ai tremblé, je veux qu'il supplie que ça s'arrête autant que j'ai supplié. Je veux qu'il pleure des larmes de sang… J'en ai versé…

Ensuite, dans un final que j'annonce d'ores et déjà triomphal, il sera crucifié sur l'autel de ma rancune. Je l'ai dit et je le ferai : je le tuerai.

Si j'en ignore la date, en revanche, je sais déjà comment il va mourir.

C'est avec Lefèvre que je refermerai mon carnet des rancunes. Il passera en dernier.

Quand tout sera terminé, je me débarrasserai de mon carnet. Peut-être le brûlerai-je dans un réjouissant feu de joie. Et je sais déjà où !

J'avoue qu'après l'épisode Darcourt, j'y prends déjà goût, davantage encore que je ne le pensais. Je suis excité comme un jeune homme. Ne dit-on pas que la vengeance est un plat qui se mange froid ? Comme quoi, j'ai bien fait d'attendre mes cinquante ans !

Je me laisse bercer par le souffle léger de la femme qui dort à mes côtés. Je sombre enfin dans un sommeil tranquille. Résolu et apaisé. Impatient aussi… Cette nuit, pas besoin de cachet.

8

Dominique me quitte à l'aube car elle doit passer se changer chez elle avant d'aller à l'école. Je lui ai proposé de laisser toutes ses affaires ici, d'abandonner son appartement, pour l'instant elle s'y refuse. Je respecte sa prudence, même si je lui ai acheté une brosse à dents… « Un grand pas pour l'humanité ! » s'est-elle moquée.

Cette femme est coquette et s'habille toujours avec goût. Et surtout avec classe, sans ostentation, tout le contraire de Béatrice qui se maquillait avec excès.

Notre relation prend chaque jour davantage d'importance et désormais nous passons toutes nos nuits ensemble. Son appartement, un simple studio, me semble plus agréable que celui que j'occupe, mais c'est chez moi que nous dormons. Par petites touches personnelles, elle s'applique à améliorer la décoration. Elle accroche un lustre là où pendait une simple ampoule, elle couvre les murs du couloir de tableaux de fleurs, un grand poster des plages de l'océan s'étale au-dessus du canapé. « Je rêve d'y aller avec toi », m'a-t-elle confié en le punaisant. Elle m'offre de la vaisselle de Gien, une nouvelle argenterie. Elle donne à une famille de nécessiteux du premier étage mes assiettes et mes verres incassables Duralex. Nous avons investi dans un robot ménager et une machine à faire les glaçons. J'ai fait de la place dans la salle de bains pour qu'elle y range ses produits de beauté. Avec elle, mon trois-pièces revit.

Ce matin-là, à peine a-t-elle franchi la porte d'entrée que je feuillette mon carnet. Mon œil a été attiré par un nom inscrit en vert (pourquoi en vert ? je ne sais plus).

Relire cette fiche me replonge à l'époque où je vivais avec Béatrice :

Nom : Pierre Pémailloux, dit PP ou pépé.
Âge : 67 ans.
Adresse : 18 bis, *rue des Vertugadins. Petit pavillon de quatre pièces sur parcelle de 850 mètres carrés, deux garages qu'il loue à des voisins.*
Profession : retraité de la SNCF.
Situation familiale : une épouse, Maria, 63 ans. Un fils, décédé.
Pas de voiture. Se déplace à bicyclette et en bus.
Niveau de vie : médiocre.
Sa faute : querelle de voisinage pour une histoire idiote de haie de thuya.

(Je comprends pourquoi sa fiche est écrite en vert !)

Préjudice : voisinage invivable. Plainte à la police et amendes d'un montant de 350 euros.

Cette fiche fait partie de celles que je n'ai pas modifiées bien qu'elle fasse référence à des faits anciens de quinze ans, avant mon divorce. Aujourd'hui, si mes calculs sont exacts, le bonhomme a donc quatre-vingt-deux ans et son épouse soixante-dix-huit.

Je sais pourquoi je n'ai jamais touché à la fiche, la laissant en l'état: cela a été toujours plus fort que moi, je n'ai jamais voulu retourner dans le quartier où j'ai été heureux. Il n'est pourtant qu'à dix minutes en voiture.

Au début, nous entretenions d'excellentes relations avec nos voisins, Pierre et Maria Pémailloux.

Passionné de jardinage, il nous a aidés à aménager notre petite parcelle. Pémailloux était un être bourru, travailleur, têtu et plein de certitudes. Nous n'avions pas eu droit à la parole quand il m'avait imposé de planter des massifs de fleurs dont nous ne voulions pas. En revanche, je reconnais que, sans son aide, je n'aurais pas monté le portique de balançoires.

Les premières années, il acceptait que les enfants traversent la haie de thuyas, puis le petit mur qui séparait nos terrains. Mes gosses adoraient s'aventurer dans le sien, beaucoup plus vaste. Il en avait fait un bijou de jardinage dans lequel il passait plusieurs heures par jour. C'était sa fierté. Tout était tiré au cordeau. Nous nous sentions obligés de dire que les tomates dont beaucoup finissaient à la poubelle étaient délicieuses. « Elles ont plus de goût que les merdes qui nous arrivent d'Espagne », aimait-il répondre.

Il était d'une maniaquerie maladive. Par exemple, ses thuyas mesuraient précisément deux mètres soixante (et pas cinquante-neuf, j'ai vérifié...), la hauteur maximale autorisée entre deux terrains. « Vous ne pourrez pas m'attaquer devant les tribunaux », affirmait-il avant d'ajouter : « C'est une blague, bien sûr. » Je ne suis pas certain qu'il plaisantait…

Même s'il fallait souvent se taper ses interminables monologues, nous étions en excellents termes. Jusqu'au jour où, sans le faire exprès, Emma et Samuel ont marché sur ses salades alors qu'ils avaient pour consigne de les contourner. J'insiste sur « marché », alors que Pépé disait « piétiné », « massacré ». De ce jour, nos relations de voisinage ont dégénéré.

Le vieux n'a accepté ni les excuses des enfants ni les salades que Béatrice était allée acheter pour réparer la « petite » bêtise de nos gosses. À croire qu'il n'attendait que cet incident sans importance pour nous faire la guerre.

Pépé a d'abord interdit qu'ils retournent jouer chez lui. Puis, comme sans doute cela ne lui suffisait pas, ce mauvais coucheur s'est mis à gueuler chaque fois que mes gamins s'amusaient dehors. DANS NOTRE JARDIN.

Nous soupçonnions sa femme, que nous voyions peu, de l'encourager à nous pourrir la vie.

Il ne supportait pas leurs cris et exigeait « le silence » à travers la haie de thuyas. Nous avons eu à l'époque quelques échanges assez vifs.

Il nous reprochait de « ne pas tenir nos gosses ». Béatrice, qui était encore plus acharnée que moi, l'envoyait sur les roses. Elle le traitait de ronchon, de vieux con et l'accusait de ne pas aimer les enfants. Il faut dire qu'ils n'en avaient pas. Ils avaient perdu leur fils unique à la suite d'une mauvaise opération à l'âge de sept ans. (Qu'est-ce qu'il a pu me saouler avec ses colères contre le corps médical, comme si tous les médecins étaient des incapables…) Mais ce n'est pas une raison pour détester ceux des autres.

Bref, les engueulades sont devenues de plus en plus fréquentes, au point que Béatrice envoyait les enfants jouer dehors rien que pour le plaisir de le mettre en rage. J'avoue qu'il m'est arrivé de les encourager à pousser des grands cris quand ils faisaient de la balançoire !

Nos relations ont vraiment dérapé le jour où nous avons invité quelques amis à un barbecue. Il faisait beau, la fête a duré et à 2 heures du matin nous dansions encore. Évidemment notre voisin, poussé par sa femme, a averti la police. J'ai vu la mégère à la fenêtre, nous observant de son regard de fouine…

Dès que les flics sont repartis, j'ai remis la musique. À fond !

Ils sont repassés, probablement à la demande de PP, et, cette fois, ils ont été moins cordiaux. Ils m'ont dit qu'il ne fallait pas les prendre pour des imbéciles. Je ne pouvais pas leur expliquer que je faisais ça seulement pour embêter mon voisin. J'ai pris une amende pour tapage nocturne et désobéissance civique.

Pémailloux s'est vanté dans tout le quartier de nous avoir matés. « La famille Desmichelles et leurs amis ne faisaient pas les malins quand ils ont vu débarquer la police ! » Ce qui est faux, même s'ils ont été à deux doigts d'embarquer mon copain Jean-Charles Tréhan, qui commençait à s'énerver et que je me suis appliqué à calmer.

Ce qui m'a le plus étonné, c'est qu'il n'y en ait eu aucun pour prendre notre défense et claquer le beignet au vieux ronchon, alors que nous étions en bons termes avec tout le monde. Les gens sont des lâches…

Le boulanger m'a rapporté que la Pémailloux lui avait dit qu'elle plaignait Béatrice et se demandait ce qu'elle foutait avec un type comme moi. Le boulanger était outré : « Vous n'avez pas de chance. J'aimerais pas avoir à me coltiner des voisins pareils ! »

Pémailloux a dépassé les bornes le jour où il s'est réjoui que Béatrice m'ait quitté. « Elle aurait dû le faire depuis longtemps ! » Il a osé me traiter de « connard de cocu ».

Je n'ai jamais actualisé sa fiche, mais j'ai toujours Pémailloux et sa vieille en travers de la gorge.

En voyant son nom écrit en vert, toute sa mesquinerie m'est revenue d'un coup.

9

C'est donc à son tour de trinquer… Il n'y a pas d'âge pour payer sa dette !

Je reviens donc rue des Vertugadins, où rien n'a vraiment changé. En remontant la rue à pied, j'avoue être un peu ému. Quelques bons souvenirs me reviennent aussitôt en mémoire.

Arrivé à notre pavillon, une bonne surprise m'attend : il est à nouveau en vente. Les volets sont tirés, le jardin en friche. La balançoire est toujours là, à peine rouillée. Personne n'y habite. Le hasard faisant bien les choses, je me dis qu'il faut que je profite de l'occase et qu'il n'y a pas de temps à perdre.

Je n'ai jamais revu Pémailloux depuis mon départ du quartier. Douze ans après, il a à peine changé. Il pète la forme, Pépé. Je ricane en moi-même : « Le jardinage serait-il le secret de la bonne forme ? » Sans doute ! Son lopin de terre est encore tiré au cordeau ! Ses salades sont magnifiques !

Maria, en revanche, a pris un sacré coup. C'est une vieillarde qui a du mal à marcher sans sa canne. Son surpoids, qui s'est accéléré avec les années, est sans doute responsable de la fragilité de ses articulations.

Je les observe une matinée entière depuis une petite hauteur qui surplombe leur pavillon. Il est aussi appliqué sur son jardin que par le passé tandis qu'elle reste au frais sous le tilleul dont, à l'époque, Béatrice se plaignait de la quantité de feuilles mortes qui finissaient chez nous à l'automne et que je devais ramasser. Sans jamais rouspéter !

La suite est facile à deviner. Afin d'apaiser ma rancune, j'ai décidé de m'attaquer à son potager, la prunelle de ses yeux. Mais pas seulement. Une seconde surprise l'attend !

Je reviens la nuit suivante avec une « cargaison » de Roundup et de sel de déneigement. Détruire ses plantations est la première phase de ma rancune.

Dans trois semaines, son jardin va dépérir.

Ensuite je m'attaque à ses thuyas, une bonne douzaine, toujours à deux mètres soixante. M'appliquant à ne faire aucun bruit (il est sourd mais sa vieille a l'oreille fine), j'achève mon ouvrage exténué, pas mécontent de moi. Je ne vois pas le temps passer, il est 3 heures du matin !

Vu la quantité de sel que j'ai versée à leurs racines, ses foutus arbustes ne résisteront pas plus de trois mois à mon châtiment et il faudra des années avant que quoi que ce soit repousse.

Je reste dormir dans la voiture pour profiter du petit matin. Je veux le voir travailler avec application dans son jardin encore impeccable. Il a tordu un peu le nez en arrivant, l'odeur étant encore un peu présente. Mais il n'a pas de raison de se méfier, je le vois arroser ses plantes consciencieusement.

J'aimerais tant être là pour le voir bouffer ses tomates

et ses salades rongées de Roundup, puis quand il verra dépérir son joyau jour après jour sans en comprendre la raison.

Je reviendrai dans quelques semaines, pour profiter de ma victoire. Je lui apporterai une cagette de légumes, et un pied de thuya. Je ne lui dirai rien, sauf peut-être que « tout se paye un jour et que j'ai bonne mémoire ».

Pas besoin de plus d'explication pour qu'il comprenne qu'il a été puni de sa méchanceté et que je n'oublie rien.

10

En dépit des souvenirs douloureux et humiliants qui y sont scrupuleusement consignés, j'aime parcourir mon carnet des rancunes. Je m'y plonge plusieurs fois par semaine, je tourne les pages, m'arrête sur un nom et, d'un coup, c'est tout mon passé qui remonte en mémoire, dans les moindres détails.

Je me répète, mais j'insiste : je n'ai rien oublié. Et le tour de chacun viendra. Patience !

Reste juste à savoir si vous y êtes ou pas ! Je me doute que certains doivent trembler à l'idée d'y figurer.

Je ne cesse de le manipuler, c'est sans doute pourquoi il est en si mauvais état… Même si je l'aime ainsi, il faut que je le ménage si je ne veux pas qu'il finisse en lambeaux.

Bref, il est urgent que j'en finisse avec mes rancunes !

Je l'ouvre en toute occasion. Le matin en me levant, dans les transports, au bureau pendant la pause, même, parfois, en regardant la télé. C'est comme une drogue… Comme je m'en cache à peine, Dominique l'a sans doute remarqué, mais elle n'en parle pas.

Si j'aime tant lire mon carnet dont je connais pourtant chaque ligne, c'est parce qu'il est le livre de ma vie.

Ce carnet est autant un inépuisable voyage dans le temps que la perspective de moments futurs, qui seront jouissifs. Au-delà des douleurs qui y sont consignées, j'y trouve, à chaque lecture, une source intarissable de plaisir.

Je me souviens parfaitement du jour où j'ai fait son acquisition.

C'était une journée triste, sous un léger et désagréable crachin qui s'infiltrait partout. Ma veste de laine était humide, mes cheveux mouillés, mes chaussures détrempées après avoir marché dans une grosse flaque. Le papetier n'était pas ravi de me voir entrer dans cet état. J'allais dégueulasser sa boutique et j'avais une tête de déterré…

C'était il y a treize ans, un 21 mars. Béatrice était partie, j'avais perdu la garde de mes gosses, j'étais au fond du trou. Un psy m'avait conseillé de formuler mes angoisses par écrit dans un grand cahier. « La taille est importante, car elle est le symbole de votre détresse. Lâchez-vous, écrivez tout ce qui vous passe par la tête. Ça vous aidera beaucoup. »

Je me suis donc rendu à la papeterie générale Deltil, 8, avenue Clemenceau. Je voulais acheter un simple cahier à spirale mais, allez savoir pourquoi, j'ai aperçu ce petit carnet rouge bordeaux posé sur le côté droit de la caisse. Il n'était ni trop grand ni trop épais, à la fois discret et pratique par sa dimension. Je me suis dit que je l'aurais en permanence avec moi, sans qu'on le remarque ni qu'il m'encombre. Un carnet idéal pour tout noter.

Le vendeur, revenu à de meilleures intentions à mon

égard, a salué mon bon goût : « Il n'y a rien de plus distingué qu'un carnet bordeaux. » C'est tout juste s'il n'a pas ajouté que « le rouge va avec tout ». Je me suis retenu de répliquer que pour moi le rouge était la couleur du sang.

Dès que je suis rentré chez moi, j'ai écrit sur une étiquette et en lettres noires « Carnet des rancunes ».

Voilà comment est né ce carnet, trouvé un peu par hasard, après une rapide visite chez un papetier. Mais y a-t-il des hasards dans la vie ? Je ne le pense pas…

Depuis longtemps, bien avant mon divorce, je tenais registre de tous ceux qui m'avaient fait une crasse.

J'entassais mes rancunes, ignorant ce que j'allais faire de toutes ces histoires, de tous ces noms. Cela m'amusait et je me contentais d'écrire leur identité et la raison de mes reproches sur des feuilles éparses glissées dans une chemise enserrée par un élastique solide. L'ensemble ressemblait dans tous les sens du terme à un vide-ordures !

C'était le moyen, certes un peu dérisoire, que j'avais trouvé pour expurger ma rancœur à l'égard de tous ces malfaisants. De me calmer. Je ne pensais même pas à me venger un jour.

La chemise était si épaisse qu'elle débordait de partout. En toute franchise, c'était devenu n'importe quoi.

Avant d'entamer l'écriture de mon carnet, j'ai fait le tri dans ces dizaines de coups de colère amassés au fil des années. J'ai jeté les trois quarts de ces rancunes, auxquelles, pour beaucoup, je n'attachais plus d'importance. Certaines vexations étaient tellement futiles que je m'en suis beaucoup amusé avant de m'en débarrasser.

J'ai réalisé que quelques-uns de « mes tortionnaires » faisaient partie de mon cercle d'amis proches et que je n'avais rien de grave contre eux !

J'avais été susceptible pour des riens, parce qu'on s'était moqué de mon maillot à fleurs, qu'on m'avait claqué une porte au nez, « provoquant une bosse disgracieuse sur le front », ou parce que « ce saligaud » de Franck Bugeaud m'avait piqué mon écharpe rose en soie de Perse. Aujourd'hui, Franck m'accompagne souvent au foot et, lorsque j'étais marié, nous sommes partis en vacances ensemble avec nos épouses respectives. Il est comme moi, divorcé…

Tout ça pour dire que mon classeur entassait des rancunes qui n'y avaient plus leur place. Car les rancunes, les vraies, résistent au temps.

Cependant il n'était pas question que je mette tout ce beau monde au panier. J'ai la dent dure, qu'on se le dise !

J'ai donc « sélectionné » avec application ceux qui auraient droit un jour à ma revanche.

Quand j'ai achevé ce travail, j'ai également pris la décision, qui peut paraître étrange à certains, de régler toutes ces rancunes quand j'aurais cinquante ans. Pas avant, le temps de bien les laisser mûrir, de bien m'y préparer.

Depuis, ma liste s'est enrichie de nouveaux noms.

Au total, mon carnet, que j'ai inauguré avec le bellâtre, renferme douze rancunes.

Je me dis que j'ai de quoi m'occuper dans les jours, les semaines, les mois (les années peut-être, même si je pense en avoir terminé avant) à venir. Cette perspective me met en joie. Comme quoi il n'en faut pas beaucoup pour me faire plaisir.

Tandis que Dominique s'affaire à la cuisine (son café est délicieux et je lui délègue cette tâche), je tourne les pages de mon carnet à la recherche de ma prochaine rancune, je m'arrête sur Bernard Dupouy. Cette histoire remonte à pas mal de temps, mais, celui-là, je m'étais promis qu'un jour je ne le raterais pas.

Son moment est venu. Celui de sa mégère, aussi !

11

Pour être tranquille, loin du regard de Dominique, je m'isole dans la salle de bains, et c'est là, assis sur le bord de la baignoire en faïence verte, que je relis leur fiche en page 5 de mon carnet.

Ma rancune ne date pas d'hier, elle remonte à quatorze ans, trois mois et dix jours. Si je suis aussi précis, c'est que je n'ai jamais oublié la date.

C'était un mardi en fin de matinée. J'ai aussi retenu l'heure : 11 h 42.

C'était encore le temps béni où nous habitions ce petit pavillon de la rue des Vertugadins, même si les relations avec nos voisins étaient tendues. J'aimais bien ce quartier, proche de la forêt où je promenais mon chien, Ripper, un fox-terrier. Même lui, Béatrice me l'a pris après notre divorce… Je n'avais plus la force de me battre et j'ai accepté de m'en séparer pour les gosses. Ripper est toujours de ce monde, mais j'ai l'impression qu'il ne me reconnaît plus et j'en souffre.

Nous menions une vie rangée que je qualifierais d'heureuse et tranquille. Mon boulot ne me passionnait pas, mais je pouvais m'y rendre en dix minutes seulement par le 70, le bus qui termine son trajet à l'hôpital. Je rentrais sous les vivats des enfants tous les soirs à 18 h 30. Il n'était pas question que je donne des heures supplémentaires aux Dupouy qui, en bons patrons, ne les payaient jamais !

À l'époque, je devais être un grand naïf, car je ne soupçonnais pas que ma femme me trompait déjà avec le bellâtre. Mauvaise période…

J'étais encore plus naïf en couvrant sans m'en rendre compte les magouilles financières des Dupouy, tout cet argent qu'ils blanchissaient en direction de l'Estonie, via des sociétés écrans. Je me prêtais au jeu sans en mesurer les conséquences, et c'est lorsque j'ai émis quelques doutes, relevé des incohérences comptables, que les choses se sont gâtées pour moi. Le pire est que je n'ai jamais imaginé que mes employeurs puissent se livrer à des malversations. Je les pensais honnêtes, et c'est en croyant leur rendre service que je les ai alertés sur ces flux étranges.

Mal m'en a pris. J'ai compris trop tard que, sans le vouloir, je m'étais attaqué à beaucoup plus fort que moi… Des retors qui m'ont utilisé à leur gré et qui m'ont jeté comme un malpropre quand ils ont vu que je mettais le nez dans leurs tripatouillages crapuleux.

Ça m'a servi de leçon. Aujourd'hui, il n'y a qu'à Dominique que j'accorde ma totale confiance…

12

À l'inverse d'autres que j'ai un peu négligés, je n'ai jamais quitté Bernard et Nadine Dupouy des yeux. Ce fut d'autant plus facile qu'ils sont des notables, toujours en vue, de notre ville. Ils sont de toutes les réjouissances municipales, jamais très loin du maire. Leur fiche est parfaitement actualisée.

Nom : Bernard et Nadine Dupouy.
Âge : 65 ans tous les deux (lui est de janvier, elle de mars).
Situation familiale : trois enfants, des garçons. L'aîné est prof d'économie à l'université. Le deuxième est cadre à EDF et le dernier est diplômé de Sup de Co. Il est destiné à reprendre l'entreprise familiale.
Physique : taille et corpulence dans la moyenne. Il porte la barbe. Elle petite et mince. Très active. Signe particulier pour elle : un vilain poireau velu sous l'oreille droite (ça m'a toujours dégoûté, elle aurait pu couper ses « sales » poils !).
Vie sociale animée. Sortent beaucoup (théâtre, expos). Il est franc-maçon. Elle est impliquée dans une association d'aide à l'alphabétisation.
Adresse : 82, avenue de la République, résidence Belles Rives.

Patrimoine : un appartement de 180 mètres carrés dans le centre-ville, une villa à Saint-Raphaël et plusieurs studios en location. Investissements défiscalisés dans des maisons de retraite et des résidences étudiantes.
Niveau de vie : élevé.
Leur faute : ils m'ont viré après dix ans de « maison ». Sans indemnités.
Prétexte invoqué : importante erreur d'écriture comptable ayant nui gravement à l'entreprise. CE QUI EST FAUX !!! La faute était bénigne et facilement réparable. J'ai servi de fusible pour masquer leurs malversations. Malheureusement, j'étais tellement abasourdi à l'époque que je n'ai pas su me défendre correctement et j'ai été renvoyé comme un malpropre.
Préjudice : difficulté à retrouver du travail, chômage durant treize mois. Personne n'embauche un magouilleur (et les Dupouy se sont appliqués à ternir ma réputation).
Conséquences : perte de confiance personnelle qui a entraîné une crise au sein du ménage avec séparation et début d'un épisode alcoolique.

Mon chômage conjugué à l'alcool n'a pas arrangé mes relations avec Béatrice qui me trompait déjà avec le bellâtre, mais, surtout, je tiens ce couple de malfaisants responsables de la coupure affective avec mes deux enfants adorés. À cause des accusations portées contre moi, ils conservent de leur père une opinion contrastée. Ils m'aiment, je pense, mais, à leurs yeux, je suis aussi un escroc, un magouilleur. J'ai eu beau m'échiner à les convaincre du contraire, et même s'ils ont fait mine de me croire, le mal est fait. Je ne suis plus le père parfait qu'ils adoraient et respectaient. Celui avec lequel ils aimaient tant s'amuser quand il rentrait du travail. On n'efface jamais complètement une telle tache…

Les Dupouy sont pour beaucoup dans ma chute… Professionnelle et personnelle.

Depuis certes, je ne bois plus autant (seulement dans les grandes occasions et les bons crus de ma cave), mais j'ai traversé une passe terrible que je ne souhaite pas à mon pire ennemi.

Durant des années, je n'ai fait que survivre.

Par bonheur, ou par je ne sais quel miracle, j'ai maintenant Dominique dans ma vie… Grâce à elle, j'ai repris le dessus. Je suis debout !

Donc, c'est assis dans la salle de bains que je décrète que Bernard et Nadine Dupouy seront les prochains à tâter de ma rancune. Mais comment se venger d'un couple aussi puissant ?

Depuis quelques mois, ils ont levé le pied. Préparant le passage de témoin avec leur fils cadet, ils rêvent probablement d'une retraite bien méritée entre leur appartement de l'avenue de la République et leur maison de Saint-Raphaël, entourés d'une famille aimante dont ils gardent « avec bonheur » les petits-enfants. Ils vont à la messe tous les dimanches, ils sont engagés dans la vie de la commune à travers différentes associations. Ils partent tous les ans en croisière culturelle.

En plus, ils sont encore magnifiques, portant beau et apparemment en excellente santé.

Bref, ils se croient intouchables… C'est ce bonheur-là que je vais détruire. Je veux gâcher leurs vieux jours…

Jamais je n'oublierai leur mépris quand, avec une habileté perverse, ils m'ont accusé de malversation. « Tu es viré, m'a dit Dupouy, et estime-toi heureux qu'on ne porte pas plainte. » Ils m'ont laissé une heure pour rassembler mes affaires et dégager.

Devant tout le monde et avec l'approbation de son mari, Nadine m'a traîné plus bas que terre. À ses yeux, je n'étais qu'un petit escroc. Lui m'a traité d'ingrat : « Quand je pense à tout ce que nous avons fait pour toi. » À ce jour, je n'arrive pas à comprendre pourquoi je ne me suis pas défendu. Ou si mal…

Dominique, qui sait tout de moi, dit que je suis la victime idéale. Je ne peux lui donner tort…

Ils ont été impitoyables et j'ai été licencié sans la moindre indemnité. J'ai quitté leur boîte sans que personne se batte pour moi. Tel un malpropre. Les prud'hommes m'ont débouté. Écœuré, mal en point, je n'ai pas fait appel. Il a fallu que j'affronte la colère de Béatrice, les interrogations de mes gosses, les regards en coin de ma famille, les ricanements des voisins, les sous-entendus des amis.

J'ai rarement autant haï des gens que ces deux-là.

Je jure sur la tête de mes enfants ou (mieux) sur celle de Dominique que je ne suis coupable de rien. Ils ont saisi ce mauvais prétexte pour me virer.

J'en savais trop.

13

Quand je regagne la cuisine après avoir rangé le carnet dans mon blouson, je suis remonté comme un coucou. Je ne pense qu'aux Dupouy. Je ne dois pas être dans mon assiette, car Dominique me trouve « bizarre », « un peu absent, comme si quelque chose d'important te prenait la tête ». Je nie, affirme que tout va bien. À sa moue dubitative, je comprends qu'elle ne me croit qu'à moitié et, comme à son habitude, elle fait comme si.

Pour la convaincre, je mets une bouteille de champagne au frais et lui montre deux paquets de saumon fumé. Je sais qu'elle adore cela sur des blinis grillés, accompagnés d'un verre de vodka glacée. « Ce soir, on va se régaler. »

« Merci, chéri d'amour », murmure-t-elle de sa voix enchantée. C'est en silence, mais apaisés et complices, que nous sirotons notre café, étirant ainsi le temps, comme si nous n'étions pas pressés de nous séparer. Mais il faut bien aller au boulot…

Elle s'échappe la première. J'ouvre mon ordinateur portable, un bon vieil Apple.

Ce que je lance est le fruit d'un travail minutieux de plusieurs jours, d'une recherche menée sur des mois.

Le jour où j'ai été foutu dehors, ils ont bien vérifié que je n'emportais rien, aucun de leurs inavouables secrets. J'avais pris mes précautions avant : les traces de leurs forfaitures sur une clef USB.

Pourquoi ne l'ai-je pas utilisée pour me défendre à l'époque ? Il serait facile de répondre que je l'avais égarée, que je craignais qu'on ne me croie pas, que je n'avais aucune chance face à ces puissants. La vérité est plus douloureuse encore. Au moment même où j'étais viré, j'ai eu la preuve de l'infidélité de Béatrice.

Tout m'est tombé dessus d'un coup, et je n'ai pas trouvé le courage ni la force de me battre contre les Dupouy.

J'étais à terre. Au point, certains jours, de penser à me foutre en l'air.

Mais que mes tortionnaires se rassurent, je n'ai jamais perdu la clef. J'aurais pu les dénoncer quand j'ai repris un peu le dessus. Mais j'ai choisi de les inscrire dans mon carnet et d'attendre mes cinquante ans.

Je ne le répéterai jamais assez : la vengeance est un plat qui se mange froid.

C'est donc le contenu de cette clef que j'envoie, à 11 h 42 ce matin, à l'administration fiscale, avec copie au procureur de la République et à Tracfin. Anonymement.

Je ne doute pas que mes informations les captiveront, car ce sont des centaines de milliers d'euros qui ont quitté notre pays. Sans compter les sommes qu'ils ont dû détourner après mon départ. Je n'en ai pas la preuve, je laisse ce soin aux enquêteurs, mais je pense qu'ils n'ont jamais cessé leurs magouilles.

Connaissant la justice et ses lenteurs, sans compter

avec les avocats (des pourris, le mien en tête de liste, probablement), je sais que le règlement de cette rancune risque de prendre des mois. Aussi, pour accélérer les choses, je n'oublie pas d'informer également plusieurs organes de presse, tant locaux que nationaux, qui se feront un plaisir de relayer cette « belle histoire de notables corrompus ». Ils adorent remuer la merde.

J'ai hâte de découvrir en gros titre : « La chute de la maison Dupouy. »

De fait, cinq jours plus tard, *Le Parisien* annonce : « Des notables au-dessus de tout soupçon. »

Les journalistes ont réalisé un travail remarquable. Ainsi que je le pressentais, les Dupouy ont continué leur trafic délictueux avec l'Estonie mais aussi, selon l'article, via le Delaware, un État américain peu regardant sur l'origine des fonds détournés. Il y en aurait pour près de deux millions d'euros.

BFM vient d'annoncer que les Dupouy, qui, évidemment, crient au complot, sont entendus par la Financière. Je ne vois pas comment ils vont se dépatouiller de ce bordel.

Déjà, ils sont grillés dans le coin. Le maire, toujours aussi courageux, s'est désolidarisé d'eux…

Quelques jours suffisent pour que l'image irréprochable de la « formidable » famille Dupouy soit massacrée. Merci, Twitter !

Ils font bloc un moment, puis, c'est inévitable, la forteresse se lézarde. Bernard et Nadine se déchirent… Le divorce n'est pas loin…

La débâcle de la « maison Dupouy » ravit beaucoup de monde en ville. Finalement et à ma grande satisfaction, je constate qu'ils ne sont pas aussi appréciés qu'ils le pensent…

Abandonnés de tous, les Dupouy sombrent et j'assiste avec délectation à leur inexorable chute aux enfers… Réfugiés dans leur maison de Saint-Raphaël, ils prennent dix ans en quelques jours seulement…

Il me reste une dernière chose à accomplir. Je leur téléphone. C'est la méchante qui décroche. Quand je me présente, elle se souvient parfaitement de moi. Il suffit que je dise que je compatis à leur malheur et que leur humiliation me rappelle celle qu'ils m'ont fait subir pour qu'elle comprenne que je n'y suis pas étranger. Je raccroche avant qu'elle ne me couvre d'insultes.

Ma vengeance est assouvie.

Sans évidemment évoquer mon implication dans ce dossier, nous en parlons souvent avec Dominique. Elle est révoltée par ces gens, qui « se croient au-dessus de tout soupçon. Ils m'écœurent… ». Elle est outrée quand je lui apprends qu'ils m'ont licencié sans motif.

— Bien fait pour eux ! s'emporte-t-elle.

Elle ne peut me faire davantage plaisir ! Je prends ses mots comme un encouragement à vite plonger dans mon carnet à la recherche de ma prochaine proie.

Il faut dire qu'en ce moment tout me réussit ! Il n'y a pas de raison que ça ne continue pas…

14

Tandis que je prépare le dîner (un poulet au citron, un plat que Dominique adore), je fais un rapide bilan de ces premières semaines. D'abord Lefèvre, celui qui va mourir. Il s'interroge. Le ver est dans le fruit, aussi, dans l'immédiat, je le laisse mijoter (comme mon poulet !). Dans quelques jours, il sera à point !

Le règlement des trois premières rancunes est un succès parfait dont j'attends avec impatience les conséquences méritées. En toute franchise, je m'étonne moi-même. D'ordinaire moyen en tout, je ne pensais pas être aussi bon !

Encouragé par mes « triomphes », je décide de régler dans la foulée une des pires humiliations que j'aie connues dans ma vie.

Personne, ou alors il faudrait être masochiste, n'aime se faire arnaquer. Moi le premier. Le plus intolérable n'est pas l'argent perdu (« plaie d'argent n'est pas mortelle », comme m'a dit un jour Dominique), mais la honte d'avoir été pris pour un pigeon (« le con parfait ! »), le sentiment d'impuissance qui s'ensuit (allez donc voir les flics, ils vont vous ricaner au nez) et le fait d'imaginer le contentement de son arnaqueur. Car vous ne vous êtes pas fait avoir par hasard, il vous a repéré. Ces gens-là ont comme un sixième sens pour sentir les proies faciles.

Ces voyous, je dois le reconnaître, sont doués. Ils possèdent ce je-ne-sais-quoi en plus qui nous ferait les suivre en enfer, et avec le sourire. Je tenterais le même stratagème que je me ferais repérer aussitôt !

Je me suis fait avoir à plusieurs reprises. Chaque fois, je m'en veux d'avoir été aussi naïf et me promets d'être plus vigilant. Le pire est que je suis plus en colère contre moi que contre eux. Si j'avais dû tous les consigner dans mon carnet, il me faudrait un second tome !

J'ignore pourquoi cette histoire me revient en mémoire, mais, il y a deux ou trois ans, j'ai laissé un paquet de billets de dix euros rue des Champs à une partie de bonneteau. Tout le monde connaît le principe. Un type manipule trois cartes avec dextérité sur un carton et il faut deviner laquelle est la rouge. Tant qu'on ne mise pas dix euros qui doivent rapporter le triple, on trouve toujours la bonne carte. Dans le petit groupe de curieux se mêle un complice qui remporte la mise. Sûr de soi, on se met à jouer. Le piège se referme, car on se trompe toujours. Je n'ai jamais compris comment ils s'y prennent, mais le mec est toujours plus fort que vous.

Évidemment, plus on se fait baiser, plus on tente de se refaire. Un bon arnaqueur sait rendre l'arnaque addictive…

Ce jour-là, j'ai laissé cent dix euros avant d'abandonner la partie sous les regards moqueurs des curieux qui, eux, se sont contentés d'observer ma débâcle. Impossible bien sûr de réclamer un remboursement ou de les accuser d'être des arnaqueurs, à moins d'aimer se faire casser la gueule. La seule solution, c'est d'aller fissa les dénoncer à une voiture de police qui, par hasard, passe dans le coin, pour le seul plaisir, bien modeste, de les voir décamper en abandonnant leur carton. Malheureusement, ce jour-là, je n'en ai croisé aucune et j'ai dû ravaler mon désir de revanche…

Ces types sont de sacrés malins, et il vaut mieux passer à autre chose, m'asseoir sur ma colère sans m'embarrasser de les inscrire dans mon carnet des rancunes.

Mais cette femme-là, je ne vais pas la rater. Ce sera ma revanche sur tous les arnaqueurs du monde !

15

Le cas qui figure dans le carnet est beaucoup plus grave qu'une partie de bonneteau. Cette arnaque m'a vraiment blessé, et des années après je ne l'ai toujours pas digérée. J'ai perdu beaucoup d'argent et beaucoup du peu d'estime que j'avais de moi-même.

Claudia Leménestrel est en page 7. Elle ne tient encore que parce que je l'ai solidement scotchée !

Nom : Claudia Leménestrel, née Claude Labourbe, 30 ans à l'époque, 37 aujourd'hui.
Physique : taille moyenne, mince, cheveux blonds, yeux verts, jolie. Poitrine refaite (?), botox (?). Sexy.
Situation familiale : divorcée à deux reprises. Pas d'enfant.
Compagnon actuel : René, 64 ans.
Niveau de vie : très élevé.
Profession à l'époque : chargée de clientèle HSBC.
Profession actuelle : suceuse professionnelle de sexagénaires !!!

(Pardonnez ma vulgarité, mais dans son cas je ne trouve pas mieux, car elle épouse des mecs à pognon dont elle siphonne la fortune avant de les larguer.)

La fortune de René (dirigeant d'une entreprise internationale de vente de satellites spatiaux) est estimée à vingt millions d'euros (source Forbes).
Adresse : 180, rue de Charmes. Habitent dans une maison en bordure du lac Léman près de Lausanne, en Suisse.
Sa faute : a monté une arnaque à la chaîne (connue sous le nom de pyramide de Ponzi). Des dizaines de victimes, dont moi. Montant estimé de l'arnaque aux alentours du million d'euros.
Elle n'a jamais été poursuivie ni inquiétée car nous savions tous que nous participions à un système frauduleux.
Préjudice : financier (perte de 20 000 euros) et moral (j'ai été pris pour un con). Nouvel épisode dépressif profond. Tentative de suicide, suivi d'une nouvelle hospitalisation en HP (deux mois).

Je me rappelle parfaitement cette histoire vieille de sept ans, et cette femme, rendons-lui au moins cela, mérite la médaille d'or en matière d'arnaque.

Chargée de clientèle dans ma banque, elle a repéré en moi, à l'instar de dizaines d'autres, le couillon idéal. Sa fonction de responsable la rendait crédible. Elle a manœuvré tout en subtilité pour me convaincre de rentrer dans sa combine. Elle est « à la limite de la légalité », m'avait-elle dit, ajoutant « mais elle est sans risque ».

Le pire est que je l'ai crue quand elle m'a confié, sous le sceau du secret le plus absolu, qu'elle allait me pistonner pour entrer dans un système d'argent pyramidal. « Un système infaillible. » Pour cela, il me suffisait d'apporter une « petite » mise de cinq mille euros. Ce qui tombait à pic puisque c'était la somme qui venait d'arriver sur mon compte à la suite du décès de mon oncle.

Je ne vais pas rentrer dans les détails, mais l'argent devait alimenter la chaîne et au final, selon ses comptes à elle, on devait empocher « en toute discrétion et sans impôts, bien sûr », cent mille euros. Sans ciller, elle m'a annoncé : « Monsieur Desmichelles, je vous ai sélectionné, et croyez-moi, vous n'êtes pas nombreux dans cette banque à avoir cette chance. » Je l'ai crue quand elle m'a affirmé que j'étais un client « comme on en fait peu, un homme bien, sérieux et responsable ». Elle m'a fait ses yeux de biche en ajoutant : « Je ne réserve ce plan qu'à des personnes de confiance et auxquelles je demande une extrême discrétion. » Comme un idiot, j'ai pensé que je pouvais l'inviter à dîner, une invitation qu'elle a déclinée avec courtoisie et habileté.

Ma petite enquête m'a indiqué que la plupart de ses victimes étaient des hommes… Forcément !

Les jours suivants, elle ne m'a pas lâché, me laissant espérer des lendemains, disons, moins professionnels. Alors, sur ses recommandations, j'ai emprunté pour « cracher » quinze mille euros de plus avec la promesse d'un gain faramineux, de l'ordre du quart de million. « Au minimum, car ce système fonctionne à tous les coups. » Ses graphiques étaient très convaincants : « C'est exponentiel, monsieur Desmichelles. » Elle m'a alors cité plusieurs personnes célèbres, de la culture, de la finance et des médias, qui profitaient de l'aubaine. Sa banque, m'assurait-elle, se portait caution de l'opération.

Le pire est que je l'ai encore crue…

De nouveau, elle a exigé la plus extrême discrétion. En bon arnaqué, j'ai approuvé.

Tel était son plan d'enfer qui promettait un pactole contre une mise d'entrée assez dérisoire. Sauf qu'au final j'ai été de la revue… Le seul qui gagne dans ce système (et beaucoup d'argent, sans sortir le moindre centime), c'est celui, en l'occurrence celle, qui est au sommet de la pyramide.

Sur ce coup, je pense qu'elle s'est fait entre un et deux millions sur le dos de pauvres cons comme ma pomme.

Je me demande encore comment j'ai pu me faire avoir aussi facilement. C'est vrai que la force des escrocs est qu'on ne les voit pas venir. Plus l'arnaque est grosse, mieux elle fonctionne.

Je dois aussi admettre qu'en dehors du fait qu'elle était bandante, je traversais une mauvaise passe, me remettant à peine d'une nouvelle dépression.

Cette garce le savait et a profité de ma faiblesse pour m'embobiner…

Quand je me suis rendu compte de l'arnaque, elle était déjà loin. Elle avait quitté la région et avait disparu avec notre argent. Personne n'a porté plainte. La plupart des arnaqués étaient des notables du coin qui n'auraient avoué pour rien au monde qu'ils avaient tenté de flouer le fisc. Ils ont préféré oublier leurs déboires. Et comme beaucoup n'étaient pas à quelques dizaines de milliers d'euros de pertes, ils ont fermé leur gueule…

Son plan était vraiment machiavélique. Elle était intouchable.

J'ai avalé une plaquette de Xanax mais avant de sombrer, dans un ultime réflexe de survie, j'ai appelé le 17…

Quand j'ai retrouvé un semblant de vie, Labourbe était de l'histoire ancienne pour tout le monde sauf pour moi.

Car je n'ai jamais baissé les bras et j'ai tout fait pour retrouver sa trace. Cela m'a pris trois mois. Elle se faisait oublier près de Deauville, sous son identité de «jeune fille».

J'étais heureux comme un gamin quand je l'ai revue… J'aurais alors pu réclamer le remboursement de mon préjudice financier, mais j'ai résisté à l'envie de l'injurier en public, de la dénoncer anonymement. J'ai préféré l'inscrire dans mon carnet des rancunes !

Depuis, attendant patiemment mes cinquante ans, je l'ai suivie à la trace. Après la Normandie, elle s'est mise au vert en Floride avec ses millions planqués au Luxembourg. Elle a épousé un riche Américain qui a eu la malchance de décéder moins d'un an après leur mariage. Puis elle a vécu un moment à Bruxelles où elle s'est remariée avec un Belge de vingt-cinq ans son aîné. Bref, avec son père…

À croire qu'elle aime les vieux, parce que après avoir plumé son Belge elle s'est mise avec un Suisse de soixante-quatre berges. À mon avis, il n'en a plus pour très longtemps mais ne le sait pas encore…

Il a l'air sympa et il est totalement baba devant elle. La Claudia mène son pépère par le bout du nez.

L'an passé, j'ai tourné autour de chez eux en bordure du lac. Je l'ai suivie et beaucoup observée. J'ai la conviction qu'amasser du fric est la seule chose qui l'intéresse. Pas d'amant, alors qu'elle est encore une très jolie femme, pas d'extravagances ni de folies. Le fric, le fric, le fric…

Je vais donc la châtier par où elle m'a humilié : l'argent. Il n'y a qu'en touchant à son portefeuille que je la punirai.

Aujourd'hui, elle ne se souvient probablement plus du pauvre mec qu'elle a arnaqué. Après ce que je vais lui faire endurer, elle ne m'oubliera jamais.

Il ne fallait pas me prendre pour un débile, madame Claudia Leménestrel, née Claude Labourbe. Je ne suis pas méchant. Cependant, en bon rancunier, je veux et je vais tout lui prendre. Quand elle réalisera mon hold-up, elle se retrouvera sur la paille. Sans un rond, pillée. Humiliée.

Ma vengeance ne s'arrêtera pas là. Je veux qu'après avoir perdu son magot, elle soit foutue à la porte par son mec de soixante-quatre ans. Je peux compter sur la fille du vieux monsieur, une certaine Élisabeth Villeneuve, pour l'achever. Elle déteste cette rivale qui s'est imposée dans le lit de son père, et craint pour son héritage…

Je ne sais même pas si je lui laisserai ses yeux pour pleurer !

16

Ce n'est pas de gaieté de cœur que je le reconnais aujourd'hui : je me suis fait avoir comme un débutant. Je dois ravaler mon honneur. Évidemment, je me dis que je retenterai ma chance plus tard, mais c'est seulement pour me rassurer. Elle est trop forte, je ne l'aurai jamais…

Pourtant, à aucun moment je n'ai sous-estimé cette femme. Je la savais puissante, maligne et vigilante. Bien plus encore que les Dupouy…

J'avais donc bien préparé mon piège.

Pour elle, j'avais imaginé plusieurs scénarios. Le plus facile, mais le moins drôle, aurait été de faire vider son compte luxembourgeois par un hacker. Il aurait plié l'affaire en un ou deux jours, mais je serais resté sur ma faim. Ma détestation méritait mieux et, en plus, je ne connais pas de hacker…

Il y avait aussi le chantage. Avec elle, ce ne sont pas les sujets qui manquent… À commencer par la menacer de révéler au grand jour son passé d'arnaqueuse, de bouffeuse de queue de vieux fortunés. Ça lui aurait porté un sacré coup, à elle qui s'est fabriqué une image de femme parfaite, d'amoureuse glamour de son pépé.

Ce n'était pas encore assez « méchant »…

Non, j'avais mieux : elle paierait par où elle avait péché. Être arnaquée. Pas une arnaque à la petite semaine, non, un truc où elle finirait par se dire « mais comment ai-je pu être si conne ? ». Elle se sentirait humiliée, autant que je l'ai été.

J'ai mis toutes les chances de mon côté.

J'ai d'abord débloqué un budget de dix mille euros. Pour réunir cette somme, il a fallu que je vide mon assurance-vie. « Vous commenciez à remonter la pente », s'est étonné mon banquier.

Je ne lui dis pas que je me rembourserai sur « la bête ». Comme tout banquier, il ne comprendrait pas.

L'opération a été lancée sur ces bases élevées. Et je me suis donné un mois pour aboutir.

Elle n'a duré que trois jours…

J'ai commencé par des courriers bidon, portant l'en-tête d'une importante et discrète banque luxembourgeoise. Dans ce courrier très personnel, la banque proposait des placements rémunérateurs et sans risque.

Puis je l'ai appelée, en me faisant passer pour M. Rial, gérant de patrimoine dont le ticket d'entrée est à deux millions d'euros. J'ai senti que « le ticket » la faisait frissonner !

Elle a voulu savoir comment j'avais obtenu son téléphone, j'ai répondu d'un sibyllin « Nous connaissons les bons clients, madame Leménestrel… ». J'ai proposé un rendez-vous à sa convenance et en toute discrétion au siège de la banque au Grand-Duché, à son domicile ou à l'occasion de mon passage à Genève à l'hôtel Beau-Rivage. Elle m'a répondu qu'elle me rappelait le lendemain, « à midi ».

Dominique m'a trouvé ragaillardi… « J'ignore ce que tu mijotes, mais je te préfère comme ça, mon chéri », m'a-t-elle dit.

Le lendemain j'avais une tout autre mine et Dominique s'est inquiétée. Elle m'a vu malade… Effectivement, je l'étais de colère et de frustration…

Labourbe m'a téléphoné à l'heure dite. Voici, au mot près, ce que fut notre discussion :

— Bonjour, madame Leménestrel. Quel plaisir… Vous êtes ponctuelle !

— Toujours, c'est l'une de mes qualités…

— Et sans doute pas la seule !

— En effet… Je sais aussi bien me renseigner sur mes interlocuteurs… Monsieur Desmichelles.

Pris à mon propre piège, j'ai balbutié. Puis elle a raccroché. J'étais démasqué… Elle n'a pas cherché à en rajouter.

Ce camouflet me servira de leçon. Je me suis senti trop sûr de moi après trois succès faciles. Certes, maigre consolation, je n'ai pas perdu d'argent, mais à l'avenir je dois être moins naïf.

17

Elle m'a tué… Je sors épuisé de ce combat perdu, j'ai maigri, je dors mal, je somatise. Je vais mal… Pour un peu, je sombrerais à nouveau si Dominique n'était pas là. Elle me trouve une mine de déterré.

— Il faut que tu te reposes, mon petit amour.

« Mon petit amour », elle ne m'a jamais appelé ainsi, j'en suis tout retourné, car d'ordinaire elle n'emploie que mon prénom…

Je me glisse à ma place favorite : dans le creux de son cou. Je ferme les yeux et je me laisse câliner.

— Il faut que tu te changes les idées, poursuit-elle.

Je mens :

— Je suis crevé… Le boulot.

Comme j'aimerais lui raconter que je n'ai pas pu assouvir ma rancœur et que cet échec me mine au point de me demander si je ne dois pas laisser tomber.

Mais je n'ose pas, de peur qu'elle ne me comprenne pas. J'ajoute :

— Les histoires de travail sont tellement compliquées et sans intérêt. Parlons d'autre chose !

— Il faut que tu te refasses la patate, mon chéri.

— Ma petite chérie…

Elle m'annonce, toute contente d'elle, qu'elle a improvisé un week-end à Talloires, sur les rives du lac d'Annecy.

— Et il n'est pas question que tu refuses !

— Je ne te refuserai jamais rien !

Je ne suis jamais allé sur les rives de ce lac. C'est là en revanche qu'elle passait ses vacances, enfant. « Le lieu est magique, tellement apaisant. »

Nous voilà du côté de Talloires où elle a réservé dans une pension de famille pleine de charme. J'aime marcher en lui tenant la main, ses longs cheveux au vent m'effleurant le visage, nos pieds nus dans l'eau claire, avec en fond sonore le bruit lancinant des petites vagues qui, chaque fois qu'elles approchent, la font reculer dans un éclat de rire. Parfois, nous croisons un pêcheur. Moi qui me lie peu, j'apprécie mes brèves discussions avec ces passionnés où il n'est question que de poissons, « de plus en plus rares », et de météo, « si changeante en cette saison ».

Ensuite nous reprenons notre balade. Durant des heures, silencieux. Quand on est heureux, on n'a pas besoin de parler.

L'air de la montagne, le doux soleil me requinquent, ou peut-être est-ce la seule présence si apaisante de Dominique.

Alors que nous marchons au soleil couchant, notre complicité est telle que je me fais violence pour ne pas lui confier mon secret.

J'aimerais qu'elle sache que je suis train de régler mes vieilles rancunes.

Je le ferai peut-être, car, me dis-je, il est bon de tout

partager avec celle en qui on a toute confiance. Mais, même si je me sens en totale osmose avec Dominique au point de n'avoir rien envie de lui cacher, j'ai encore peur de sa réaction. Aussi, je préfère attendre un peu…

Cependant, après ces deux jours avec elle, le doute n'est plus permis. Je dois me l'avouer : je suis en train de devenir amoureux de cette femme enjouée, vive, curieuse de tout, qu'un rien amuse.

Je n'ai jamais connu ce sentiment de plénitude, même à l'époque où j'étais persuadé que Béatrice était la femme de ma vie.

Dominique est belle, bien sûr, mais elle est bien plus que cela : elle est rayonnante. Tout le monde vous le dira, elle irradie.

Tandis que s'achève ce long week-end merveilleux, je me demande si j'aurais le courage de lui dire que je suis amoureux, comme jamais je ne l'ai été.

Je sens qu'elle aussi succombe.

Entre nous, ce n'est plus de l'affection, de la tendresse, mais de l'amour.

Jusqu'à présent, même dans les instants les plus intimes, nous avons évité de prononcer ces mots définitifs qui nous brûlent les lèvres… Comme s'il était encore trop tôt pour se lancer dans une relation sans retour possible.

Je ne veux pas la brusquer en disant que je l'aime. J'ai trop peur. Ce serait prendre le risque de la perdre, tant, parfois, ses réactions sont inattendues et me laissent pantois. Elle est si entière. En tout.

Ces deux jours en sont le révélateur : nous nous aimons, c'est une certitude. Mais quand nous le dirons-nous ?

Ce jour-là, je ne lui mentirai pas et mon secret sera le sien, aussi. Elle sera mon alliée, ma complice.

En attendant ce moment béni, il serait temps que je me rappelle « au bon souvenir de Lefèvre ». Il ne faudrait pas qu'il se croie à l'abri de ma rancune. Il est tranquille depuis trop longtemps…

Yannick

Jusque-là, la journée a été bonne. Très bonne, même. Je me suis occupé de la fortune patrimoniale d'un couple franco-russe, les époux Nicolaev, installés, comme de bien entendu, sur la Côte d'Azur… À Monaco, où ils possèdent un triplex avec vue sur le port.

Je ne les ai jamais rencontrés. Toutes les transactions se sont faites par l'intermédiaire de leur chargé d'affaires. Un Britannique.

J'ai fait des placements si judicieux que je leur ai fait gagner plusieurs centaines de milliers d'euros en deux mois. Ma commission est de vingt pour cent, et ce mardi est le jour « de ma récompense ». Celui où je reçois ma part pour moitié en cash et l'autre par un virement sur le compte de ma société. Le fisc, qui estimera la somme très convenable, laissera passer. Il faut bien que du liquide circule, si on veut que l'opération soit un peu rentable… Je me flatte de ne pas être un philanthrope, surtout avec mes « chers amis de Bercy ».

J'ai récupéré ma « petite mallette » dans la chambre d'un hôtel deux étoiles sans charme du centre-ville, auprès de l'homme de confiance des Nicolaev. Dans notre profession, nous sommes tellement dans le viseur de l'administration fiscale qu'il vaut mieux être extrêmement discrets.

Je suis prudent de nature, et encore plus en pareil cas. Surtout que ce Russe est dans le collimateur de la brigade financière pour le versement de commissions occultes à des intermédiaires du Golfe, aux côtés desquels ce que j'ai perçu aujourd'hui est une goutte d'eau dans l'océan de leurs magouilles.

J'ai du pif, et je sais rester à l'écart de ce type de transactions.

Voilà pourquoi, sans être parano, j'ai laissé mon portable au bureau. Si, un jour, la Financière décide de me tracer, ils n'auront pas de preuves matérielles que j'étais là. Cela peut paraître excessif, mais j'ai aussi vérifié que je n'étais pas suivi et je suis arrivé avec une demi-heure d'avance pour surveiller les allées et venues autour de l'hôtel. L'Anglais m'a proposé un whisky pendant que je comptais les liasses de billets en petites coupures, comme je le demande toujours. Les gros biffetons sont trop voyants… J'ai refusé son offre. Pas question de laisser traîner mon ADN sur les bords d'un verre.

Ce verre que j'estime bien mérité au regard de la tension nerveuse de la journée, je me le suis offert au bar du Jimmy's, un endroit calme où j'ai mes habitudes. Je commande une coupe de champagne. Puis une seconde, une troisième. Je vide quasiment un Roederer millésimé sans perdre des yeux ma petite valise noire. Ce n'est pas le moment de l'égarer, avec ses quatre-vingt mille euros à l'intérieur…

J'ai un dîner avec un futur client libanais, mais avant je passe au bureau pour récupérer mon téléphone.

La journée est parfaite.

Jusque-là.

Je ne me suis absenté que deux heures, pourtant, quand je consulte mon portable, sa messagerie est surchargée. Je n'ai pas besoin d'écouter la trentaine de messages d'Agnès pour comprendre. Le premier me suffit.

« Rappelle-moi vite, Yannick. J'ai peur. Un drôle de type m'a suivie de la sortie du bureau jusqu'à la maison. »

Au fils des appels et au seul ton de sa voix, je sens monter sa frayeur. Dans quelques messages, elle éclate en sanglots. « Viens vite, je t'en supplie. » Dans d'autres, elle s'énerve : « Yannick, tu es où ? Réponds, putain de merde ! » Ce que me dit Agnès me fout les jetons : « Il est toujours là, au coin de la rue. »

Elle s'affole. Elle décrit un type avec une casquette, des lunettes de soleil qui lui mangent le visage et un long imperméable beige. Elle lui donne dans la cinquantaine. Il ne bouge pas du coin de la rue et regarde fixement en direction de l'immeuble, le regard levé sur notre cinquième étage. Comme une statue prête à s'animer. Elle ajoute qu'il l'a suivie dans le tramway. « J'ai peur, Yannick, j'ai peur… »

Je ne vais pas au bout de ses messages angoissés. Je l'appelle. Elle veut savoir où j'étais. Je lui réponds :

— Pas au téléphone.

Et elle comprend aussitôt. Comme l'inconnu menaçant n'a toujours pas bougé, j'ordonne :

— Ne vous manifestez surtout pas, j'arrive aussi vite que je peux. Je vais le coincer.

J'insiste :

— Vérifie que tout est bien fermé !

Augustin, mon garçon, et Eva, ma dernière, sont avec elle, à l'abri dans l'appartement. Annabelle est chez Jean, son fiancé. Elle ajoute qu'Augustin l'a déjà aperçu cet après-midi, au lycée. « Il pense qu'il le guettait à la sortie. »

Je ne peux retenir un « putain d'enfoiré ! ».

— Tu le connais ? s'étonne-t-elle.

— Non, non… J'arrive !

Elle me demande si elle doit appeler la police. Je répète le plus calmement possible que je suis en route et que nous avertirons les flics quand je serai là.

Je n'aime pas les mêler à mes affaires, surtout un jour comme aujourd'hui, avec ma valise pleine de billets posée sur le plancher côté passager. Tandis que je roule, sans trop faire attention aux stops et aux feux, je me demande si la présence de ce type est liée de près ou de loin à la transaction. Dans la vie, les hasards sont rares. En revanche, je ne m'explique pas son comportement ni son déguisement ridicule… C'est étrange… Une chose me semble sûre : il s'agit du même type qui m'a suivi de la maison au bureau dans une Twingo rouge…

Nous sommes restés en liaison tout le temps du trajet. Soudain, Agnès, qui le surveille par la fenêtre de la chambre, hurle presque :

— Il se barre !

Je ne suis qu'à trois rues de là. J'ordonne :

— Prends-le en photo !

— Il a disparu…

Comment n'y ai-je pas pensé plus tôt ?

Je grille un feu, manque de renverser un piéton. En dépit de mes efforts, j'arrive trop tard. Il s'est volatilisé alors que j'étais tout près, comme si cet enfoiré avait senti que j'approchais.

La description plus précise que m'en fait quelques instants plus tard Agnès confirme ce que je pressens : c'est bien le même enculé que l'autre jour. Mais je garde ça pour moi. Ma femme aurait si peur qu'elle exigerait que j'appelle aussitôt la police.

Cette histoire, j'ai l'intention de la régler autrement. À ma façon.

Je dis à Agnès et aux enfants :

— Y a rien à craindre de ce malade.

À cet instant, j'en suis convaincu. Et une évidence s'impose car je n'en vois pas d'autre : ce fumier était au courant de la transaction d'aujourd'hui et va réclamer sa part. Je me rassure, c'est donc une histoire de fric.

Je vais lui apprendre qu'on ne s'en prend pas aux miens impunément. Il ignore à qui il a affaire…

18

Mon objectif à l'égard de Yannick Lefèvre est très simple. Je le répète afin que vous l'ayez bien en tête : le tuer, car il ne peut y avoir d'autre sanction que la mort.

Avant, je compte profiter de chacune des étapes de l'accomplissement de cette vengeance. Ensemble, nous allons jouer. Des semaines, des mois peut-être… Le temps qu'il me plaira.

Pour l'instant, je n'en suis qu'à la première étape et, si je n'ai parcouru que peu de distance, c'est surtout pour le plaisir de faire durer. Cette rancune, je vais la savourer, par petites gorgées de plaisir.

En le suivant il y a quelques jours, j'ai voulu distiller des interrogations dans son esprit. Qui est ce type étrange qui le suit, laissant planer une sourde menace ? Un fou ? Un psychopathe ? Que lui veut-il ? Doit-il avoir peur ? Les siens sont-ils en danger ? Que faire ? Comment se débarrasser de ce dingue ?

Je l'ai laissé mijoter un moment. Peut-être a-t-il fini par m'oublier. Aujourd'hui, alors qu'il est passé à autre chose et que, sans doute, il m'a classé dans la catégorie des siphonnés, je lui administre une sérieuse piqûre de rappel.

Il était temps que je lui remette un « petit coup de pression » : « Oh, je suis toujours là ! » Quand j'écris « petit », c'est évidemment tout le contraire... UN GROS COUP ! UN RAPPEL À L'ORDRE !

Mon but du jour était de provoquer un réel affolement dans la famille Lefèvre.

Mission accomplie ! Maintenant il réalise que ce qui s'est passé l'autre matin n'est pas un incident isolé. Il y a un plan derrière tout cela... Je deviens une menace qu'il doit prendre au sérieux.

Je ne suis pas partisan de cette méthode radicale, mais je n'en ai pas d'autres. Impressionner Lefèvre ne pouvait passer que par l'intimidation des siens.

J'ai donc commencé par son fils, un grand dadais un poil suffisant. Il s'y croit sous prétexte que sa famille compte dans le pays et parce qu'il commence brillamment (paraît-il) des études supérieures. Celui-là, il m'a tout de suite débecté. L'emmerder est un plaisir.

Je me suis planté devant lui dans ma tenue « préférée », à l'entrée de son école, et je l'ai légèrement bousculé. Sur l'instant, il n'a pas réagi, mais je suis sûr que, ce soir, le pauvre garçon doit trembler, lui aussi.

En fin de journée, je me suis « attaqué » à sa femme. Elle non plus, je ne l'apprécie pas. Elle est fausse et hautaine. Je l'ai attendue à la sortie de son cabinet, qu'elle quitte chaque soir, été comme hiver, vers 18 h 30, ce qui peut paraître surprenant vu sa profession. Elle est avocate associée dans le plus important cabinet d'affaires de la ville, un métier où, généralement, on ne calcule pas ses heures. Elle apparemment si, puisqu'il n'y a que de rares entorses à cet horaire. La suite est ordonnée comme du papier à musique.

Depuis que je m'intéresse à elle, je suis frappé par le fait que cette femme n'a aucune fantaisie. Elle est tout le contraire de Dominique, curieuse de tout, prête à la moindre expérience originale qui casse sa routine…

Pour rentrer, Agnès emprunte la ligne directe du tram qui la laisse à deux rues de chez eux. Elle n'utilise sa Mini décapotable que les rares fois où elle doit plaider un dossier, car le tribunal est maintenant situé à la frontière de la banlieue ouest. À 19 heures, elle sort en tenue de sport fluorescente pour faire un jogging d'une demi-heure jusqu'au petit bois où elle ne s'aventure jamais, ce qui indique qu'elle est peu courageuse. Ensuite elle se pomponne en attendant monsieur, car ils sortent quasiment tous les soirs, privilège des notables de notre agglomération.

Ce soir, sa séance de sport n'a duré que quelques secondes, le temps qu'elle me repère au coin de la rue. Il faut dire que je ne passe pas inaperçu dans mon accoutrement.

Je me suis appliqué à ce qu'elle me remarque dans le tram en me tenant près d'elle. Agnès s'est probablement demandé qui était cet hurluberlu, et je pense qu'elle n'était pas la seule, vu les regards curieux que m'ont lancés les autres voyageurs. Mais, pendant les dix minutes de trajet, elle m'a négligé et est restée penchée sur son journal. *Le Monde*, bien sûr !

Quand elle est sortie pour courir et qu'elle m'a aperçu, j'ai vu dans son regard à quel point elle a flippé. Je me tenais debout et ne la lâchais pas des yeux. Il y a de quoi être traumatisée à la vision d'un type louche, repéré dans le tram et qui fait maintenant le guet à quelques dizaines de mètres de chez vous.

Je comprends qu'elle ait paniqué, c'était le but recherché. Moi-même je n'aurais pas été rassuré !

Elle a aussitôt battu en retraite. J'imagine qu'elle a vérifié que tout était fermé à clef dans l'appartement et qu'aussitôt après elle a téléphoné à Yannick. J'ai vu le rideau de la chambre s'écarter (j'ai dressé un plan précis de leur logement spacieux). Constater que je ne bougeais toujours pas a obligatoirement accru sa peur. La question (à laquelle je n'avais pas de réponse) était de savoir si elle allait appeler les flics ou son mari.

C'est pourquoi, par prudence, j'ai fini par filer, d'autant que Lefèvre allait forcément rappliquer. J'ai bien fait, car, à deux ou trois minutes près, il tombait sur moi.

J'imagine la suite, Agnès lui a dressé un portrait précis de l'homme qui l'a harcelée. J'ignore si elle m'a pris en photo. Peu importe, j'ai veillé à rester dans la pénombre. À la description qu'elle fait de moi, il a immédiatement reconnu celui qui l'a suivi. Puis il est parti à ma recherche.

Affolé, il doit l'être tout autant que sa femme. En colère aussi. Je sens sa rage à me trouver quand il dépasse dans sa grosse berline le paisible quidam mêlé à la petite foule de cette fin d'après-midi qui se dirige vers la station de tram. Sa conduite est nerveuse, saccadée, j'entends grincer les vitesses quand il rétrograde. Évidemment, je ne tourne pas la tête, mais je l'imagine fouillant fébrilement des yeux la masse des promeneurs pressés. Il ne peut pas m'identifier, car je me suis débarrassé de mes oripeaux de psychopathe patenté sous un petit fourré. Je viendrai les récupérer plus tard. Quand il se sera calmé !

Tandis que j'attends tranquillement le tram, je le vois passer et repasser. C'est difficile à expliquer, mais d'où je suis je sens qu'il est au paroxysme de sa panique, je devine son impatience, sa rage. Je veux continuer à en profiter. Aussi, renonçant à monter dans la rame qui se présente, je m'installe un peu à l'écart. D'ici, je le vois abandonner sa voiture et s'approcher de la station. Il est à l'affût, tel un chasseur, scrutant la masse des passagers. Il presse le pas, et parvient à prendre le tram avant que les portes ne se referment. Je prendrai le suivant.

Aujourd'hui, et ce n'est pas le moindre de mes mérites, j'ai mis le ver dans le fruit. Ce ver va le bouffer de l'intérieur, car, évidemment, je n'ai pas l'intention d'en rester là.

Il aura bientôt de mes nouvelles, mais, en attendant, je vais m'amuser un peu en invitant mon amoureuse au resto et, dès demain, en réglant quelques rancunes.

Une rancune est une rancune !

On la paye tôt ou tard.

Vite, à la maison ! Je n'ai qu'une hâte maintenant, me blottir dans les bras de Dominique.

Yannick

Dès que je suis arrivé, Agnès s'est jetée dans mes bras, effondrée, en larmes. Il y a des années qu'elle ne s'y est pas réfugiée… « J'ai tenu à cause de la petite », a-t-elle sangloté. L'image de mon épouse détruite par la peur m'a secoué au-delà de ce que je pensais. Eva est prostrée sur le fauteuil du salon, recroquevillée sur elle-même, le regard dans le vide. Absente… Augustin en revanche est remonté comme une pendule. Sa mère a dû s'interposer pour l'empêcher d'aller en découdre avec l'inconnu. Il est courageux, mon grand ! L'inconscience, c'est de son âge…

Je me suis rapidement occupé de les mettre en sécurité. J'ai appelé non pas les flics, mais des « personnes » en lesquelles j'ai toute confiance. Ils m'ont assuré que deux gardes du corps seraient là dans la demi-heure.

Je ne suis resté que quelques minutes, le temps de rassembler le plus d'informations sur lui, de les tranquilliser et de ranger l'argent au coffre. Augustin a voulu m'accompagner. J'ai refusé pour, lui ai-je dit, « qu'il veille sur sa maman et sa sœur ». Ce qu'il a accepté à contrecœur tant il était en furie. « Il n'est peut-être pas loin ! »

— Ce mec, il ne me fait pas peur, il ne faut pas se laisser impressionner, papa, m'a-t-il lancé.

J'ai répondu :

— À moi non plus. Crois-moi, si je le chope, il va regretter ses conneries.

Je suis reparti aussitôt au volant de ma voiture avec la ferme intention de mettre la main sur ce fumier.

D'abord, je parcours les rues voisines en effectuant des cercles de plus en plus larges autour de notre immeuble en tentant de repérer un homme en imperméable avec une casquette marquée NY. C'est d'autant plus facile qu'il fait beau. Son déguisement va le trahir.

À cette heure-là, même s'il y a beaucoup de monde avec les sorties des bureaux, je devrais le voir. Il a la cinquantaine, il n'est pas très grand et mince. Il est forcément là, mais il m'échappe encore. Ça m'agace, je m'énerve. Je trépigne, je conduis n'importe comment.

Peut-être s'est-il débarrassé de son accoutrement trop voyant, je me mets à chercher quelqu'un qui le porterait sur son bras ou dans un sac à dos. Je n'arrive à identifier personne, aucun ne correspond. Trop grands, trop massifs. Puis je me dis qu'il est peut-être venu avec sa Twingo rouge. J'en croise une, la rejoins au feu. Ce n'est pas lui, évidemment…

Je tourne en vain dans le quartier. Je m'obstine pourtant, niant l'évidence. Ce fumier m'échappe. Les quelques minutes passées à rassurer ma famille m'ont été fatales, je lui ai laissé le temps de disparaître.

Je vais rentrer, quand une dernière idée me vient. Et s'il s'enfuyait par le tram ? Je me poste à une cinquantaine de mètres, de peur qu'il ne me repère. La foule est dense, mais il est là. J'en ai la certitude. La rame n'est pas encore passée. Planqué dans cette masse, il se croit à l'abri.

Je passe en revue les voyageurs un par un en partant de la gauche. Mais je suis trop loin et la foule trop compacte. Il faut que je m'approche, prenant le risque qu'il me voie. Je décide d'abandonner ma voiture sur le trottoir, et tant pis pour la contravention que je vais prendre. C'est au moment où je rejoins le quai que le tram arrive. Il y a une chance sur deux que j'emprunte la bonne direction, celle du centre-ville, mais je n'hésite pas et je monte dans la voiture de tête. Elle est bondée. En me faufilant, j'examine tous les voyageurs. Il n'est pas dans ce wagon. À la station suivante, je passe dans la deuxième voiture, tout en surveillant ceux qui descendent.

Il y a un tel remue-ménage avec toutes ces allées et venues, j'ai une description tellement approximative de lui qu'il est probable que j'échoue. Je m'entête pourtant et progresse ainsi de voiture en voiture au gré des arrêts.

C'est dans la quatrième, au moment où on se dit qu'on va renoncer, que ce que je peux appeler un « miracle » se produit. J'aperçois un type qui lui correspond, d'une quarantaine d'années. Assis tout au fond de la rame, il tient un sac à dos noir sur les genoux. Ce n'est pas le sac ni sa vague ressemblance avec notre homme qui m'alerte, mais son visage, couvert de transpiration. J'y lis un mélange de veulerie et de méchanceté, une vraie tête de pervers psychopathe. Il garde les yeux plongés dans un journal gratuit qu'il ne lit pas. Il semble aux aguets. Je détourne le regard et, tout en continuant à le surveiller, je prends d'autorité un siège libéré par quelqu'un qui sort, grillant la politesse à une dame qui reluquait la place. D'où je suis, les gens debout m'empêchent de savoir ce qu'il fait. De le détailler. Mais je l'ai toujours dans mon viseur. Je suis content de moi, mon obstination a payé... Une station passe, puis deux. À la troisième, soudain, j'aperçois son crâne dégarni émerger parmi la foule. Il va descendre.

Je me lève à mon tour avec l'intention de le suivre le plus discrètement possible afin de savoir où il habite.

À l'instinct, je renonce donc à une explication immédiate, d'homme à homme, et je décide de lui réserver un sort beaucoup moins enviable qu'une simple engueulade.

À moi, Yannick Lefèvre, on ne fait jamais de coup pareil. Personne n'imagine ce dont je suis capable quand on s'en prend aux miens. J'ai la haine, et ce pauvre minable va l'apprendre à ses dépens. Il veut jouer avec moi, c'est moi qui vais jouer avec lui. La balle change de camp, salopard...

Yannick

Je n'ai pas été bon. Vraiment pas… Résultat, un pauvre gars l'a appris à ses dépens et moi je me sens vaincu. Comme un imbécile.

On pourra toujours argumenter que, si dans tout conflit il y a des dégâts collatéraux, lui en est un. Mais quand même…

Pourtant tout a bien commencé, j'ai sans difficulté emboîté le pas au type à la tête de pervers. Ce ne fut pas compliqué en dépit de la foule compacte qui est sortie à la station Félix-Éboué, où se croisent les lignes 1 et 2. Il m'a suffi de me laisser guider par le sac noir qu'il a enfilé dans son dos, en laissant une dizaine de mètres de sécurité entre lui et moi. Il est descendu dans le quartier des Minauteries, où, il y a plus d'une vingtaine d'années, les usines de tissage ont laissé la place à des logements sociaux. Le projet était ambitieux, porté par les élites. Il devait être le modèle de l'intégration des couches sociales défavorisées mais, très vite, après une inauguration en fanfare ce projet ambitieux s'est avéré être un échec immobilier. Excentré, peu vivant, le tram lui a redonné un peu de vigueur. Mais trop tard. Aujourd'hui, les Minauteries sont devenues une verrue dont les édiles ne savent plus que faire, un quartier pourri jusqu'à la moelle, gangrené par tous les trafics, tenu par les dealers qui imposent leur loi.

Pourtant, chaque fois que je traverse le quartier, les bons souvenirs me reviennent, ceux de mon premier gros coup dans la région, celui qui m'a mis le pied à l'étrier et m'a donné la réputation d'un « mec qui en a ». Ici, j'ai pris des risques mais j'ai ramassé un bon paquet d'oseille. Il fallait oser pousser des particuliers à investir leurs économies dans la transformation de cette friche industrielle et leur faire croire à la bonne affaire. Moi-même, j'ai placé pas mal d'argent sur ce pari immobilier.

Je suis très fier de moi, car, au final, des petits épargnants comme des gros investisseurs ont fait une bonne plus-value. Malheureusement, comme on dit, on ne fait pas d'omelette sans casser des œufs. Quelques-uns ont laissé des plumes dans l'histoire. On ne perd jamais son argent de gaieté de cœur, et je me souviens qu'il y a eu un ou deux suicides. Quand on se lance dans les affaires, il faut avoir les nerfs solides…

Des gros bonnets, des partis politiques ont touché leur part du gâteau. À côté d'eux, je suis un petit joueur. Je n'ai pris que quelques miettes, quoique ces miettes soient déjà conséquentes.

Sur ce coup-là, j'ai croisé beaucoup plus malin que moi. Des escrocs de haut vol, qui s'en sont mis plein les poches. Certains de ces voyous (je ne trouve pas d'autre façon de les nommer) sont toujours aux manettes. Même si quelques-uns sont ensuite passés par la case prison, ils continuent à faire les beaux et à garder les cartes en main. Leur force : n'avoir honte de rien.

Dans mon job, je dois continuer à composer avec eux. Si je l'avais voulu, j'aurais pu multiplier ma fortune par dix, mais je connais les limites à ne jamais dépasser. C'est au prix de ce « sacrifice » que je dors bien… Sauf ces nuits dernières où j'ai le sommeil difficile à cause de ce type qui empoisonne ma vie.

Et si mon tourmenteur faisait partie de la cohorte des baisés, de ceux qui ont perdu leurs économies dans ce projet ? Cela expliquerait qu'il s'en prenne à moi… Pourquoi tant d'années après ?

Il a suffi de quelques secondes seulement pour que je le perde, le temps que je regarde les tours défraîchies qui vont être rasées pour faire place à un nouveau quartier.

Je me traite d'andouille, mais je ne renonce pas. Il ne peut pas être loin. J'accélère le pas, me frayant un passage dans la cohue, jusqu'au moment où, soulagé, je l'aperçois. Du moins le sac à dos et la tonsure sur le haut du crâne.

Je ne sais ce qu'il me prend soudain. Je suis tellement en colère, contre moi, contre lui, contre les immeubles affreux des Minauteries, que j'en oublie ma résolution de rester discret et de le suivre jusqu'à son domicile. Je fonce vers lui. Agnès me dit souvent que je suis un sanguin, que je monte dans les tours pour des bricoles. Elle n'a pas tort, la preuve : je saisis le mec par son sac, je le tire si fort en arrière qu'il tombe sur le béton. Je réalise aussitôt mon erreur. Le mec est bien celui que j'ai repéré dans le tram, mais ce n'est pas celui qui me harcèle. Je m'en aperçois au contenu de son sac qui se renverse sur le quai : il ne renferme aucun vêtement compromettant, mais une boîte de camembert, du jambon, des pommes et des pêches. En plus, je me suis trompé sur son âge. Celui qui me dévisage stupéfait a à peine la quarantaine.

Ce n'est pas le bon. Évidemment, il commence à gueuler, mais il se calme vite quand en guise d'excuse je sors quatre billets de cinquante euros.

J'ai un poil d'expérience en la matière : j'ai appris à faire taire les velléitaires. Je ne connais personne qui résiste au pognon, et chacun a son prix. Pour celui-là, CSP – ou fonctionnaire milieu de gamme, le prix c'est deux cents euros + un rapide « je suis désolé, je me suis trompé. Pardonnez-moi ».

Saisissant les billets tandis que je l'aide à ramasser le contenu de son sac, il lance :

— Oh, qu'est-ce que vous me vouliez ?

J'explique que je l'ai pris pour l'amant de ma femme. Ce qui le fait éclater de rire.

— Je plains le pauvre mec. Quand vous allez lui tomber dessus, il va le sentir passer.

Je m'excuse encore. Il me retient par le bras

— Il faut rallonger un peu de fric. Je suis blessé…

Il n'a rien, mais j'en suis de cent euros supplémentaires…

Il sourit :

— À trois cent billets le petit bousculement, je veux bien être jeté à terre tous les jours ! Vous revenez demain !

Je ne relève pas et m'éloigne. Calmé (je m'apaise aussi vite que je m'énerve), je reprends aussitôt mes recherches, au hasard. Je continue à errer sur le quai, sachant d'avance que c'est foutu. La foule est trop dense.

C'est alors que je le vois. Cette fois sans erreur

possible. Je reconnais le profil de l'homme qui m'a dévisagé dans sa Twingo. Il est assis dans le tram sur le quai opposé à quelques mètres de moi. Je comprends qu'il a pris la rame suivante. Tout à l'heure, en me précipitant, je l'ai raté.

La surprise me cloue sur place. Je perds de précieuses secondes et il est trop tard pour que je traverse et que je le rattrape.

La rame passe à ma hauteur. Il tourne la tête, me voit et me fixe en souriant avec ironie. J'ai juste le temps de prendre une photo avec mon portable. Malheureusement, l'image est un peu floue. Il a bougé et il est de trois quarts. Faute de mieux, je m'en contenterai.

Son dossier s'épaissit… J'ai son visage, inscrit dans ma tête et sur photo. Il roule en Twingo rouge et il habite entre le boulevard des Nations-Unies, où je me trouve, et les quais, terminus de la ligne 2. Ma poursuite n'aura pas été totalement inutile.

J'ai la conviction que ce n'est que partie remise. Tôt ou tard, je le retrouverai. Quand je tiens un os, je ne le lâche jamais.

J'appelle Agnès pour la prévenir que j'arrive. Elle me confirme que mes gars sont là depuis un bon quart d'heure. Elle se sent en sécurité.

Tandis que je retourne prendre le tram dans le sens inverse, je croise le type que j'ai bousculé. Il montre à deux de ses copains les billets que je lui ai donnés pour le calmer. Cet abruti semble ravi de son coup. Il a pourtant le coude de son blouson râpé.

Je passe à quelques mètres de lui. Il se vante d'être tombé sur « un pigeon de première. Le mec est cocu et il course l'amant de sa bonne femme ! » rigole-t-il. Si je n'avais pas d'autres préoccupations en tête, je lui aurais bien fait payer cette humiliation, à cet idiot.

Je ne saurais dire si c'est à cause de son insistant sourire de vainqueur, mais j'ai soudain une autre conviction : l'inconnu qui me harcèle n'en a pas après mon fric. Il a autre chose en tête, mais quoi ?

Et une évidence s'impose déjà : il est dangereux.

19

Je rentre rasséréné, content de moi… Mon cruel échec avec Labourbe n'est pas oublié, mais presque… Je me suis régalé à voir ce pauvre Yannick se démener… Je n'ai pas perdu une miette de son entêtement à me trouver. S'il croit que je ne me suis pas aperçu qu'il me prenait en photo dans le tram.

Je l'ai fait exprès, sinon je me serais assis de l'autre côté, hors de sa vue. Comme j'ai bougé, je pense que sa photo est floue… Peu importe, de toute façon… Quel plaisir j'ai pris à le fixer ! J'espère qu'il a noté mon sourire arrogant.

Quand mon tram est arrivé à la station, j'étais aux premières loges. Quel spectacle réjouissant ! Je l'ai vu s'en prendre à un pauvre type qu'il a probablement pris pour moi… J'ai bien cru (et là j'aurais vraiment apprécié !) qu'il allait se faire casser la gueule… Confondre ce mec avec moi, ça me vexerait presque !

Le plus jouissif a été de le voir se jeter sur la mauvaise personne alors que j'étais là, à portée de main… Quel idiot… Il aurait suffi qu'il prenne la rame suivante… À deux minutes près, il m'a raté !

Il s'est mis dans un état de nerfs qui démontre que

mes attaques l'atteignent. Le blessent. C'est aussi un avertissement utile : Lefèvre a de la ressource, il est déterminé et j'ai intérêt à faire attention. Mais cela, je le sais depuis toujours.

Le bilan de la journée est largement positif. Un plaisir dont je me régale encore en poussant la porte de mon appartement.

Je m'affale dans le canapé et ouvre mon carnet des rancunes. Sa rédaction n'a été guidée par aucune hiérarchie. Dans ma tête, il n'existe ni petite ni grande rancune… Mais j'avoue que celle-là, je l'ai toujours eue en travers de la gorge. Moi qui déteste l'injustice, j'en ai été victime d'une, terrible.

La relire me plonge dans un passé pas si vieux.

Nom : Corinne Belly.
Situation familiale : vit en concubinage avec Lucien, fonctionnaire à la Poste. Deux enfants de 7 et 5 ans. Elle est d'origine bretonne, Lucien est martiniquais.
Âge : 35 ans, née au Plessis-Robinson (92).
Profession : policière municipale.
Niveau de vie : moyen.
Adresse : résidence Lamartine, apt 114, 2e étage. Avenue Raymond-Poincaré. En location HLM (900 euros/mois).
Véhicule : Renault Mégane.
Préjudice : plainte déposée, passage au tribunal de police. Amende et condamnation à huit jours de travaux d'intérêt général (balayer la rue). Article dans le quotidien local. Nouvel épisode dépressif (sans hospitalisation).

Les faits se sont produits un 28 mars, à 8 h 45, il y

a un peu plus de six ans. Un samedi matin. Je sortais d'une nouvelle cure de désintoxication, et disons que je n'étais pas au top de ma forme. Je ne trouvais pas ma place, ni dans ma vie personnelle ni au travail. Mon médecin m'avait prescrit un nouveau médoc pour remplacer le Xanax, qui me mettait sur le flanc. J'avais conscience de mon mal-être, mais je ne savais pas comment échapper à cette dépression qui me rattrapait avec une terrible régularité.

Depuis ma séparation avec Béatrice, mon existence se résumait à des hauts et des bas. Les bas, c'était quand je cessais de prendre mes médicaments. Alors je m'enfonçais dans une cruelle déprime, je ne croyais en rien ni en personne. Les hauts, en y réfléchissant, il y en avait peu… Aucune des rares liaisons que j'ai eues ne m'a aidé. Disons que je suis mal tombé… Aurélie Marchand, dont je m'occuperai plus tard, en est la parfaite illustration.

À l'époque, je n'avais pas rencontré Dominique, celle qui m'a aidé à renaître. Je ne pensais pas qu'il serait possible un jour de me sentir si bien désormais. D'être tout simplement heureux.

Mais revenons à Corinne Belly. Ce matin-là, je me suis garé sans payer le stationnement, juste le temps de déposer un colis à la Poste. Je n'ai pas repéré l'équipe qui vérifiait les horodateurs. Peser, puis oblitérer mon colis m'a pris moins de cinq minutes. Quand je suis revenu, cette femme s'appliquait déjà à me coller une contravention. Elle n'a rien voulu entendre quand j'ai plaidé ma cause. Tout le monde, je pense, a été un jour ou l'autre confronté à la morgue de ces fonctionnaires inflexibles, avec ce je-ne-sais-quoi de condescendant. « C'est trop tard, j'ai déjà commencé à vous verbaliser », se réjouissent-ils. C'est exactement ce qui s'est produit avec celle-là. Je me suis énervé, je le reconnais, mais j'avais l'excuse d'être sous médoc, et ça n'aide pas.

En revanche, je le jure sur la tête de mes enfants, je ne l'ai pas traitée de « grosse vache dressée à faire chier les gens et qui ferait mieux d'aller enfiler une burka tellement elle est moche », comme elle le maintiendra. À la croire, j'aurais ajouté : « Sale pute. »

Elle a menti… Je n'emploie jamais un tel vocabulaire. Son collègue, qui était de l'autre côté de la rue et n'a rien entendu, la soutiendra.

J'ai eu beau nier, l'accuser de mentir, m'offusquer surtout, ce fut le début de mes ennuis. Par malchance, un véhicule de la Police nationale est passé à ce moment-là, j'ai été embarqué au poste, où j'ai passé la journée sous les regards méprisants des flics de mon commissariat. J'ai dû renoncer à récupérer mon fils et ma fille, et leur mère s'est permis de me dire : « Décidément, tu n'en rates pas une ! »

Bilan des courses : Corinne Belly a déposé plainte, j'ai écopé d'une amende de mille euros pour insultes à un représentant de la force publique. Une association féministe s'est portée partie civile. J'ai dû lui verser mille cinq cents euros (dont la moitié avec sursis). Sur les conseils de mon avocat, je n'ai pas fait appel.

Évidemment, depuis, je fais encore plus honte à mes enfants. En plus d'être un petit escroc (*cf.* épisode Dupouy), ils doivent penser que leur père est un immonde macho…

Sans oublier ces heures passées à balayer les rues.

L'affaire aurait pu rester discrète si un article dans la presse locale ne s'en était pas fait l'écho. J'y passe pour un ignoble personnage, raciste et misogyne. J'ai des défauts, mais pas ceux-là !

Par bonheur, je n'ai connu Dominique qu'après cette épreuve et elle en ignore tout. Cependant, la connaissant, elle aurait été à mes côtés pour me soutenir. Elle est si généreuse…

Voilà pourquoi Corinne Belly est dans mon carnet.

20

Je n'ai jamais réussi à me sortir de la tête cette femme qui a menti à mon sujet. Une question restera à jamais en suspens : pourquoi s'est-elle autant acharnée ?

Alors que je prends plaisir à replonger dans mon carnet, sa page est celle que j'évite le plus souvent… Cet épisode me rend mal à l'aise. L'homme bafoué, ce n'est pas moi.

J'ai longtemps réfléchi à la meilleure des revanches possibles. Je l'ai peaufinée, car, pour elle, je veux quelque chose dont elle se souviendra longtemps. Qui lui fera regretter son attitude. Quelque chose de parfait. Maintenant je suis prêt à l'accomplir. J'espère qu'elle retiendra la leçon !

Je trépigne, tant je suis impatient de m'occuper de son cas, tandis que je prépare un Spritz pour Dominique qui adore ce cocktail. Elle va rentrer d'un instant à l'autre et je réalise à quel point elle me manque. Je mets nos verres au réfrigérateur afin qu'ils soient bien frais quand elle arrivera. Je la soigne, « mon petit amour » !

Je lance donc « l'opération Corinne » ! Comme vous le savez, par manque de vigilance, cela nous arrive à tous de nous tromper de destinataire quand on envoie un SMS. La plupart du temps, cela ne porte pas à conséquence, parfois, si… C'est ce qui arrive ce soir à cette pauvre fliquette.

Le plus difficile fut de me procurer le numéro de son patron, un certain Fabrice Clément. Ensuite, via un téléphone jetable acheté sous son identité, son chef a reçu le message suivant normalement destiné à Lucien, son compagnon : « Mon chéri, j'en ai ras la casquette de ce gros con de chéfaillon de Clément ! Ta Coco » (Coco étant le surnom qu'on lui donne dans le service). Le tout est accompagné d'émoticônes assez graveleuses. Je le connais un peu, ce Clément. Il ne s'embarrasse pas longtemps en vérifications inutiles et en plus il est du genre susceptible, coléreux et rancunier… Je ne doute pas qu'il appréciera à sa juste valeur le message suivant, signé de Corinne : « Chef, c'est une blague que nous t'avons faite avec les collègues. C'est évidemment une plaisanterie. Ne le prends pas mal. Cool, *man* ! »

J'imagine la gueule de Clément… Comme excuses, il faudra repasser, et, évidemment, il n'en croira pas un mot.

Belly sera, et pour un bout de temps, dans son viseur de chef de service tout-puissant.

Le plus jouissif est que cette « chère » Corinne ignorera tout du piège dans lequel je l'ai fait tomber. Elle ne comprendra pas pourquoi Clément la saluera à peine, lui tirera la gueule. Pourquoi aussi, du jour au lendemain, elle sera affectée aux tâches les plus ingrates.

J'ai bien l'intention de profiter de ma revanche. Dans quelques semaines, j'irai la narguer histoire qu'elle comprenne bien qui est responsable de sa mise à l'écart.

Je lui rappellerai le bon temps où elle traquait les malheureux conducteurs qui se garaient quelques minutes seulement devant la Poste, histoire de faire du chiffre !

Le hasard veut que je referme mon carnet à l'instant précis où Dominique pousse la porte de l'appartement et m'interpelle de sa belle voix, si douce et apaisante :

— Tu es là, mon chéri ?

Je réponds, surgissant avec nos deux Spritz :

— C'est l'heure de l'apéritif en amoureux, ma chérie !

Mon seul regret est de ne pas partager avec la femme que j'aime la blague que je viens de faire à Coco. Un jour, peut-être… Sûrement, même… Tant j'éprouve la sensation délicieuse que nous ne formons de plus en plus qu'un.

21

Dominique dort à mes côtés. Son sommeil est profond, sa douce respiration accompagne ma nuit. Je feuillette mon carnet. Je m'arrête sur une ancienne rancune qui remonte à mon enfance. Ce type-là m'en a fait baver au-delà de ce qu'on peut imaginer. J'étais sa tête de turc et il s'est acharné sur moi pendant une année entière.

Enfant, je ne me laissais pas faire. Sauf avec ce monstre. J'étais impuissant.

Jean-François Hautin est le nom de mon tortionnaire. Comme disait ma grand-mère, on lui aurait « donné le bon Dieu sans confession ». Nous étions ensemble au collège Victor-Hugo en cinquième. Une année où il m'a fait vivre l'enfer.

Le pire était que cette tête à claque était le chouchou des professeurs. Toujours assis au premier rang, le prof avait à peine terminé sa question qu'il levait le doigt pour répondre. Personne n'aurait osé se signaler avant lui. Il était volontaire pour ramasser les cahiers, pour faire l'appel, nous garder quand un prof s'absentait… Je le soupçonnais de dénoncer ceux qui copiaient les uns sur les autres mais je gardais ça pour moi, car, face à lui, je faisais profil bas. Je n'avais pas intérêt à lever la tête, sinon il me punissait.

Bref, Jean-François Hautin était intouchable et me le faisait comprendre du sommet de sa hauteur. J'étais sa chose. Il portait bien son nom, avec son petit sourire supérieur en coin, cet air de dire « tu ne m'arriveras jamais à la cheville ».

Un jour d'hiver, ignorant les sanctions possibles, il m'a coincé dans les chiottes. Le petit groupe de cinq gamins qui le suivaient et lui obéissaient m'a chopé à la sortie du collège et j'ai été forcé de les suivre. Il m'attendait, triomphant avec son sale sourire. Je me souviens encore de ses mots quand il m'a poussé à l'intérieur : « Desmichelles est une petite merde ! » Les autres ont ri, bien sûr, et moi j'ai dû répéter que j'étais une merde. « Une crotte de bique. »

J'ai eu droit à quelques coups de poing dans le bide. Pauchon, un grand maigre tout en os, m'a tordu le bras, Pernelet m'a menacé d'un petit canif… D'autres m'ont craché dessus. Hautin triomphait : « Tu ne fais plus ton malin, Desmichelles ! » Comme si je l'avais fait un jour… Ils se sont moqués de moi quand je me suis pissé dessus. Enfin, au signal d'Hautin, ils m'ont chassé à coups de pied dans le cul en me promettant que la prochaine fois ils me barbouilleraient la gueule avec ma propre merde. Les jours suivants, Hautin ne m'a pas lâché. « Alors, petite merde, tu chies toujours dans ton froc ? »

Je n'aurais pas dû réussir mon devoir d'histoire. Le soir même, Hautin et sa bande me coinçaient de nouveau aux toilettes. Il a fallu que j'avoue que j'avais triché, que je promette que je me dénoncerais au prof.

« Si tu ne le fais pas, la prochaine fois tu mangeras ta merde. »

Puis le miracle s'est enfin produit. Après des mois de souffrance, mon tortionnaire a quitté la région. Sa bande me l'a fait payer par quelques brutalités, mais assez vite ils se sont désintéressés de moi. Sans leur maître, ils étaient perdus.

J'ai poursuivi une scolarité « correcte » (bac avec mention assez bien) et j'ai enchaîné avec une formation de comptable.

En revanche, je n'ai jamais oublié Jean-François Hautin. J'étais partagé entre deux sentiments, l'impatience de prendre ma revanche et la crainte de ne pas être à la hauteur.

Je connais son parcours sur le bout des doigts : HEC dont il est sorti major, puis l'université de Harvard. Il s'est marié avec une beauté blonde qui lui a donné deux filles et deux garçons. Hautin a tout réussi. Il vivait loin, dans des sphères dont j'ignorais tout. Certes, il figurait en bonne place dans mon carnet, mais jusqu'à aujourd'hui je ne savais pas comment l'atteindre. Avant que le hasard me sourie enfin.

Non seulement, après de nombreuses années passées à l'étranger, il vient de se réinstaller dans la région, mais, surtout, il prend la tête de l'importante entreprise d'ingénierie de deux mille salariés où je travaille désormais aux trois cinquièmes (j'ai obtenu cet aménagement temporaire pour me consacrer à mes rancunes). Demain matin, il sera présenté au personnel du siège, et je suis impatient de le retrouver des années plus tard.

Sa fiche est sous mes yeux :

Nom : Jean-François Hautin.
Âge : 48 ans.
Physique : petit (1,70 mètre environ), mince. Il porte des lunettes en écaille.
Statut : PDG.
Situation familiale : marié à Audrey de Mac Mahon, 47 ans. Quatre enfants. Aîné à Polytechnique, second à HEC, les deux derniers dans une université américaine.
Adresse : 22, impasse du Bois-Vert. Maison de 600 mètres carrés sur parcelle de 2 000.
Patrimoine : possède une villa à Ramatuelle, un chalet à Val-d'Isère.
Véhicules : Mercedes 500K, Smart, Land Rover toutes options.
Niveau de vie : très élevé.
Sa faute : des mois de harcèlement physique et moral. Violence extrême à mon égard. Cet homme m'a détruit.
Préjudice : il a gâché une année de ma jeunesse (sans compter celles qu'il m'a fallu pour reprendre le dessus). Mais plus que cela, j'ai perdu l'estime que j'avais de moi, premier épisode dépressif entraînant une perte d'ambition. Sans lui, je serais un autre homme.

Ma haine à son égard explose et je m'endors avec des envies de vengeance. Je colle mon corps contre celui de Dominique. Elle gémit.

Mais ma dernière image avant de sombrer est celle de Yannick Lefèvre.

Yannick

Moi qui avais des nuits de plomb, je ne trouve plus le sommeil.

Je regarde l'heure sur mon iPhone. Deux heures quatorze. Quinze maintenant. Une boule d'angoisse me serre l'estomac. À mes côtés, Agnès a une nuit agitée. Elle pousse de petits râles, se tourne et se retourne. À quoi donc rêve-t-elle ? Au moins, elle a la chance de dormir. Ses cachets, sans doute.

En apparence, je suis un homme calme et réfléchi. J'entends même certains dire que je suis imperméable aux émotions, ce qui est faux.

En réalité, je dissimule mes angoisses. Je suis un anxieux, un colérique et un grand nerveux. Cette histoire me travaille depuis des nuits, sans me laisser de répit. Je me revois en train de bousculer violemment ce pauvre mec l'autre jour. Je m'en veux de m'être trompé de rame, d'avoir laissé filer l'inconnu. Je me suis précipité, j'ai manqué de sang-froid. J'espère que cela me servira de leçon à l'avenir.

Je réalise autant l'angoisse des miens que mon incapacité à savoir qui il est, ce qu'il me veut. J'essaie de mettre un nom sur le visage trop rapidement entrevu.

Je fouille dans mes souvenirs, cherche à comprendre ce que signifie ce déguisement ridicule. L'imperméable gris, les lunettes noires… Pourquoi une casquette avec les lettres N et Y. Ce détail qui est tout sauf un hasard m'intrigue. En exhibant cette casquette, il m'envoie un message. Lequel ? J'ai beau chercher, je ne trouve rien de convaincant. Certes je me suis rendu à de nombreuses reprises dans cette ville que j'adore, au point d'y posséder un penthouse en haut de la Septième Avenue, à deux pas de Central Park. J'ai dû y séjourner une bonne trentaine de fois, que ce soit en villégiature ou pour le travail, en qualité de membre associé du cabinet Brown Limited. Quelque chose ou quelqu'un peut m'échapper, mais je n'ai pas le souvenir d'y avoir fait un coup tordu. Ce n'est pas mon genre. Combien de fois faudra-t-il que je le répète : je suis réglo et ce n'est pas aux États-Unis que j'irais me faire des ennemis. Je ne suis pas assez stupide pour ça ! Mais putain, pourquoi N et Y ?

Plus je m'agace, moins je parviens à m'endormir. Je résiste encore à l'envie de prendre un cachet.

Dans les affaires, nous ne sommes pas des anges. Moi, y compris. Il y a donc sans doute plein de gens (c'est un peu exagéré, disons « quelques personnes ») qui ont des raisons de m'en vouloir. J'ai probablement, sans m'en rendre compte, laissé quelques ardoises ici ou là. Et des ennemis… Comme disait mon prof d'économie à Sup de Co : « Dans les affaires, comme à la guerre, il y a des blessés et des morts. Le but est d'éviter les balles ! » J'ai suivi son conseil… Cependant, si j'ai mal agi avec certains, cela n'a jamais été une volonté délibérée de ma part ni jamais de gaieté de cœur. Tout le monde dit de moi (et je m'en flatte) que je ne suis ni violent, ni sans foi ni loi. « Humain ». Ma femme me reproche même d'être trop gentil. Oui, j'ai le respect des autres, et j'en suis fier.

Je me triture la cervelle pour dénicher des noms, quelqu'un qui soit assez taré pour m'en vouloir à ce point-là.

J'identifie trois personnes, mais aucune ne me convainc vraiment. Histoires trop anciennes, physiques ne correspondant pas à mon homme, l'un est plus jeune et les deux autres frisent les soixante-dix ans. Je les ai perdus de vue et je ne sais même pas s'ils sont encore de ce monde.

Est-ce qu'on se venge trente ans après pour avoir été conduit à la faillite par un concurrent un peu trop ambitieux, pour s'être fait chiper un contrat à cinq zéros à cause d'un dessous-de-table généreux, ou même pour avoir provoqué le grave accident de la circulation d'un salarié en lui imposant des cadences que j'appellerais soutenues, et d'autres d'infernales ? Je n'y crois pas.

Dans ce dernier cas, je ne me sens pas du tout responsable. Le boulot exige parfois qu'on dépasse ses limites. Certes, Guillon, c'est le nom de ce malheureux, est resté tétraplégique à la suite de sa sortie de route (il s'est endormi au volant de sa voiture de fonction), mais il a fait condamner la boîte à une indemnité si généreuse qu'à sa place, je ne me plaindrais pas. Agnès dit que je suis sans cœur, quand je plaisante à son sujet : « Passer sa vie à fainéanter au pieu, y a pire ! »

De plus, Guillon n'a que quarante ans et je ne le vois pas faire le pied de grue autour de la maison sur un brancard… À moins qu'il ait engagé quelqu'un pour le faire. Même si je n'y crois pas, je ne peux négliger cette piste. Je mettrai mes gars là-dessus, histoire d'en avoir le cœur net.

J'en ai assez de tourner et virer dans mon lit. Je me lève, tente de lire, allume la télé, regagne la chambre. Finalement je me force à avaler un cachet de zolpidem. Tant pis si ma journée de demain est gâchée, je n'en peux plus. Je regarde l'heure sur mon portable : 3 h 12.

Je passe rapidement en revue ma vie personnelle. Rien non plus de ce côté-là. Ma vie est limpide comme de l'eau de roche. Les rares maîtresses que j'ai eues n'ont été que de fugaces passades. Ce n'est pas de ce côté-là qu'il faut chercher. Aucun mari jaloux…

J'ai la certitude que ce n'est qu'un début. Jusqu'où va-t-il aller, je l'ignore.

Je peux comprendre qu'on en veuille à quelqu'un qui vous a fait une crasse. Moi-même, et je ne m'en cache pas, je suis rancunier. Il me cherche, je le retrouverai… Ce jour-là, il paiera la note…

Puis le sommeil m'emporte par surprise.

Je me réveille trois heures plus tard avec de violents maux de crâne et les mêmes questions en tête : qui est-il ? Que cherche-t-il ? Pourquoi m'en veut-il ? Qu'ai-je fait de si mal qu'on m'en veuille à ce point ?

Je m'inquiète : et si c'était cela qu'il cherchait ? Que je m'affole et que je sombre ?

Je ne lui ferai pas ce plaisir… Il faut que je me reprenne. Et vite.

22

Ce matin, dans la salle qui d'ordinaire fait office de cantine, je préfère rester discret. Cet homme, je finis par me l'avouer, continue à m'épouvanter. Tant d'années après, la blessure est toujours béante.

Voilà pourquoi je me tiens en retrait à l'observer de loin. Il a la même tête de petit con suffisant, sûr de sa personne. Sa tête aussi de salopard impitoyable.

Ma réaction n'est pas à la hauteur de ce que j'ai imaginé cette nuit. Je devrais triompher à l'idée de me venger puisque le hasard le place sur ma route. J'ai beau me dire qu'il ne me reconnaîtra pas, que, lui, il m'a oublié, je tremble de trouille.

Que suis-je pour lui ? Il répondrait : rien, une merde…

Ce matin, Hautin est donc présenté à l'ensemble du personnel par la direction. Ils parlent d'une pointure qui va relancer l'activité dans notre branche. Ils résument sa carrière, truffée de succès. Lui, il fait son modeste. Je le connais par cœur, il biche, il profite. Il est détestable… Je dois être le seul à ne pas être dupe. Derrière sa façade de patron qui accueille le compliment avec modestie et qui conquiert tout le monde, je le retrouve tel qu'il était. Supérieur, méprisant et méchant. Le faux-cul qu'il a toujours été. Ceux qui l'applaudissent ce matin, l'approchent et le flattent autour d'un cocktail ignorent qu'il va les broyer. Il est inutile que je les prévienne, ils ne me croiraient pas. Alors je remonte à mon bureau, dévasté.

Dans l'après-midi, il fait le tour des étages. Il paraît qu'il tient à saluer tout le monde. J'entends un brouhaha derrière moi. Je me retourne, c'est lui. Je l'aperçois au fond de l'open-space, il sourit, serre des mains, discute quelques secondes avec les uns et les autres. Je transpire tandis que je le vois approcher. Il échange des amabilités avec M. Verdière, le directeur financier. Mme Peyrot, son adjointe, est sous le charme, elle redouble de compliments en présentant les femmes de notre équipe.

Je profite du fait qu'il se penche sur Juliette pour m'éclipser et m'enfermer dans les toilettes. Je suis tellement transparent dans cette boîte que j'espère qu'ils m'oublieront quand ils passeront devant mon bureau vide…

Effectivement, personne ne s'est aperçu de mon absence.

La fin d'après-midi me semble interminable, je la passe sur les nerfs, avec l'angoisse de le voir revenir.

Au dîner, Dominique me trouve morose, tendu.

— J'ai un sixième sens, mon chéri, affirme-t-elle en caressant ma joue. J'ignore de quoi il s'agit, mais il y a quelque chose qui te tracasse. Comme l'autre jour…

J'ai beau démentir, elle ne me croit pas. Elle ajoute :

— Tu sais que je serai toujours là pour toi, mon petit amour.

Nous ne nous sommes pas encore dit « je t'aime », mais ça y ressemble, non ?

23

Je ne peux pas continuer à le fuir ainsi. À rester aux aguets. À trembler.

Quand j'arrive, j'évite l'entrée principale et je passe par la cantine. Dans la journée, je ne circule plus dans les étages comme j'en ai l'habitude. Je limite à des mails mes échanges avec les autres services. J'ai légèrement bougé mon bureau afin de pouvoir surveiller l'entrée de l'open-space et filer discrètement dès qu'il arrive.

J'ai pensé un peu trop vite qu'en le retrouvant à la tête de cette boîte, après des années à me demander comment l'atteindre, j'allais facilement assouvir ma rancune. Que cette proximité inattendue allait m'aider à trouver le bon moyen pour me venger, et vite. J'étais impatient qu'il arrive, fourmillant d'idées. Mais désormais je suis sec, sans imagination, bloqué par la crainte de le croiser, qu'il me reconnaisse et que mon calvaire reprenne.

Je sais, se mettre dans un tel état d'âme paraît stupide. Une personne sensée me conseillerait de rester serein, me dirait qu'Hautin a d'autres chats à fouetter que moi, l'anonyme comptable aux trois cinquièmes. Qu'il m'a oublié.

Pourtant c'est plus fort que moi, je me cache. Mais je sais que ça ne peut pas durer.

C'est Dominique qui me sauve. Je lui dis tout. Les humiliations que j'ai subies enfant, la peur qu'il m'inspire encore aujourd'hui. À cinquante ans.

— Je te comprends, dit-elle en me prenant dans ses bras.

Un torrent d'émotion m'envahit, et je sanglote comme un gamin. Elle mesure ma peur, mes angoisses, comprend enfin pourquoi je me sens si mal depuis quelques jours. Elle ne cherche pas à me raisonner, non, elle partage ma douleur.

Elle me caresse la tête, dit « mon pauvre chéri ».

Elle me plaint :

— Ton traumatisme est profond. Il continue de te ravager de l'intérieur. Cet homme est un monstre et je ne pense pas qu'il ait changé avec le temps. Quand on est mauvais enfant, on le reste adulte.

Comme encouragé par ses mots, je m'emporte :

— Ce type est une vraie merde et il ne peut pas s'en tirer comme ça. Il faut qu'il paye pour tout le mal que j'ai subi.

Elle dit que je suis en péril.

— Soit tu quittes cette boîte, soit c'est lui qui s'en va.

Je murmure :

— Tu peux m'aider ?

Je la vois réfléchir, fermer mes yeux. Soudain, elle s'exclame :

— J'ai une super idée. Non seulement tu seras vengé, mais nous allons bien nous amuser ! Crois-moi, il s'en souviendra !

Elle poursuit d'une voix ferme :

— Voilà ce que tu vas faire ! Mais surtout, tu ne démissionnes pas, même si tu en as très envie. Il ne remarquerait même pas ton départ. Pour le reste, tu me laisses faire. Ton sale mec ne va pas s'en tirer comme ça. Quelle rigolade !

Les jours suivants, j'agis exactement comme elle me le demande. J'espionne Hautin de loin, notant ses habitudes, ses petites manies.

Il y en a une qui retient aussitôt l'intérêt de Dominique : sa façon de faire lors de la réunion des chefs de service, chaque lundi et jeudi matin à 8 h 30 pétantes, dans la grande salle du huitième entourée de vitres épaisses. Ils sont environ une vingtaine de cadres. Hautin les laisse mijoter à peine quelques secondes, puis il fait une entrée musclée dans la pièce. Il n'y a plus aucun retardataire, ils ont été mouchés dès la première réunion. Ils savent qu'ils n'ont pas intérêt à recommencer. Tout le monde se raidit, remet ses notes en place, prie pour ne pas être interpellé par le boss.

Hautin s'assoie toujours à la même place. Il occupe le seul siège tout au fond de la grande table ovale. Il le tire, s'y laisse tomber en posant son important tas de dossiers. De son poste, aucun de ses interlocuteurs ne lui échappe. Hautin mène ces réunions avec autorité, égratigne les plus faibles, distribue les bons et les mauvais points. En quelques jours, la bonne impression des premières heures a été gommée. Je pense qu'il s'en fout. Il dirige sans états d'âme, se fait craindre et, pire, donne l'impression d'en jouir. Ce qui le rend encore plus effrayant. Mais il n'y a rien à faire contre un patron surpuissant, soutenu par les actionnaires qui l'ont chargé de remettre de l'ordre dans la boîte. Autrement dit, de faire le ménage en se séparant des indésirables.

— On va lui rafraîchir la mémoire, rit Dominique en m'expliquant ce qu'elle a imaginé pour « ce vilain garçon » (c'est ainsi qu'elle l'appelle).

Ce matin-là, grâce à elle, j'assiste à sa débâcle. Comme à son habitude, il entre dans la salle sans saluer quiconque, d'un pas vif, et il se laisse tomber dans son fauteuil. Il tique, il s'est assis sur quelque chose d'inhabituel. Tout en poursuivant l'énoncé de l'ordre du jour, il passe discrètement la main sur le siège. Il comprend tout de suite mais ne montre rien. Pourtant, il a déjà constaté l'ampleur des dégâts.

S'asseoir sur la grosse merde que j'ai déposée quelques minutes plus tôt n'est pas l'un des moments les plus agréables de sa vie, surtout que l'odeur nauséabonde, que quelques-uns ont repérée sans savoir d'où elle venait, se répand aussitôt dans la pièce. Hautin ordonne à ses collaborateurs de sortir.

La plupart suivent « le spectacle » à la dérobée de peur d'être repérés par le boss, quelques-uns préfèrent s'éloigner pour laisser éclater leur rire.

Il faut dire que le spectacle est réjouissant : rouge de colère (ou de confusion ?) nous le voyons se nettoyer au mieux avec les papiers de l'ordre du jour qu'il jette sous la table.

Quand il se décide à partir, c'est à grandes enjambées, sans un regard pour quiconque. Mais il n'échappe pas à la honte de quitter la salle de réunion le pantalon couvert de merde !

La photo que je prends tandis qu'il fonce aux toilettes fait le tour de la boîte. On ne parle que de ça à la cantine.

Hautin ne part pas, il fuit.

Je suis présent dans le parking quand, une fois changé, il regagne sa grosse berline. La honte que je lui ai infligée devant le personnel lui tire les traits. Je l'aurais cru haineux, revanchard, mais, bizarrement, c'est un homme blessé par cette humiliation que j'observe.

Il a enclenché l'ouverture automatique de la portière et va s'asseoir quand je hurle :

— Attention !

Il s'accroche de justesse à la carrosserie et, avant de se retourner vers celui qui l'a prévenu, il vérifie l'état de son siège. Non, Hautin, il n'y a pas de seconde merde !

Tandis que je marche vers lui, je ne peux pas me retenir, j'applaudis et j'annonce :

— J'ai eu peur qu'ils te fassent une seconde blague ! Une merde au cul, c'est bien suffisant, non ?

Dans la pénombre, il me dévisage.

— Vous êtes qui ?

— Un vieux copain !

— Un copain…, murmure-t-il en écho.

Hautin semble perdu, aux abois. Il ne me remet pas tout de suite et il faut que je lui donne mon nom, celui de l'école, l'année, pour que la mémoire lui revienne.

— Ah putain, Desmichelles ! Qu'est-ce que tu fais là ? Tu bosses dans la boîte ?

— Oui, mais tu n'as pas intérêt à me faire chier, je réplique.

Puis j'éclate de rire. Il s'enferme dans sa voiture et s'enfuit sans demander son reste. Châtié.

Je le regarde s'éloigner et je remonte à mon bureau, d'où j'envoie une émoticône de victoire à Dominique. Elle répond par un cœur.

Les gens sont méchants… Quasiment tout le monde se réjouit et se moque :

— Bien fait pour cette merde humaine ! commente Mme Peyrot qui, paraît-il, est sur la liste des premiers virés.

Verdière ajoute, en bon fourbe qu'il est :

— Ça m'étonnerait qu'on le revoie, ce trou du cul.

Bref, l'ambiance générale est à la plaisanterie, les blagues foisonnent. On se marre bien. Délivrés, mes collègues profitent, il sera bien temps de savoir qui va le remplacer.

Ce soir, pour fêter cette magnifique rancune, j'invite Dominique au restaurant. Un grec qu'elle adore.

Il y a longtemps que je n'ai pas ri autant. Qu'est-ce qu'on a pu se moquer d'Hautin avec son pantalon souillé !

— Que tu es méchant ! susurre Dominique, toute souriante.

Cette femme me redonne goût à la vie ! De ce jour, Dominique est devenue mon alliée. Mais où va-t-elle chercher des idées aussi tordues, mais géniales ?

Dès demain, je vais m'occuper de Yannick. Je l'ai négligé ces jours derniers, et ce serait dommage qu'il m'oublie !

24

Cet après-midi, je me barre sans prévenir.

Pour info, Hautin n'est pas réapparu. Selon Dominique, celui que tout le monde surnomme « le bâton merdeux » ne reviendra plus. Comment faire régner l'ordre et la discipline et organiser un plan social quand on a été aussi ridicule ? À cette heure, la direction générale n'a fait aucun commentaire, comme si elle avait déjà tourné la page. Officiellement, il est en déplacement à l'étranger…

L'ensemble de mes collègues se perd en conjectures pour connaître l'auteur de cette blague qui a viré à l'humiliation. Aucun ne songe à moi, ne serait-ce que l'espace d'une demi-seconde.

Je file dare-dare vers le quartier de Puységur, ce coin huppé où vivent les Lefèvre. J'ai juste le temps de garer ma Twingo dans une rue adjacente.

En toute franchise, je n'aime pas ce que je m'apprête à faire, mais c'est nécessaire, et je me fais violence pour l'accomplir.

À quelques secondes près, à cause des embouteillages sur le boulevard extérieur, j'ai failli rater Eva, la fille cadette. De ce que je sais, elle est surveillée comme le lait sur le feu par son paternel. De toute évidence, cette gamine est « la petite princesse à son papa chéri » et on n'a pas intérêt à l'approcher.

Elle est mignonne, grande, avec un petit air mutin, des fossettes et de longs cheveux bruns. Elle a seize ans et elle est déjà en terminale S.

Le bas est dans moins d'un mois, et elle compte suivre une filière de management dans l'international. Rien que ça !

Elle vise une mention bien, obligatoire pour intégrer la classe préparatoire de l'école qu'elle vise. Je sais que Lefèvre sera profondément atteint si elle échoue. Il ne supportera pas le désespoir de sa princesse.

À son âge, j'étais encore en seconde… Eva est une élève surdouée, mais une adolescente ultrasensible.

Mon intervention, et j'en suis sincèrement désolé pour elle, va la traumatiser. J'espère qu'elle ne ratera pas son examen… Quoique…

Je repère Eva de justesse parmi les lycéens. Je craignais qu'après mon petit « show » de l'autre jour, Lefèvre ne la fasse raccompagner. Dans ce cas j'aurais abandonné. Mais non, il n'a pas pris cette précaution, se contentant de faire surveiller leur logement, et je la suis à distance respectable. Elle s'éloigne du lycée en discutant avec son amie Candice. Je sais qu'elles se quittent avenue Boileau. Ensuite elle remonte seule sur trois cents mètres la rue Besnard, prend la seconde rue à droite et coupe par la résidence des Feuillants. Quand elle arrive à son immeuble, elle envoie un message à son père. « Maison ! »

L'endroit est désert à cette heure. Les Feuillants, je m'en suis assuré, ne sont pas équipés de caméras de surveillance.

J'ai moins de cinq minutes pour agir. Lorsque j'arrive à sa hauteur j'ajuste mes lunettes noires, enfile ma casquette, vérifie que l'imperméable gris est bien boutonné jusqu'en haut.

Dès que je vais surgir, elle va reconnaître le personnage inquiétant qui a surveillé leur domicile après avoir suivi sa mère. Peu importe qu'elle hurle de trouille. Je veux juste qu'elle ait peur et que sa peur affole son père. Je l'interpelle :

— Mademoiselle Lefèvre.

Elle est tétanisée. Elle me fixe de ses grands yeux clairs, ne parvient pas à articuler le moindre mot. Je ne suis pas menaçant, mais probablement effrayant. Soudain, elle s'éloigne en courant. Je ne la poursuis pas, ce n'est pas le but recherché.

Elle se retourne dans ma direction au moment de disparaître au coin de l'allée. Je pense qu'elle va crier, appeler à l'aide. Mais non, elle préfère continuer sa course éperdue vers l'appartement familial d'où, sans nul doute, elle avertira son père.

Séance tenante, il rappliquera… pour sa petite princesse.

Je file rapidement en direction de ma voiture, avec le sentiment d'avoir réussi mon coup. C'est réjouissant quand les choses se passent exactement comme prévu, même si j'ai un peu honte d'avoir effrayé à ce point une enfant.

Cependant, c'est la seule façon que j'ai trouvée pour faire monter la pression sur Lefèvre à son paroxysme. En surgissant dans le sillage de sa « princesse Eva », ce sera l'alerte maximale dans la famille. Je le connais par cœur, Yannick va « flipper sa race », comme dit mon fils.

J'ai osé toucher à son trésor.

Je vais le laisser moisir dans sa haine pendant plusieurs jours. Ensuite, je lui prépare quelques nouvelles surprises… Il ne va pas aimer, et moi je vais continuer à bien m'amuser, encore plus qu'aujourd'hui !

Pardon, Eva, mais ton père n'est pas celui que tu crois. Il est ce que l'humanité a engendré de pire.

25

Tandis que je roule vers l'appartement, j'imagine la panique dans la famille Lefèvre ! Yannick doit être dans tous ses états.

Je conduis avec hâte, peut-être un peu trop vite. J'ai tant envie de retrouver Dominique. Le mardi est son jour. Celui où elle me dorlote et où je me laisse faire.

Elle sait ce que j'aime manger : une entrecôte bien bleue avec de vraies frites (surtout pas des surgelées) et en dessert son délicieux crumble aux pommes. Pour accompagner ce festin, je sors un bordeaux, domaine Cazes. Nous terminons en savourant un Robusto. C'est la seule femme que je connaisse qui partage mon péché mignon : fumer un cigare cubain dont nous trempons le bout dans un verre de cognac.

Le programme de « sa soirée » est toujours le même, et je ne m'en lasse pas.

Dominique aime discuter. Ce que nous ferons ensuite dans la chambre où se poursuit « la soirée Dominique ». Enfin, je la laisserai choisir sur l'étagère le film déjà visionné que nous regarderons allongés sur le lit. Parfois, il nous arrive d'en interrompre la diffusion pour faire l'amour, mais le plus souvent demeurer enlacés suffit à notre bonheur.

C'est en pensant à ce qui m'attend que je pousse la porte d'entrée. Je suis heureux, vraiment heureux, avec cette femme. Comme jamais je ne l'ai été de toute ma vie. Mes années avec Béatrice (avant sa trahison) furent agréables, et je ne les renie pas. Mais elles n'ont rien de comparable avec l'intensité de ce que je vis avec Dominique.

Je l'appelle. Rien.

J'insiste :

— Dominique !

Pour seule réponse, je perçois des sanglots provenant de la chambre du fond.

Je la trouve en larmes, recroquevillée sur elle-même. Elle lève les yeux sur moi. Il y a tant de souffrance dans son regard, comme si elle me suppliait. « Aide-moi, mon amour. Sauve-moi. »

Les démons que je croyais à jamais disparus sont revenus.

Combien de fois, au début de notre relation, l'ai-je retrouvée ainsi ? Malheureuse au-delà de tout, vaincue. Durant des semaines, je l'ai aidée à surmonter sa douleur, ce cauchemar qui l'a détruite.

Moi, je n'étais guère en meilleur état. Parfois je me dis que l'avoir aidée m'a porté.

Ensemble, petit à petit, nous avons remonté la pente. « Pourquoi fais-tu tout cela, ne vois-tu pas que je ne m'en sortirai jamais ? Je suis morte, Sébastien », me répétait-elle, comme si elle se sentait fautive. « Fautive », elle ne l'était pas, bien sûr. Elle ne l'a jamais été…

Dans ces moments-là, elle se fâchait, exigeait que je

m'en aille. Elle lâchait des mots cruels, disait qu'elle allait se foutre en l'air, que la vie était de la merde. « Je ne veux plus te voir… Tu ne me sers à rien », m'assénait-elle.

Je ne l'ai jamais sermonnée, ni tenté de lui faire entendre raison. Non, à chacune de ses crises d'angoisse aiguë, j'éclatais de rire. Comme un défi à sa douleur. C'est ce rire qui l'a sauvée. J'en suis sûr. Je l'ai vue changer, se métamorphoser. Elle a repris confiance, goût dans les choses de la vie, elle a retrouvé ses amis, son travail. Elle a commencé à croire en quelqu'un, moi. J'étais heureux de l'entendre me dire « Merci d'être là ».

En la découvrant ainsi, j'ai peur. Peur qu'elle replonge, peur de la perdre.

Je la serre contre moi. Je ne dis pas un mot, cela ne servirait à rien. Je veux juste qu'elle sache que je suis là, que je ne l'abandonnerai jamais, que sa douleur est la mienne.

Dominique se calme petit à petit. Elle refait surface. Son regard reprend vie.

— Je ne sais pas ce qui m'a pris, dit-elle en essuyant ses larmes du revers de sa manche.

Les yeux rougis, elle s'excuse :

— J'ai oublié d'acheter de quoi manger.

Je lance :

— Je vais faire livrer des sushis !

— Je m'en occupe.

— Laisse-moi faire…

Tandis que j'appelle « Allô sushis », elle plaisante :

— Tu commandes pour un régiment !

— J'ai faim !

— Je t'aime, me dit-elle.

Je réponds sans la moindre hésitation :

— Moi aussi, je t'aime, mon amour.

Enfin, nous avons osé franchir la frontière interdite. Mon bonheur, ce soir, est immense. Au point d'en oublier la punition que j'ai infligée à Lefèvre.

Yannick

Eva, ma petite perle, est en si piteux état que nous avons fait venir un médecin. Recroquevillée sous sa couette, elle tremble, sanglote, s'affole au moindre bruit, nous supplie de ne pas la laisser seule dans sa chambre. Elle vomit.

À peine l'a-t-il examinée que le docteur Bachelard, un vieil ami de la famille, veut la faire hospitaliser. Il connaît une clinique qui pourrait l'accueillir. Eva refuse avec force, hurlant presque :

— Non, s'il te plaît, papa !

Elle supplie. Il n'y a qu'ici qu'elle se sent en sécurité. Elle a peur qu'il la retrouve là-bas et « qu'il me tue ». Nous renonçons à la convaincre.

Bachelard lui administre un puissant calmant. Agnès et moi restons à ses côtés le temps qu'elle s'apaise. Quand je tente de me lever, sa main me retient, mais elle finit par s'endormir et nous sortons.

À peine ai-je tiré la porte derrière moi qu'Agnès laisse éclater une froide colère.

— Il faut agir, maintenant, Yannick. Tu es responsable de cette famille, ne l'oublie pas.

Elle ne comprend pas mon attitude. Elle insiste :

— C'est grave, Yannick, j'ai l'impression que tu ne prends pas cette menace au sérieux. Réveille-toi !

Je me défends du mieux que je peux :

— Tu te trompes. Crois-moi, je prends ça très au sérieux et je n'ai pas l'intention de laisser les choses en plan. JE M'EN OCCUPE !

Je ne lui ai pas encore dit que celui qui a attaqué Eva est le même homme qui m'a attendu un matin, qui a suivi Agnès, et celui que j'ai aperçu dans le tram et pris maladroitement en photo. Apprendre cela la rendrait dingue et compliquerait mes envies de vengeance.

Bref, je suis un chef de famille inconscient. Elle s'étonne :

— Qu'est-ce qui t'arrive ? Je ne te reconnais pas. Si tu n'appelles pas la police, je m'en charge.

Je ne peux qu'accepter.

Comme Eva n'est pas en état de leur parler, nous le faisons à sa place.

Les flics, deux jeunes gars en civil, ne rassurent pas Agnès. Au contraire.

— Avec tout ce qui se passe en ce moment, la quantité de malades qui traînent, il faut prendre les choses très au sérieux. Votre fille a finalement eu de la chance qu'il se contente de lui faire peur.

À demi-mot, ils se demandent pourquoi il ne l'a pas agressée. Ils nous conseillent d'être très prudents, et *surtout* (ils insistent sur le « surtout ») de les avertir à la moindre alerte. Le plus vieux des deux ajoute, histoire de bien affoler Agnès :

— Les dingues ne sont pas toujours dangereux, mais,

parfois, ils sont capables du pire, madame, donc vigilance maximale !

Le lendemain, nous accompagnons Eva au commissariat pour faire sa déposition. Nous portons plainte. Elle est toujours faible, et il faut interrompre à deux reprises son audition.

Deux semaines plus tard, les flics ne parviennent toujours à rien. Pas de témoin, pas de caméras de surveillance, une vague description. Quelques tarés ont été placés en garde à vue. Aucun n'a été inquiété. Je connaissais d'avance le résultat.

Ils comptent sur le fait qu'il se manifeste de nouveau. Mais l'inconnu n'est pas réapparu.

Agnès affirme qu'ils lâchent prise, que les flics n'en ont « rien à foutre de nous ». Alors elle les appelle tous les jours. Je renonce à lui dire que son insistance va finir par les agacer, même s'ils n'en montrent rien.

Je tente de la rassurer :

— Nous sommes des gens connus en ville, on est proches de la municipalité, ils ne vont pas laisser tomber. Je sais que le maire est intervenu.

Ma réflexion la rend encore plus furieuse.

— Mon pauvre Yannick, ils s'en foutent de ça. Ce sont des incapables, des fainéants. Moins ils en font, mieux ils se portent ! Ils se réveilleront le jour où ce type nous aura mis une balle dans la tête ! Et qu'il aura violé ta fille !

— N'exagère pas !

— Toi, comme toujours, tu minimises tout. Ouvre les yeux, Yannick : ce type va s'en prendre à nous… Et toi tu me dis « n'exagère pas » !

C'est dans ces conditions, entre crises de larmes et calmants qui l'abrutissent, qu'Eva se prépare à passer son bac.

Quant à moi, contrairement à ce que proclame Agnès, je ne reste pas inactif.

Il est inutile que je lui en parle et je préfère rester discret. Mais j'ai des réseaux bien plus puissants que la police. Je les ai activés. Je mets sur l'affaire une officine belge d'enquêteurs, dirigée par un certain Antoine Balthazar, un pseudo, probablement. Il me coûte cher, mais je ne le regrette jamais. Ses équipes sont d'une efficacité redoutable et ne lâchent rien.

J'attends maintenant les résultats de l'enquête qu'ils mènent en parallèle des flics. Mon interlocuteur s'est montré optimiste. La casquette au logo « NY » l'a immédiatement intrigué. Il est convaincu qu'il faut éplucher dans les moindres détails ce qui me lie à la ville américaine. « C'est la clef », affirme Balthazar. En parfait professionnel, il m'a posé tout un tas de questions, et j'avoue qu'il m'a impressionné.

Si je prie aujourd'hui, ce n'est pas pour qu'il trouve, car j'ai la conviction qu'il va réussir, non, je prie pour que ma princesse obtienne son bac avec, au minimum, une mention bien. Elle est obligatoire pour entrer dans la prépa qu'elle vise. Échouer la détruira. Cette seule idée décuple ma haine. Après ce qu'elle a vécu, ma petite princesse le mérite largement. Agnès est moins optimiste pour moi.

— Tu ne vois rien, mon pauvre Yannick. Ta fille donne le change mais elle est toujours traumatisée. Si elle a son bac, dis-toi déjà que ce sera un miracle. Alors, la mention bien… On peut toujours rêver…

Il y a des instants, comme maintenant, où je sens que ma femme ne me fait plus du tout confiance… Si ce cauchemar continue, elle va finir par me détester…

Notre couple, notre famille, nos vies vont alors voler en éclats… Il faut, d'urgence, que cesse ce calvaire.

26

Même si une quinzaine de jours se sont écoulés depuis le coup de pression donné à sa fille, il n'a certainement pas oublié l'homme à l'imperméable gris, aux lunettes noires et à la casquette NY. Il ne fait aucun doute que je l'obsède ! Il s'interroge forcément sur mon long silence. Il ne peut croire que j'ai abandonné et se demande ce que je prépare.

En fait, j'aime bien le laisser mariner dans son angoisse. Mon silence le rend dingue !

Cet homme n'est pas né de la dernière pluie… Il sait qu'on ne s'en prend pas à des gens comme lui pour de petites raisons. Il a des appuis, des relations. Il est si puissant qu'il s'est cru intouchable, à l'abri dans sa forteresse de notable fortuné.

Il a probablement été menacé dans le passé, pour des histoires de fric, de parts de marché, d'entourloupes professionnelles. Quand on opère à la limite de la légalité, on s'expose à croiser la route d'individus peu recommandables… Mais jamais il n'a eu à affronter une menace fantôme comme aujourd'hui. C'est à lui, en personne, que je m'attaque.

Il ne comprend pas ce qui se passe, ignore qui lui

en veut autant, d'où viendra le prochain coup. Voilà pourquoi il a peur : il n'a pas le nom de son ennemi.

Mon long silence l'effraie plus qu'il ne l'apaise. Je me fais rare, il s'affole d'autant.

Certes, il a levé la surveillance nocturne, mais il a renforcé les alarmes de son logement et fait installer une caméra infrarouge devant sa porte.

Et désormais sa fille ne va à l'école qu'escortée par le même garde du corps qui, ensuite, accompagne Agnès dans tous ses déplacements.

J'ai observé de loin la jeune fille, elle semble toujours mal dans sa peau. J'ai de la peine pour elle. Vraiment.

Je sais que Lefèvre a requis les services de ce Belge auquel il fait régulièrement appel. Cet enquêteur est une pointure, et Dominique me dirait de ne pas le sous-estimer. Il est malin, intelligent. Ses équipes sont de très haut niveau. Et surtout il déteste échouer. À la première erreur, il me trouvera. Alors, c'en sera fini de ma rancune et Dieu sait le sort qu'ils me réserveront.

Mais ils ne m'impressionnent pas et, surtout, ils ne me feront pas renoncer !

Histoire de maintenir la pression (faudrait pas qu'il s'endorme !), je me rappelle à son bon souvenir en lui téléphonant en pleine nuit.

Voilà ce qu'on entend quand on oublie de mettre son portable en silencieux :

— Monsieur Yannick Lefèvre, vous devriez regarder par la fenêtre.

Quelques secondes plus tard, je vois les volets s'entrouvrir. Il apparaît torse nu. À ses côtés, j'entends un cri aigu. Celui de sa femme. Je les salue d'un doigt posé sur la visière de ma casquette et je file vers ma Twingo. Car, tout ensuqué qu'il est à 3 heures du matin, il ne va pas tarder à réagir.

Je règle mon rétroviseur pour l'apercevoir. Il est immobile à sa fenêtre. Il doit se demander quoi faire. À sa gauche, Agnès à moitié à poil lui désigne ma voiture, au bout de la rue. Je l'ai garée de façon qu'on ne voie pas mes plaques.

Elle gueule. Ses éclats de voix arrivent jusqu'à moi, mais je ne parviens pas à comprendre ce qu'elle dit.

Il disparaît sans doute pour essayer de me coincer, mais le temps qu'il sorte son « tank » du parking je serai loin !

Le lendemain, c'est de nouveau à 3 heures que je le réveille d'une voix volontairement toujours aussi neutre :

— Monsieur Yannick Lefèvre, j'ai déposé un souvenir devant votre porte.

Je ne suis malheureusement pas là pour assister au spectacle (il ne faut pas tenter le diable…), mais il a dû ouvrir avec précaution avant de trouver sur son paillasson « Welcome Home » une casquette noire marquée NY.

Je ne me suis pas caché de sa caméra. Que verra-t-il dans l'obscurité à part une ombre menaçante qui dépose un petit paquet ?

À cet instant précis, je suis dans mon lit. Dominique ronronne paisiblement à mes côtés.

Hier, comme tous les mardis, nous avons passé une soirée délicieuse. Je ne sais plus combien de fois nous nous sommes dit que nous nous aimions. Comme des ados…

Je rappelle Lefèvre.

— Alors, content ? Belle surprise ?

— Qu'est-ce que tu nous veux ? Du fric ? T'auras rien, parce que je vais te retrouver avant.

Je plaisante, et cela le met hors de lui.

— Parce que vous allez me faire bouffer ma casquette ?

Je le laisse m'insulter avant de lui raccrocher au nez.

Dominique, dans un demi-sommeil, s'étonne :

— Qu'est-ce qui se passe, mon amour ? À qui parlais-tu ?

— À personne, tu rêvais…

— Menteur… Tu me diras.

— Oui, je te dirai.

Je caresse sa main.

— Rendors-toi…

Elle se tourne sans lâcher mon doigt.

Je me demande si le moment n'est pas venu de la mettre dans la confidence. Elle est de tellement bon conseil… Et surtout, nous partageons tout.

Parfois, je l'avoue sans honte, je n'en reviens pas qu'elle m'ait choisi. Béatrice ne lui arrive pas à la cheville…

Je me dis aussi qu'il est temps que je la présente à mes enfants. Ils vont l'aimer, c'est impossible autrement.

En attendant, je vais l'associer au règlement de ma prochaine rancune. Je suis sûr que ça va l'amuser. Je n'ai pas encore la bonne idée pour me venger de lui… Elle va m'aider à trouver.

27

En effet, la femme que j'aime déborde d'idées. Elle ne s'arrête jamais, l'esprit sans cesse en ébullition. Si je l'aime autant, c'est aussi pour cela : parce qu'elle m'étonne, me surprend, fourmille d'inventivité.

Tout le contraire de moi. Je suis lent, j'ai du mal à me décider, à me faire violence. Elle me booste. Grâce à elle, je retrouve la force qui m'animait quand j'étais jeune.

Je cesse de « me pâmer » sur les qualités de ma compagne et j'attrape mon carnet. Je fais défiler les pages et m'arrête sur celle qui est consacrée à Benoît Rigaudeau.

Longtemps, j'ai considéré « Ben » comme mon meilleur ami. Et il l'était.

C'était avant qu'il ne me fasse le sale coup qui l'a conduit à figurer dans mon carnet des rancunes.

Sa traîtrise date d'il y a onze ans.

Rigaudeau a le même âge que moi, plus vieux de seulement trois semaines. Nous avons été élevés dans le même quartier, avons fait les mêmes conneries, les mêmes virées, forcément dragué les mêmes filles et essuyé les mêmes tempêtes. Benoît a été mon témoin de mariage et moi celui du sien. Je suis le parrain de son fils et lui de mon aînée. Quand Béatrice m'a quitté pour le bellâtre, il a fallu que je lui interdise d'aller lui « péter la gueule ».

Je pourrais continuer comme cela à égrainer le fil de nos vies mêlées. Tout le monde disait que nous étions inséparables, comme les deux doigts de la main. Pour trouver Sébastien, il faut chercher Benoît. Et inversement… Benoît a toujours été mon alter ego, nous n'avions aucun secret l'un envers l'autre. Il était celui sur lequel je pouvais compter. Nos parents disaient qu'il faudrait nous enterrer ensemble. Nous étions « Ben et Seb ».

Sa fiche a été établie en 2010 et, elle non plus, je ne l'ai jamais actualisée. Pourtant je n'ai jamais perdu sa trace. Je sais tout de lui.

Je sais surtout que je lui manque, qu'il voudrait renouer nos liens d'amitié.

Nom : Benoît Rigaudeau.
Physique : taille moyenne, yeux sombres, petite barbe, chauve.
Situation familiale : marié à Élodie depuis quatorze ans (se connaissent depuis le lycée), secrétaire de direction. Deux enfants : Louis et Mathilde, 12 et 9 ans (à l'époque).
Profession : conducteur de travaux.
Niveau de vie : correct, sans plus.
Adresse : 356, rue Pasteur, résidence Les Cèdres. 2e étage, porte B. Pas de code.
Sa faute : a refusé de me soutenir quand j'avais besoin de témoignages en ma faveur dans le cadre de mon divorce avec Béatrice.

Important préjudice affectif, amitié d'enfance détruite, a aggravé ma dépression. Il m'a fait perdre espoir en l'humanité. Je ne crois plus en l'amitié. Grave sentiment de solitude et d'abandon.

Les derniers mots ne sont pas trop forts pour exprimer ce que j'ai ressenti il y a onze ans. Une amitié pareille n'a pas de prix, tant elle est rare. Du moins je le croyais jusqu'au jour où il m'a fait ce sale coup que je suis encore aujourd'hui incapable de lui pardonner. L'histoire que je vais raconter est celle d'une trahison minable. Impensable.

Le règlement à l'amiable de mon divorce était compliqué. Je l'ai déjà dit, bien que ce soit elle qui soit partie, Béatrice me faisait porter la responsabilité de notre séparation. La juge, contre toute attente, semblait sensible à ses arguments. Mon avocat avait un besoin impérieux de témoignages en ma faveur.

Ainsi, c'est tout naturellement que j'ai demandé son appui à mon ami d'enfance. Nous étions tellement liés que jamais je n'aurais imaginé qu'il me le refuse. Surtout, je rappelle qu'il voulait châtier le bellâtre.

Ce n'est pas de l'armoire que je suis tombé mais du troisième étage de la tour Eiffel !

Ce fut un cataclysme.

Il ne voulait pas s'immiscer dans nos affaires, m'expliqua-t-il d'abord. Il avait beaucoup d'affection pour Béatrice. Il ne se sentait pas de taille à lui porter un mauvais coup. Certes, elle m'avait quitté, me dit-il, mais il avait discuté avec elle et il comprenait ses raisons.

C'est ce dernier argument qui m'a fait le plus mal. Comment mon meilleur ami, celui avec lequel je partageais tout, pouvait-il ne pas voir la trahison de cette femme et aller s'entretenir avec elle ?

Il lui suffisait d'affirmer que j'étais un bon père et un bon mari pour m'aider.

Il s'entêta, affirmant qu'il ne pouvait pas faire ça à Béatrice.

J'ai insisté, j'en ai appelé à notre indéfectible amitié. Je lui ai dit que j'aurais été le premier à le soutenir si pareil malheur le touchait. Je l'ai supplié de m'aider.

Il a seulement répété qu'il ne pouvait pas et m'a demandé, au nom de notre amitié, de ne pas insister.

En effet, je n'ai pas insisté. C'était inutile.

Dans ses conclusions, la juge a été d'autant plus sévère qu'elle m'a reproché de n'avoir obtenu aucun témoignage en ma faveur, à l'exception de celui, considéré comme subjectif, de ma mère.

Vous connaissez déjà les détails de sa décision, je ne reviendrai pas dessus. Mais elle a tout de même eu le culot de me dire : « Estimez-vous heureux, monsieur Desmichelles. Mais si cela se passe mal, je reviendrai sur mon jugement. »

Voilà pourquoi je n'ai jamais pardonné à Rigaudeau et pourquoi il figure dans mon carnet.

Depuis cette époque, nous ne nous parlons plus. Si nous nous croisons, je l'ignore, et je ne réponds jamais aux vœux que continue à m'adresser mon filleul. Des relations communes me rapportent qu'il regrette que nous soyons brouillés. Il dit qu'il ne comprend pas pourquoi j'ai rompu avec lui, qu'il ne pouvait pas prendre parti dans cette affaire personnelle. À tous, il fait passer le message qu'il voudrait renouer avec moi. À quelques-uns il soupire que je suis devenu invivable et susceptible.

De trahi, me voilà accusé. Un comble.

Je ne sais trop comment assouvir ma rancune et c'est pourquoi j'en glisse un mot à Dominique. Elle, elle trouvera.

Je lui raconte « l'histoire qui est arrivée à un de mes copains qui voudrait bien prendre sa revanche ». Je précise : « Il n'a pas beaucoup d'idées ! »

Immédiatement, elle s'offusque, comprend sa déception. Ses mots sont durs, sans appel :

— Il n'y a rien de pire que trahir un ami. Un ami, c'est pour la vie. Ce monsieur que je ne connais pas mérite une bonne leçon. On va aider ton copain !

Elle ajoute, ingénue :

— Comment il s'appelle ?

Pris de court, je bredouille :

— Sébastien.

— Comme, toi, c'est marrant !

— Non, non, Sylvain…

Ce qu'il y a d'amusant avec elle, c'est qu'elle continue à faire semblant de croire à cette histoire de « copain blousé », alors que nous savons tous les deux que c'est à moi qu'elle est arrivée.

J'ajoute que mon copain n'a toujours pas digéré ce traumatisme et « qu'il ne rêve que de se venger ».

Elle s'étonne :

— Tant d'années plus tard ! Il a la rancune tenace, ton ami.

— Ça l'obsède et il pense que c'est la seule façon de passer à autre chose… Tu peux l'aider ?

— Bien sûr… Je vais l'aider, ce Sébastien… Pardon, ton Sylvain.

Son œil pétille en me voyant rosir. Je suis ravi : l'histoire lui plaît et elle va m'aider.

— On va lui préparer quelque chose de bien, à ce type. Je vais y réfléchir et je t'appelle dans la matinée.

Un peu avant 10 heures, alors que je suis concentré sur un dossier compliqué, la voilà tout émoustillée au téléphone. Elle triomphe :

— J'ai trouvé !

J'avoue que c'est malin. Ce qu'elle me propose de faire me convient tout à fait.

Elle insiste :

— Il a trahi une amitié de quarante ans. À toi de le trahir.

Elle a dit « à toi », elle veut que je sache qu'elle sait. Je laisse passer. C'est mieux ainsi.

J'ignore comment elle s'y prend, mais elle renoue le contact dans la journée avec Louis, mon filleul. Dès le lendemain, nous nous rencontrons dans un café.

— Papa n'est pas au courant, précise-t-il d'entrée.

Il trouve idiot que nous soyons brouillés. Je suis d'accord avec le gamin qui a aujourd'hui vingt et un ans. Je réponds avec émotion, comme m'a dit de faire Dominique :

— C'est de l'histoire ancienne, il faut passer l'éponge.

Certes, ton père a fait une erreur dont j'ai beaucoup souffert, mais je l'ai toujours là, dans mon cœur. Et puis tu es mon filleul. Il faut que je me rattrape en tant que parrain !

Nous nous séparons après une étreinte pleine d'affection.

— Je suis heureux pour vous deux, murmure-t-il.

Trois jours plus tard, il organise les retrouvailles avec Benoît. Elles sont d'abord distantes, puis très vite le moment est émouvant. Benoît verse une larme car, dit-il, « c'est trop con d'être restés fâchés aussi longtemps après tout ce que nous avons vécu ensemble ». Nous nous prenons dans les bras.

— Mon ami, murmure-t-il. Mon Seb !

— Ben !

— Je suis désolé, mais je n'ai pas été à la hauteur. J'aurais dû t'aider.

Il insiste :

— Tu me pardonnes ?

— Oui, c'est de l'histoire ancienne. J'ai tourné la page.

Je lui parle de Dominique, j'affirme que le plus important reste notre amitié retrouvée.

— Nous avons tant de magnifiques souvenirs en commun.

— Putain, j'ai été con ! reconnaît-il.

Il exige de rencontrer Dominique au plus tôt.

Je le laisse m'inviter au restaurant, où je choisis le menu dégustation. Il commande une belle bouteille de bordeaux, mon vin préféré.

— J'ai bonne mémoire, se félicite-t-il.

J'attends le dessert. C'est alors, ainsi que me l'a

soufflé Dominique, après avoir bien profité du menu gastronomique, que je lui balance ma vérité :

— Moi aussi j'ai bonne mémoire !

La suite est un régal que j'attends depuis onze ans. Ma vengeance, je la lui crache à sa gueule de traître.

Après lui avoir expliqué que je n'ai jamais eu l'intention de renouer avec lui, que j'ai seulement voulu me venger du mal qu'il m'a fait, j'annonce que je ne veux pas le revoir.

— Tu es tombé dans mon piège comme un gamin… Comme moi, à l'époque où tu m'as pris pour un imbécile !

J'ai un immense sourire aux lèvres en disant que je ne lui ai jamais pardonné sa trahison.

— Je suis rancunier, Benoît ! Je n'oublie jamais rien, ni personne !

Il est muet et blanc comme linge quand je le quitte en m'applaudissant. Je n'éprouve aucun regret de m'être définitivement brouillé avec mon ami d'enfance.

Je ne me retourne pas. Derrière moi, j'entends un homme qui éclate en sanglots.

Avec Dominique, nous fêtons cette magnifique revanche au champagne millésimé.

Je réalise à quel point j'ai une compagne formidable. Je n'en reviens pas de ma chance…

Quand elle me serre dans ses bras, elle me demande avec malice si je n'ai pas un autre copain (ou une copine) qui a besoin de ses services. Je réponds :

— Probablement, mon amour…

— Ta complice, rectifie-t-elle.

Yannick

Autant notre fils n'attend que d'en découdre avec « cet enculé de fumier de merde » (ce sont ses mots), autant Eva ne surmonte pas son traumatisme. Elle s'étiole, n'a goût à rien. Son bac s'annonce mal en dépit des soins constants que lui prodigue sa mère. De mes encouragements… Quant à la grande, elle tremble à l'idée qu'après son frère et sa sœur, il s'en prenne à elle. Elle pense qu'en ne venant plus nous voir elle va se faire oublier. Elle reste cloîtrée chez son futur mari.

Une question hante Agnès : qu'est-ce qu'il nous veut ? Cela fait maintenant plusieurs jours qu'il ne s'est pas manifesté.

— Ce fumier joue avec nos nerfs, dit-elle. J'ai peur, Yannick.

Son silence ne rassure personne. Il est déjà resté invisible pendant plusieurs semaines avant de resurgir. Agnès est persuadée qu'il va finir par nous demander de l'argent.

— Paye-le et qu'il arrête de nous emmerder, m'implore-t-elle.

Je ne suis pas d'accord avec elle, je pense que son

objectif est de s'en prendre à moi, mais je fais semblant de la croire. Si cela peut la calmer… L'argent n'a jamais été un obstacle pour nous… Pour assurer notre sécurité, j'ai déjà dépensé beaucoup, et peu importe si je dois encore lâcher du fric.

La sécurité des miens est prioritaire.

Le commissaire divisionnaire Gloasguen « a repris les choses en main », comme il s'en félicite. Le patron de la police partage l'avis d'Agnès concernant l'argent. En revanche, il n'est pas très inquiet.

— Votre réussite suscite des appétits chez les voyous. Ce genre de bonshommes, je les connais bien. Ils jouent les gros bras, mais ils ne tiennent pas longtemps. Ils sont trop stupides.

Il est persuadé que ce « minable » va faire une erreur.

— Tôt ou tard, ces imbéciles finissent par tomber. Je sais que c'est une période compliquée pour votre famille, mais nous le choperons. C'est juste une question de temps…

Je suis moins optimiste que lui, mais Agnès veut y croire.

Pour preuve qu'il prend l'affaire « très au sérieux », nous sommes désormais sous protection policière. Vingt-quatre heures sur vingt-quatre, deux flics sont en planque dans un véhicule garé à proximité.

Gloasguen en fait des tonnes.

— Votre affaire est ma priorité. Nous sommes à fond. Et quand je dis à fond, je suis en dessous de la vérité !

Tu parles… À ce jour, cette « priorité » n'a débouché sur rien à part de nouvelles interpellations de marginaux qui ont fait l'erreur de rôder dans le coin et de voyous à la petite semaine bien connus de leurs services.

Que l'inconnu ne se manifeste pas m'inquiète. Je sens venir de nouvelles menaces. Si sournoises qu'elles nous mettront sur le flanc.

Que prépare-t-il ?

Je ne cesse d'éplucher ma vie dans tous les détails sans rien trouver de convaincant.

Il est temps d'en finir avec ce cauchemar. Aussi, je sollicite à nouveau Balthazar. Il dépêche deux hommes et une femme rompus à ce genre d'enquête. S'ils sont efficaces, c'est parce que, à l'inverse des flics, ils travaillent souvent hors des limites autorisées.

Le résultat de leurs investigations est décevant. Balthazar s'en agace. Il refuse de reconnaître que ce type peut lui échapper. Il s'obstine :

— Je finirai par l'avoir, monsieur Lefèvre.

Je continue à lui faire confiance, car, lui dis-je, « il n'y a pas meilleur que lui et ses équipes ». Il m'explique :

— Notre homme est très organisé. Plus que je ne le pensais. Nous avons affaire à quelqu'un de méthodique, qui ne laisse rien au hasard. Et surtout quelqu'un de déterminé. Il est fort… Mais moins que nous !

Ils étudient des dizaines d'heures de caméras de surveillance, dont malheureusement la ville est peu équipée. Parfois, on l'aperçoit avec son déguisement ridicule, mais il parvient à brouiller si bien les pistes qu'on perd sa trace. Impossible de le suivre jusque chez lui. Il a une capacité étonnante à se fondre dans la foule.

La femme qui a visionné les images estime qu'il a parfaitement calculé sa trajectoire.

— Il sait qu'on va consulter les vidéos, et il joue avec. C'est impressionnant. J'ai rarement vu une telle précision. Pour l'instant il n'a pas fait une erreur.

La piste « New York » est explorée en vain. Quant à la casquette laissée, telle une offrande ou un message, devant notre porte, elle ne nous apprend rien, sauf qu'elle est fabriquée dans un atelier de Phnom Penh. C'est un modèle ordinaire, vendu partout.

Reste la Twingo rouge. Le véhicule est commun et il en existe des dizaines dans le département. Aucune ne leur échappe. Ils étendent leurs recherches aux départements voisins. Sans plus de résultats. Sur des images vidéo, on la devine à plusieurs reprises. Ils réussissent à relever le numéro d'immatriculation. Sans trop d'illusion, ils se rendent chez le propriétaire. Effectivement, l'octogénaire a bien une Twingo, mais elle est verte. Il ne s'en sert plus et elle est garée, batterie déchargée, dans le garage de son pavillon. Le numéro est donc faux.

Mais pire, l'inconnu nous nargue. Ils ont trouvé un mot écrit à la main, glissé sur le pare-brise de la Twingo du vieux : « Laissez tomber, je suis le plus fort. Je suis toujours là, je n'en ai pas fini avec vous, monsieur Yannick Lefèvre. » Ses mots m'ont glacé.

Pour la première fois depuis que je fais appel à ses services, j'entends Balthazar jurer.

— L'enculé de mes deux !

Il s'excuse aussitôt.

— Il savait que nous finirions par trouver cette voiture.

Il ajoute :

— Il faut comprendre ce qu'il cherche. Quand nous saurons, je l'aurai ! Car je l'aurai, monsieur Lefèvre. Tôt ou tard, mais je l'aurai.

Balthazar fait procéder une analyse graphologique de ces quelques lignes. Le résultat est inquiétant : notre expert indique que c'est l'écriture d'un homme résolu, en colère et intelligent. « On peut craindre qu'il aille au bout », indique-t-il dans son rapport.

Je demande : « Au bout de quoi ? »

— Il semble qu'il cherche à se venger, répond l'expert.

Je me demande s'il n'a pas laissé ce mot manuscrit afin que nous pratiquions cette analyse, histoire que nous paniquions davantage.

— Vous avez sans doute raison, affirme Balthazar. Chez lui, tout est calculé.

Le mot a été déposé une semaine plus tôt sans que le vieux, sourd comme un pot, s'en aperçoive. On le distingue assez mal sur la caméra de surveillance disposée trop loin, à l'entrée de la rue. Il porte les mêmes vêtements. Il sait qu'il est filmé et ne manifeste rien devant l'objectif. C'est cette neutralité qui étonne le plus mes trois enquêteurs.

— D'ordinaire, dit leur chef, ils adressent à la caméra un signe par défi. Lui rien. Cette froideur est vraiment effrayante.

Balthazar est convaincu qu'il agit seul.

— C'est un solitaire, m'explique-t-il, et les solitaires sont résolus, déterminés, obsédés…

— Donc dangereux ?
— Oui, monsieur Lefèvre.

Balthazar et son équipe viennent de repartir à Bruxelles avec la promesse de revenir illico à la prochaine alerte. « Car il y en aura forcément une », a dit Balthazar.

Il me conseille d'éloigner ma femme et mes enfants. Ce que je fais en les envoyant passer juillet en Dordogne, chez mes parents.

Je n'ai même pas la satisfaction de savoir que ma fille a réussi son bac. Certes, elle l'obtient, mais sans la mention qui lui permettrait d'entrer dans la classe de prépa qu'elle ambitionne. Cet échec, et c'est le plus inquiétant, ne semble pas l'émouvoir.

Ce fumier se manifeste dans un courrier posté depuis le centre-ville. « Pas de mention pour la princesse. C'est votre faute, monsieur Lefèvre. Mais ce n'est pas la seule… À bientôt ! »

Je l'écrabouillerais si je l'avais en face de moi.

28

Quand j'ai vu qu'elle n'avait pas obtenu de mention, je n'ai pas résisté au plaisir de lui envoyer un petit mot vengeur. À peine ai-je glissé l'enveloppe que j'ai regretté mon envoi. Dominique dirait que ce n'est pas bien de se réjouir du malheur d'une jeune fille.

Nous sommes déjà début juillet et j'ai deux semaines de vacances à prendre.

Jusqu'à l'an passé, mes enfants m'accompagnaient à Valmorel, dans les Alpes, j'étais convaincu que l'air de la montagne est vivifiant et bon pour leur organisme. Nous faisions de longues balades dans la montagne, entre leurs stages à l'école de tennis. Cette année, ils rechignent. L'un a prévu une virée avec des copains en Espagne, l'autre, mon aînée, doit rejoindre sa meilleure copine dans le Morbihan.

Je n'insiste pas. Mieux, je les comprends. À leur âge j'étais pareil…

Quand j'évoque l'idée de nous évader quelques jours, Dominique resplendit.

— Je n'osais pas t'en parler, m'avoue-t-elle. Car je

sais à quel point tu tiens à tes quinze jours avec tes enfants. C'est important pour un père…

— Pour un père, peut-être, pour eux… Bof! J'existe si peu à leurs yeux…

— Mais si… Les enfants sont souvent ingrats, mais, crois-moi, ils t'aiment.

Je caresse sa joue du bout de mon index.

— Je préfère être avec toi, mon amour.

— Ne dis pas de bêtises… Où m'emmènes-tu ? Fais-moi une belle surprise !

Je n'hésite pas un instant : je loue à Vieux-Boucau, une station balnéaire des Landes, un studio que j'espère confortable dans un petit immeuble proche de la plage.

Quand j'étais enfant, nous y passions en famille nos vacances d'été. Avec mes parents et mes deux sœurs, nous y restions trois semaines. Jamais un mois complet. Il fallait s'en contenter. Ils se saignaient aux quatre veines pour nous offrir ce cadeau. Un mois était au-dessus de leur budget.

J'ai grandi jusqu'à l'adolescence avec ma bande d'amis rencontrés au Club Mickey. Une petite dizaine de filles et de garçons que je retrouvais chaque été.

Tous étaient des enfants de bourgeois, possédant de grosses maisons près du front de mer et dissimulées dans les pins. Vu mes origines modestes (mes parents étaient fromagers sur les marchés), je faisais un peu figure de mouton noir dans ce groupe de friqués. Mais ils m'acceptaient, et mes parents, sans l'exprimer, en étaient fiers. « Ça te servira plus tard, disaient-ils. Avoir des relations, c'est important. »

Je m'appliquais de mon mieux pour cacher ma

situation de fils de petits commerçants. Aucun n'est venu chez nous, cet appartement dans une soupente surchauffée de trois pièces. Je dérobais quelques billets dans le portefeuille de mon père pour payer mon coup quand venait mon tour. Je pense que papa le savait, mais il fermait les yeux. Parfois, il me glissait un billet de cinquante francs. « On ne peut pas copiner avec des richards si on ne sort pas les sous de temps en temps. » Il m'encourageait : « Fais-toi plaisir, mon garçon. On ne vit qu'une fois ! »

Je mentais sur mes parents (« Ils sont dans l'import-export à Paris »), sur mes brillantes quoique difficiles études dans un collège catholique (« Je serai pilote de ligne, l'entreprise familiale, pas pour moi ! »). Je m'inventais des séjours au ski à Chamonix (j'étais chamois d'argent). J'étais bien naïf de penser qu'ils gobaient mes mensonges. Ils jouaient le jeu, s'en amusaient sans doute.

J'étais, sans en avoir conscience, une exception dans leur bande.

Une exception tolérée jusqu'au jour où, à l'âge de seize ans, je suis tombé amoureux de Brigitte, la fille unique d'un éminent professeur de médecine. Mon erreur a été d'en parler à Charles Duchemin, fils de notaire. Dès cet instant, les choses ont changé.

Toujours aussi naïf, je suis devenu leur souffre-douleur. Brigitte a été particulièrement féroce avec moi. Mise dans la confidence, la bande l'a encouragée à me charmer. Elle usait de petits sourires en coin, de regards appuyés. Elle allongeait sa serviette à mes côtés, insistait pour m'entraîner dans les vagues. Si elle a fait semblant d'entrer dans mon jeu, ce fut pour mieux m'humilier. Le paroxysme de leur méchanceté fut atteint le soir où Brigitte a organisé une soirée en l'absence de son paternel.

Cette vipère m'a allumé, fait croire que je lui plaisais, bref qu'un baiser était possible. À cet âge et à l'époque, on n'allait pas plus loin. Mais, au moins, j'aurais pu me vanter : « Je sors avec Brigitte. »

Nous étions au bord de la piscine. Elle m'a dit « Ferme les yeux ». J'ai obéi, le cœur battant, tendu les lèvres. C'est alors qu'ils se sont jetés sur moi et m'ont poussé dans l'eau tout habillé. J'ai d'abord cru à une mauvaise blague, j'ai pensé que mon amoureuse me défendrait. Elle fut la plus acharnée à m'humilier, tandis que les garçons m'empêchaient de sortir de l'eau. Ils riaient, se moquaient car je buvais la tasse. Enfin, ils ont obéi quand Brigitte leur a donné l'ordre de mettre dehors « ce minable qui veut péter plus haut que son cul ».

Elle a embrassé à pleine bouche un type appelé Octave, puis elle m'a lancé : « Les fils de fromager puent du bec ! »

J'ai vécu ce soir-là la pire humiliation de ma jeunesse. L'année suivante, j'ai préféré travailler à la chaîne dans une usine de poulets surgelés plutôt que de retourner sur la côte landaise.

Je raconte tout cela à Dominique dans le train. Elle frémit quand je lui confie à quel point j'étais amoureux de Brigitte que nous appelions Bardot, tellement elle était appétissante et pulpeuse.

Elle fronce les sourcils, s'amuse :

— Tu n'as pas le droit d'avoir été amoureux de quelqu'un d'autre que moi.

Je la taquine :

— Elle était si belle !

— Mais quelle méchante !

Je m'exclame :

— Je n'ai pas eu de chance dans la vie… Les femmes m'ont toujours fait souffrir !

Elle fronce les sourcils.

— Sauf toi, bien sûr, mon amour ! je précise.

— Je ne te ferai jamais de mal, Sébastien.

Elle est si sérieuse en prononçant ces mots…

Elle est outrée par le traitement que « cette fille et ces copains, ces fils de bourgeois, t'ont fait subir, mon chéri ».

Je la regarde tapoter fébrilement sur son iPad avec l'impression que je n'existe plus tant elle est concentrée sur sa recherche. Quelques minutes plus tard, elle annonce déjà le pedigree de Brigitte de La Marque. Elle plaisante :

— À part divorcer, elle n'a pas fait grand-chose dans sa vie, ta copine !

Je ne lui dis pas qu'elle figure dans mon carnet des rancunes, bien à l'abri dans la poche de mon blouson de toile.

Elle est en très bonne place, car, lorsque j'ai commencé à remplir les pages, son nom s'est imposé dans les premiers, tant je garde d'elle un souvenir amer.

À l'inverse d'autres, sa fiche est parfaitement actualisée. Elle est si facile à suivre avec sa vie de bourgeoise ordinaire qui est restée scotchée à Nantes où sont sa famille, ses amis, ses relations.

Nom : Brigitte Charland, née de La Marque.
Physique : blonde, grande (1,70 mètre environ), sportive. Pratique le paddle, la voile et le surf. Jolie femme.
Âge : 48 ans.
Sans profession.
Situation familiale : trois enfants (deux garçons et une fille). Divorcée, remariée depuis six ans à Gilbert (52 ans, patron d'une chaîne de magasins bio dans l'ouest de la France). Son premier mari est le plus important notaire de Loire-Atlantique.
Adresse à Nantes : 18, rue du Cherche-Midi.
Adresse à Vieux-Boucau : villa Beausoleil, avenue des Lilas.
Véhicule : Fiat 500 décapotable de couleur vert pâle.
Sa faute : s'est moquée ouvertement de moi avec la complicité de ses copains. M'a infligé une horrible humiliation.
Préjudice : grande souffrance. Adolescence gâchée. Perte de confiance en moi et dans mes relations amoureuses. Traumatisme profond avec sentiment de honte et d'inutilité. Prise de conscience de ma condition.

Dominique est vraiment furieuse. Elle suggère que je profite de notre séjour sur place pour me venger d'elle.

— Si ça t'amuse, précise-t-elle.

Je proteste pour la forme :

— Ce sont nos vacances. Je ne veux pas les gâcher avec cette vieille histoire.

— Bien au contraire, ça va nous divertir !

Je n'en espérais pas tant, mais je continue de feindre de prendre l'histoire à la légère :

— Le temps est passé... Des bisbilles de gamins...

Elle s'exclame :

— Ah, non ! Cette méchante n'avait pas le droit de te faire autant souffrir. Je suis hors de moi ! Je lui tordrais le cou si elle était face à moi !

Je ne sais si elle plaisante, car elle sourit en disant ces mots.

— Ce n'est pas grave... Nous sommes en vacances et ensemble, mon amour.

— Tu penses qu'elle sera là ? insiste-t-elle.

— Je ne sais pas... Peut-être.

— Tu te rappelles où elle habitait ? Si ça se trouve, comme elle était fille unique, elle a gardé la maison.

Je murmure :

— Je sais où était la villa. Nous irons voir si tu veux.

— Je ne veux pas, je l'exige !

— Puisque tu l'exiges...

— Sébastien, cette femme mérite une bonne leçon...

Le ton de sa voix est si sérieux... Heureusement, elle sourit à nouveau :

— Je défends l'homme que j'aime !

Je ne lui dis pas, bien sûr, mais je sais que Brigitte Charland, née de La Marque, ex-épouse Laforge, passe l'été dans sa grosse villa de famille de l'avenue des Lilas. Je m'en suis assuré avant de proposer cette destination à Dominique : elle est là, déjà en vacances pour tout l'été.

Voilà pourquoi j'ai choisi de passer ces quelques

jours à Vieux-Boucau. Cela s'appelle joindre l'utile à l'agréable.

J'ai hâte d'arriver, alors que le TGV fait halte en gare de Bordeaux-Saint-Jean.

Yannick

« L'inconnu » (c'est ainsi que je l'appelle encore faute d'avoir pu mettre un nom sur la silhouette menaçante qui me pourrit la vie depuis trois mois maintenant) ne doit pas prendre de vacances, car il ne me laisse aucun répit.

J'ai beau me raisonner, savoir que je ne dois pas tomber dans ses filets, je ne parviens pas à effacer la pression éprouvante qu'il fait peser sur moi.

Il m'obsède, ruine mes journées. Je deviens invivable à ne penser qu'à lui et à ses tourments. Au boulot, je laisse filer des occasions qui me tendent les bras. Je m'agace pour des riens, je fuis nos amis qui s'étonnent que nous ne rendions aucune invitation. Nous n'allons à aucune soirée, ou si peu.

En ce mois de juillet, il me téléphone en pleine nuit à de multiples reprises. Les appels sont toujours les mêmes : un petit silence, suivi d'un rire effrayant. Puis il raccroche. Pas un mot, rien.

Changer de numéro me laisse deux jours de tranquillité avant qu'il me réveille à 3 heures du matin et, comme s'il voulait me punir une seconde fois, moins d'une heure plus tard.

Qu'il ait trouvé mon numéro laisse Balthazar pantois.

J'en change encore, il me retrouve.

— Non, je n'ai pas d'ennemi, je précise, tandis que se dessine une esquisse de sourire narquois sur le visage de l'enquêteur. Du moins, pas à ce point-là…

Je ne suis pas certain de l'avoir convaincu…

— Il ne faut rien me cacher, monsieur Lefèvre, me prévient-il.

Il fouille mon entourage. En vain, toujours.

Moi qui déteste être coupé du monde, surtout quand je suis séparé des miens, je me résous à éteindre mon portable.

Au matin, je ne peux m'empêcher d'écouter ses messages qui ne sont que silences et interminables ricanements.

Maintenant, sans doute lassé de tomber sur ma messagerie, il téléphone dans la journée.

Sur l'insistance d'Agnès, j'informe les flics de ce harcèlement quotidien. Gloasguen s'excuse de n'avoir abouti à rien. Il promet :

— Monsieur Lefèvre, il ne va pas vous enquiquiner longtemps !

Je me retiens de lui balancer qu'il se fout de nous, qu'il ne fait pas le maximum. Je pense surtout qu'ils sont dépassés et que je ne peux compter que sur mon Belge.

— Cet enfoiré est intraçable, il brouille toutes les pistes. Pourtant, j'ai mis les meilleurs sur le coup, indique le commissaire.

Son fatalisme m'énerve.

— Ce type n'est pas un fantôme, bordel de merde !

— Je sais que c'est dur à vivre, monsieur Lefèvre. Mais faites-moi confiance quand je vous affirme que le temps est notre meilleur allié. Votre tourmenteur finira par faire une connerie, car ils en font tous. Et là…

« Et là… que dalle », ai-je envie d'ajouter. Je m'abstiens. Si je reste muet, c'est pour Agnès. Je dis simplement :

— Croisons les doigts. Mais c'est tellement dur à vivre… Surtout pour ma famille.

Je poursuis :

— Le mot « tourmenteur » me semble un peu faible, commissaire !

— Je vous l'accorde… Disons tortionnaire !

Je laisse filer. Cette conversation est si inutile…

Une nouvelle fois, il veut que je liste tous ceux qui pourraient m'en vouloir.

— Il est forcément parmi eux, vous avez dû en oublier, affirme-t-il, car des gens dans votre situation se font plus d'ennemis que d'amis !

Je me plie à sa demande bien que je sache qu'elle ne donnera rien…

Parfois, pour m'atteindre, l'inconnu passe par la ligne directe de ma secrétaire. (Christelle est en vacances et j'ai eu droit à une intérimaire, très jolie, je l'avoue puisque c'est moi qui l'ai choisie, mais d'une bêtise…)

Il se présente comme « monsieur Lepassé », d'autres fois, « monsieur Joublipat », « monsieur Abienteau », « monsieur Casket », « monsieur New York », ou enfin « monsieur Lunêtenoire ». Chaque fois j'entends cette idiote lui demander d'épeler son nom et l'écrire consciencieusement avant de me le passer.

Je ne la supporte plus, et elle dégage vite fait. Malheureusement, sa remplaçante n'est pas plus maligne. Elle me passe « monsieur Rancune ». Quand je lui demande pourquoi elle m'a transféré l'appel d'un interlocuteur au nom aussi bizarre, elle me répond que le « monsieur est très poli et qu'il y a sur terre des gens avec des patronymes étranges ». « Avant-hier je vous ai passé monsieur Lannus », a-t-elle argumenté, un peu rougissante.

Au début, dès que je comprenais que c'était lui, je raccrochais. Maintenant, je prends l'appel, pour le seul plaisir de me défouler. J'exige de savoir pourquoi il en a après moi, quel est son nom, je demande s'il veut de l'argent. Sa réponse est toujours la même : un court silence et ce ricanement. Avant qu'il ne raccroche, je l'injurie. Je le traite de tous les noms et je me fous bien que ma conne d'assistante m'entende hurler des insanités. Elles tombent dans le vide, car le plus souvent il a déjà coupé la conversation, ce qui me rend encore plus furieux. Une seule fois, il m'a laissé hurler ma rage jusqu'au bout, pour mieux ricaner.

Je ne suis pas le seul visé par ses appels.

Ma femme (à cinq reprises de jour et de nuit), ma fille aînée et mon fils (quatre fois chacun, toujours en pleine nuit) ont entendu son rire. Eva est la seule qu'il a épargnée. Heureusement, car ça l'aurait détruite. Je me demande s'il a pitié de sa fragilité.

Pourtant, il ne l'a pas oubliée.

À 6 heures du matin, dans un demi-sommeil, je l'ai

entendu dire : « Le bac, il va falloir que ta princesse le repasse, ou alors fini les grandes écoles. » C'est la seule fois où j'ai entendu sa voix. Seize mots prononcés d'un ton neutre, légèrement aigu.

Agnès s'affole. Elle appelle les flics plusieurs fois par jour. Elle leur reproche de « ne rien branler », avant de s'excuser, en larmes. Quand je l'appelle à mon tour, le divisionnaire promet de tout mettre en œuvre pour que ce cirque s'arrête. Mais que peut-on répondre d'autre quand on n'arrive à rien…

Eva craque chaque fois que sonne son portable. Elle refuse de sortir. Pourtant il ne s'en prend plus à elle.

Ma fille aînée, apeurée, se réfugie chez son fiancé.

Dans la famille, seul mon garçon ne flanche pas. Pour lui, l'inconnu n'est qu'un pauvre type qui fait son malin. Il le brave au téléphone : « Va te faire foutre ! », « minable », et il s'amuse à imiter son rire.

Quand il m'interpelle : « On ne va pas se laisser emmerder par ce con », je retrouve un peu de courage.

Agnès est tellement inquiète qu'elle me refile sa peur. Comme une sale maladie… Elle veut comprendre pourquoi quelqu'un s'en prend à nous avec autant de violence. Tant de haine.

Évidemment, cela ne peut se terminer que par des reproches : tout cela est ma faute. Elle est persuadée que j'ai fait quelque chose de mal et que ce type veut me le faire payer. Il a fallu que je jure sur nos gosses que je ne l'ai pas trompée, car elle a immédiatement pensé à une histoire d'adultère.

Elle insiste :

— Fouille dans ta vie, Yannick, cherche partout. Tu as forcément fait du tort à quelqu'un. Il y a un cadavre dans un placard ! Cherche, putain de merde !

Il est rare que je l'entende prononcer un gros mot... Elle m'accuse :

— Tu me caches quelque chose de grave.

J'ignore si elle me croit quand je jure encore :

— Je te promets que je n'ai rien fait de mal et que je n'ai rien fait à personne.

Elle lâche, comme une menace :

— Avec tes affaires louches...

Je m'énerve.

— Qu'est-ce qu'elles ont de louche, mes affaires ?

— Ne fais pas l'innocent !

Quand, un peu plus tard au téléphone, je lui dis : « Cet inconnu veut foutre le bordel dans ma vie et il a parfaitement réussi », elle me reprend :

— Dans notre vie, Yannick ! La mienne, celle de nos enfants. Tu n'es pas seul dans cette histoire effrayante.

— On va s'en sortir, Agnès. Ensemble.

— Tu en es si sûr que ça ?

— Bien sûr, chérie, la police est sur le coup. Ils vont trouver.

— Tu parles... Au ton de ta voix, je sais que tu n'y crois pas.

— Mais si, ma chérie !

— Réponds à ma question, Yannick, et arrête de m'appeler « ma chérie ». Qu'est-ce que tu comptes faire pour que ça cesse ?

Je ne peux que répéter, avant qu'elle ne me raccroche au nez :

— On va s'en sortir.

Je n'en suis même plus sûr…

Je sens au fond de moi, sans que je puisse l'expliquer précisément, que l'inconnu est dangereux et qu'il n'en restera pas à ces appels anonymes, même menaçants. Ce n'est qu'une étape.

Quels nouveaux supplices va-t-il nous infliger maintenant ?

Je ne m'affole plus seulement chaque fois que retentit mon portable. Je panique pour des riens, une voiture qui me suit, un type qui me regarde, la sonnerie de la porte d'entrée de la maison.

L'inconnu joue si bien avec mes nerfs que je me rends compte que je perds le contrôle de la situation.

Je ne sais si je vais parvenir un jour à me reprendre en main.

J'appelle Balthazar.

— Je coule.

29

J'avoue que, dans un premier temps, j'ai eu du mal à reconnaître la petite cité balnéaire d'autrefois. N'y étant jamais revenu depuis l'humiliation que m'a infligée Brigitte de La Marque, j'ai décrit à Dominique une petite ville dans la tradition landaise avec ses villas charmantes, sa plage interminable et déserte de sable fin. J'ai parlé de ses cafés, où les anciens, béret vissé sur le crâne, verre de pastis en main, refont le dernier match de l'US dacquoise en reluquant les estivantes.

Le lieu idyllique de mon adolescence a disparu. L'endroit est devenu moche, sans âme et envahi de touristes bruyants et vulgaires. Les villas ont été partagées en petits appartements. Les bars ne proposent que des mojitos au rhum bas de gamme et des tapas qui n'ont d'espagnol que le nom… Quelle déception. Je m'en veux d'avoir attiré Dominique dans un endroit pareil pour nos premières vacances ensemble, mais avec elle un enfer se transforme vite en paradis.

Elle a l'art de voir les choses toujours du bon côté. Tout l'inverse de moi.

Notre studio sous les combles manque de clarté?

L'essentiel est que nous y dormions ensemble. La plage est surpeuplée ? Il suffit de marcher au-delà de la portion surveillée « pour se sentir seuls au monde ». On ne trouve pas de place au parking du centre-ville ? Pourquoi ne pas s'y rendre à pied ? C'est bon pour la santé ! Il y a trop d'Allemands et de Hollandais ? Elle sympathise avec eux.

En dépit de ce qu'elle a vécu de difficile, elle positive. Certes, elle craque parfois, quand lui revient en mémoire son passé douloureux, mais elle reprend vite le dessus. Sa force de caractère m'impressionne. « Je pleure un bon coup, dit-elle, et après ça va mieux ! »

— Nous irons nous baigner après, annonce-t-elle à peine avons-nous pris possession de « notre fabuleux nid d'amour », puisque c'est ainsi qu'elle décrit notre studio.

D'abord elle veut que je l'amène à la villa familiale de Brigitte afin de vérifier qu'elle est bien là.

Je reconnais aussitôt l'immense villa de style basque dans son parc de pins centenaires. Il fait encore plein jour en cette fin d'après-midi et nous pouvons les observer à loisir jusqu'à la tombée de la nuit, à l'abri d'un petit bosquet.

Attentive, Dominique frétille de plaisir en voyant la maisonnée s'animer.

Elle admet, « à contrecœur », que Brigitte a de beaux restes.

Je glisse :

— Quand je te dis qu'elle était magnifique, Brigitte Bardot !

Il n'en faut pas davantage pour réveiller cette pointe de jalousie que j'adore chez elle.

— D'ici, j'aperçois les rides de la méchanceté !

Avec une mauvaise foi réjouissante, elle met son allure impeccable sur le compte du botox et d'un régime alimentaire contraignant.

— Elle ne doit pas rigoler tous les jours, ta copine ! Elle n'a rien d'autre à faire que de s'occuper de sa petite personne.

Je m'amuse à lui dire qu'à quarante-huit ans, je la trouve toujours sexy et attirante.

C'est pour plaisanter, bien sûr, mais elle se braque. Elle menace :

— Si tu continues à parler comme ça de cette femme, je te plante là, Sébastien. Je ne suis pas venue ici pour t'entendre vanter tes anciennes conquêtes !

Au ton de sa voix, je comprends qu'elle ne plaisante plus.

— Je m'excuse, mon amour. C'était pour rire.

Elle se laisse prendre dans mes bras, me traite de « petit filou », mais je dois promettre de ne faire aucune autre allusion à la beauté de cette femme.

— Je l'ai détestée dès l'instant où je l'ai vue, affirme-t-elle. Cette femme porte la méchanceté sur son visage. Elle est affreuse ! Dis qu'elle est laide !

— Elle est moche !

— Laide !

— Laide. Très laide !

— Je crois que je t'aime…

— Tu crois… Seulement…

— Que tu es exigeant, mon amour !

La villa accueille une dizaine de personnes. En deux heures, Dominique, qui a un sens aiguisé de l'observation, répertorie tout ce beau monde. Elle se moque des « têtes de cons » de son mari et du fils aîné. Selon elle, le couple d'une quarantaine d'années est de la famille. « Ils se comportent comme chez eux. » En revanche, les deux autres, un peu plus âgés, sont des copains. « Ils se laissent servir, c'est un signe qui ne trompe pas. » Un jeune type musclé joue les intéressants. D'où nous sommes, nous n'entendons que des éclats de voix, mais visiblement il a du succès.

Il y a deux jeunes filles, une pas très jolie et la seconde très mignonne. Le portrait craché de sa mère au même âge. En la regardant, je suis transporté trente-quatre ans en arrière et je réalise que j'étais bien naïf à l'époque. Comment ai-je pu penser qu'une fille pareille puisse tomber amoureuse d'un adolescent boutonneux comme moi ?

— Tiphaine est la fille de la maison et elle est venue accompagnée de sa copine moche, histoire d'attirer tous les garçons, tranche Dominique. C'est d'une banalité…

Alors que je m'étonne qu'elle connaisse le prénom de la jeune fille, elle répond que tout est sur le Net !

Plus tard, nous nous régalons d'une pizza regina à la croûte bien croustillante. Tandis qu'elle lèche avec gourmandise sa glace vanille-fraise, Dominique m'affirme qu'elle a déjà élaboré son plan mais refuse de me donner les détails.

— Nous allons humilier la petite pimbêche et la grande méchante.

Elle ajoute, sibylline :

— J'ai remarqué un truc…

Je m'écrie :

— Quoi ? Moi je n'ai rien remarqué du tout.

Elle sourit :

— Les femmes voient des petites choses qui échappent aux mecs. À ton âge, tu ne sais toujours pas que nous sommes supérieures à vous, les hommes !

— Si, je le savais…

— Tu vois… Quand tu veux, tu es moins sot que la moyenne !

Puis d'un coup, elle éclate de rire.

J'adore ce moment.

Nous sommes rentrés à pied, serrés l'un contre l'autre, indifférents à la foule bruyante qui déambule dans les ruelles de la petite ville sans charme.

— Je vais te préparer ça aux petits oignons, lance-t-elle.

— Je te fais entièrement confiance !

— Tu peux !

Je lui laisse la main, car je sais qu'elle sera d'une efficacité bien supérieure à la mienne.

Revoir Brigitte me laisse un petit goût de nostalgie.

30

Dominique me réveille à l'aube.

— Allons à la plage !

Nous jouons dans les vagues, nous rions, elle me poursuit sur le sable humide, je suis heureux. Puis elle annonce avec ce naturel qui me séduit tant chez elle :

— Fini de rire, j'ai du travail !

Elle m'ordonne de l'attendre là.

— Attention au soleil, mets bien ta crème à cinquante.

Elle pense à tout et me laisse seul, après m'avoir embrassé dans le cou. Elle se retourne. « Sois sage. »

— Comme une image !

Je sais où elle va : vérifier ce qu'elle pressentait hier. Brigitte entretient une liaison adultérine avec un jeune maître-nageur sauveteur, celui qui faisait le malin à l'apéritif. Ils font l'amour dans la cabane en tout début d'après-midi quand son « grand idiot de mari rentre faire la sieste. Le cocu de compétition ! Quand je te dis que ta vieille copine n'est pas une bonne personne ! » s'amuse-t-elle.

Quand elle revient de sa balade, deux heures plus tard (interminables sans elle), elle triomphe :

— Le beau mec couche aussi avec la fille ! Le doublé gagnant !

— Comment le sais-tu ?

— Ce sont des choses qui n'échappent pas aux femmes.

Je plaisante :

— La fameuse intuition féminine !

— Oui, et mon intuition me dit que ça va mal se terminer pour elles deux. Elles peuvent compter sur toi. Tu la tiens, ta revanche, mon amour !

Je comprends où elle veut en venir et son plan me réjouit. Et tout cela, elle l'a compris en quelques heures seulement…

Il faut dire que le jeune maître-nageur y met du sien. En le suivant dans le café au-dessus de la dune où il a ses habitudes, elle me raconte avoir entendu ce benêt se vanter auprès de ses collègues qu'il « se fait » la mère et la fille. « Brigitte, au déjeuner, et Tiphaine au souper ! » Il avertit ses copains : « Motus et bouche cousue, les gars. C'est un secret. »

Un secret… Je me débrouille pour qu'il n'en soit plus un. Il suffit de passer un coup de fil anonyme au grand con de mari pour qu'il aille jeter un œil à la cabane au moment où il est censé faire sa sieste.

La scène est cocasse et le scandale qui suit, mettant tout Vieux-Boucau en ébullition, est un régal. Brigitte de La Marque n'est pas n'importe qui !

Le garçon est viré de la plage dans la journée. L'explication est sévère entre la mère et la fille, de ce que j'entends en observant la villa avec Dominique.

Le mari (dit « grand con ») est sur le point de rentrer à Nantes avec son fils. Je ne m'étonnerais pas qu'après une pareille humiliation, il demande le divorce. Brigitte peut aussi dire adieu à ses vacances dans la maison familiale de Vieux-Boucau et il vaudra mieux qu'elle la vende.

Grâce à l'intuition de Dominique, j'ai réussi l'exploit d'humilier Brigitte et de détruire sa vie en moins d'une semaine. Je peux la rayer de mon carnet !

Il faut que je me dépêche de revendiquer ma victoire, car Brigitte est en train de fermer la maison, désertée aussi par les amis et les cousins.

J'arrive juste à temps pour lui présenter mes amitiés. Je vois que je l'agace car elle a bien autre chose en tête. Mais j'insiste :

— Je suis de passage dans le coin. Tu ne te souviens pas de moi ? Sébastien ! Le fils du fromager.

Il faut que je lui rafraîchisse la mémoire. Elle a oublié l'humiliation de mes seize ans. J'ajoute :

— La piscine !

Le souvenir lui revient enfin.

— Ah, oui, Sébastien… Tu as tellement changé que je ne t'ai pas reconnu.

Décidément, cette méchante ne peut pas s'empêcher de lancer des piques. Même quand elle est à terre.

Elle voudrait que je me tire vite, cependant elle me demande, par pure politesse, ce que je deviens. Je réponds des banalités mais j'ajoute que désormais je suis très amoureux d'une femme magnifique.

Enfin, je lui donne le coup de grâce :

— Tu te souviens comment, de notre temps, les maîtres-nageurs se tapaient tout ce qui traînait sur la plage ? Elles y passaient toutes ! Les mères comme les filles ! Quels dragueurs !

Dominique m'a soufflé cette petite phrase assassine.

D'un coup, foudroyée, Brigitte comprend que je suis le responsable de son humiliation. Sa réaction m'étonne, elle baisse la tête et se réfugie chez elle.

Lorsque nous rentrons après ces quinze jours merveilleux, Dominique m'attire à elle, à peine avons-nous poussé la porte de l'appartement. Elle murmure à mon oreille :

— Tu n'es pas obligé de me répondre, Sébastien… Mais je t'ai entendu te lever la nuit pour téléphoner. J'ai eu l'impression que tu ricanais… C'est étrange, non ?

Je mens car je ne peux pas encore lui révéler mon acharnement contre Yannick et sa famille :

— Ça a dû m'arriver… Une ou deux fois pour consulter ma boîte vocale.

— Tu n'appelais pas une copine, j'espère !

— Ah, non !

Dominique n'insiste pas. Elle sourit, pose un doux baiser dans mon cou. Je lance tout guilleret :

— Et si maintenant nous nous occupions de Béatrice ?

— Pourquoi ? s'étonne-t-elle. Décidément, tu en veux à toutes les femmes de la terre !

Yannick

La troisième carte postale est arrivée ce matin. En examinant le cachet, je calcule qu'elle a mis trois jours pour venir d'un coin des Landes, un bled appelé Vieux-Boucau. La carte montre l'étendue de la côte landaise prise d'un hélicoptère. On voit de grosses vagues, les dunes, on devine un océan furieux. Quelques baigneurs, des surfeurs.

Au verso, seulement mon nom et notre adresse inscrits de la même écriture que celle que j'ai fait analyser. Sinon, la carte est vierge. Pas un mot, pas une injure. Aucune menace. Rien.

Étrangement, cela rend le message d'autant plus inquiétant, comme s'il me disait : « Je sais où tu es. Je ne t'oublie pas. »

J'évite d'en parler à Agnès. Elle est suffisamment paniquée comme ça. J'hésite à en informer la police. Peut-être relèveront-ils des empreintes, de l'ADN ? J'en doute et j'y renonce aussi. L'inconnu est trop malin pour avoir laissé des indices.

La carte a donc été postée à Vieux-Boucau, dans les Landes. Balthazar me demande si cet endroit me dit quelque chose. Je ne vois pas. Je n'y suis jamais allé et jusqu'à hier j'ignorais l'existence de cette station.

J'envoie Balthazar enquêter sur place, sans trop d'espoir. Mais je ne peux négliger cette piste. Il accepte d'y passer une semaine avec un membre de son équipe pour un prix indécent et en liquide.

Il est affirmatif :

— S'il y est toujours, je le trouverai.

Le regard noir, il ajoute :

— Ce fumier nous échappe depuis trop longtemps…

Deux jours plus tard, nouvelle alerte. L'inconnu m'adresse une photo prise à la sortie de mon bureau en compagnie de Rioufol, mon principal collaborateur. D'autres suivront les jours d'après. Sur la dernière, prise avec un puissant téléobjectif, on me distingue parfaitement debout en train de boire un café sur la terrasse de l'appartement. Après avoir parcouru le quartier, je trouve l'endroit d'où il m'a photographié à l'aube. L'herbe au pied du petit pin sur lequel il a grimpé est exagérément piétinée. Sur une branche, un morceau de tissu, comme si sa chemise avait été déchirée. Je prends avec moi le petit bout d'étoffe bleu et je rentre, convaincu que ce tissu, comme le reste, ne m'apportera rien.

Si c'est lui qui l'a laissé, il l'a fait exprès.

Aucun commentaire n'accompagne ses envois. Ils sont seulement la preuve qu'il peut m'atteindre à n'importe quel moment. Et partout.

J'en informe Balthazar qui se démène toujours à Vieux-Boucau sans aboutir.

— Ça me rend dingue, m'avoue-t-il.

Ils ont présenté la photo que j'ai prise de lui dans le

tram. À la plage, dans les commerces. Ils ont fait le tour des locations. En vain.

— Quelques-uns, comme toujours, disent qu'ils l'ont croisé, savent où il loge. Que des fausses pistes... La photo est trop floue... Et puis, il y a tant de monde que les gens ne font plus attention les uns aux autres. C'est à désespérer.

Balthazar insiste :

— Vous êtes certain de n'avoir aucun lien avec cette cité balnéaire ?

Je lui répète : « Aucun. » Il me propose de continuer à enquêter ici.

— Et gratuitement, parce que cette histoire commence à sérieusement me gonfler !

Je n'ai jamais entendu Balthazar remonté à ce point. Il se targue de n'avoir jamais connu d'échec.

— Je crains que ce soit inutile.

Il enrage.

— Il me le faut, ce mec. Il nous a suffisamment emmerdés !

— Il faut que ça cesse, je concède. Je n'en peux plus de cette histoire...

— Je l'aurai, monsieur Lefèvre ! J'en fais une affaire personnelle !

J'avoue que je suis désespéré. L'inconnu est très fort pour avoir réussi à mettre Balthazar dans cet état de nerfs...

Seul dans le salon, je liste sur une feuille de papier les éléments dont je dispose depuis des semaines :

– un déguisement ridicule mais qui signifie quelque chose (imper, lunettes noires et casquette NY) ;
– une photo floue ;
– une casquette noire de New York posée devant ma porte ;
– des cartes postales des vagues landaises sans un mot de commentaire ;
– une série de photos avec Rioufol, au volant de mon 4 × 4, en train de boire un café à l'aube. Des photos des miens prises en Dordogne, et d'autres tout aussi personnelles. Rien de notre vie ne lui échappe ;
– des appels anonymes avec ce rire sardonique ;
– un morceau de tissu bleu ciel ;
– ces noms ridicules donnés à mon assistante pour pouvoir me joindre ;
– une Twingo rouge ;
– se déplace aussi en tram ;
– les résultats de son analyse graphologique ;
– son âge : la cinquantaine. Taille moyenne. Mince. Légèrement dégarni. Yeux clairs (?) ;
– hypothèse : il agit seul, pas de complice ;
– autres hypothèses : n'appartient pas à mon cercle de relations, je suis son unique cible.

Finalement, l'ensemble est assez maigre. Je me concentre sur chaque élément. Aucun ne débouche sur quoi que ce soit. Je me heurte à cette éternelle question : qu'est-ce que j'ai fait pour mériter tant de haine ?

Si je trouve, je saurai le combattre.

Je pense, cependant, qu'il n'a pas encore abattu toutes ses cartes. Il va continuer à jouer avec mes nerfs, à me faire du mal en s'en prenant à moi, aux miens. Je le sens extrêmement dangereux, car j'ai la conviction profonde qu'il ne veut pas seulement me harceler ni m'effrayer. Ce n'est que la première étape de son plan. Veut-il m'éliminer, me tuer ? Je commence à le penser sérieusement.

Je trouve la force de me convaincre que, le moment voulu, je serai plus fort que lui. Je peux encore gagner. J'ai de la ressource et je me suis tiré de situations bien plus redoutables. Et j'ai Balthazar…

Il faut bien trouver quelques raisons d'espérer s'en sortir alors que tout ne semble tenir qu'à un fil…

31

Je n'affirme pas cela parce que je suis amoureux… Je reste sans voix, béat d'admiration, tant cette femme m'étonne chaque jour davantage. Dominique est obstinée, résolue au-delà de tout. Elle ne lâche rien.

Je viens encore d'en avoir la preuve éclatante. Dès le lendemain de notre retour, elle s'est lancée dans une enquête minutieuse sur Béatrice. En quelques jours, j'ai le sentiment qu'elle en sait plus sur elle que moi en des années.

Grâce aux informations qu'elle a recueillies, je raye sa fiche précédente, celle que j'ai écrite avec rage quand elle m'a quitté.

Elle figure désormais en dernière page de mon carnet des rancunes (en la relisant, j'ai ajouté quelques annotations en lettres majuscules) :

Nom : Béatrice Barrère (elle a repris son nom de jeune fille).
Âge : 47 ans, née le 11 mai à Nancy, Meurthe-et-Moselle. Deux enfants (LES MIENS!!!...).
Fille de Serge et Martine Barrère, retraités de la fonction publique, installés à Valence (Drôme).

Physique : taille moyenne, yeux bruns, cheveux courts, blonde décolorée (ELLE ÉTAIT BRUNE DE MON TEMPS). 65 kilos environ. Apparence quelconque, physique ordinaire (MERCI, DOMINIQUE, DE M'AVOIR SOUFFLÉ CETTE PRÉCISION FORT UTILE !!!).
Caractère : méchante, égoïste, avide, envieuse (TOUT LE CONTRAIRE DE MA DOMINIQUE !!!).
Adresse : 256, rue Ronsard, appartement 28, résidence Le Ronsard, code : 12X34. Cinq pièces, 115 mètres carrés + garage en sous-sol + cave.
Patrimoine : une résidence secondaire, maison de 85 mètres carrés à Royan (Charente-Maritime). Studio à Barèges.
Profession : gérante du restaurant Di Pompéi, avenue des Nations-Unies. 12 employés.
Vit en concubinage (PACS du 26 juin 2017) avec Ottavio Dall'Ogio, restaurateur. 56 ans (trois enfants d'un premier lit. Vivent chez leur mère. Garde partagée). Déclaré champion du monde de pizza 1997 (CHAMPION DU MONDE DE MES FESSES !!!). Né à Reggio Emilia. Fils de Luciano et Andrea, décédés.
Chiffre d'affaires de la pizzeria (source greffe du tribunal de commerce) : 485 675 euros.
Bénéfice déclaré : 33 276 euros. (HORS BLACK ! IL FAUT LES DÉNONCER !!??)
Restaurant fermé le lundi et le mardi. Horaires de Béatrice : 11 h-15 h et 18 h-23 h 30.

Dominique a dessiné le trajet pris tous les soirs pour rentrer au Ronsard en voiture. Trajet chronométré en 12 minutes et 53 secondes à 11 heures et en 10 minutes 17 secondes à 23 h 30…

Niveau de vie : au-dessus de la moyenne.
Passent trois semaines de vacances fin août sur la côte adriatique.
Deux chiens : Ripper, fox-terrier de 18 ans, et Rocco, un chihuahua de 3 ans.
Véhicule : Volkswagen Polo. 12 819 km au compteur. Aile droite rayée. Lui circule en TMAX.
Mes enfants s'entendent bien avec le pizzaiolo, leur beau-père.

Voilà donc qui est aujourd'hui mon ex-épouse, la mère de mes gosses.

Je recopie les deux dernières mentions, qui n'ont pas varié depuis l'ouverture du carnet :

Faute : adultère, suivi d'un abandon du domicile et d'un divorce aux dépens.
Préjudice : grave et longue dépression, séparation d'avec mes enfants, situation financière difficile.

Dominique s'est appliquée, je dois reconnaître que personne, dans mon carnet, n'a une fiche aussi bien fournie.

Je n'ai pas écrit tous les détails qu'elle a collectés, comme l'adresse du vétérinaire ou son plat préféré (ce n'est plus la choucroute – qu'est-ce qu'elle a pu m'en faire bouffer – mais, allez savoir pourquoi, les ris de veau à la provençale. Étrange, car à l'époque elle détestait les abats). Je sais aussi que Ripper pisse partout dans l'appartement.

Toujours grâce à Dominique, je dispose d'une copie de son carnet de santé.

Ainsi, j'ai appris qu'elle s'est cassé le radius il y a deux ans, que ses mammographies sont parfaites et surtout qu'elle a avorté il y a quatorze ans. « Des œuvres du bellâtre », a immédiatement calculé Dominique.

Je n'essaie pas de la contredire quand elle se moque gentiment de moi en exhibant les photos de notre mariage.

— Vous étiez aussi vilains l'un que l'autre ! La vache, la robe de plouc ! Et toi, ce nœud papillon rouge, la classe !

Je commente, concentré sur la photo :

— Elle avait déjà son regard de méchante.

— Tu es tellement naïf…

— Quand je pense que j'étais amoureux…

— Tu n'es pas tombé sur la bonne personne, mon amour !

Je réponds ce qu'elle veut entendre :

— Tu as raison, mais, par bonheur, j'ai enfin rencontré la femme de ma vie.

Elle me taquine :

— Tu en as de la chance et il t'en a fallu du temps… Moi, je cherche toujours le grand amour !

Puis elle se précipite dans mes bras.

— Je t'aime tant… je revis avec toi. Amour de ma vie.

Existe-t-il des mots aussi beaux à prononcer ? Émus comme jamais, nous sommes tous les deux au bord des larmes.

Puis, soudain, elle m'attrape par le menton, pose aimablement son regard sur le mien et murmure :

— Parle-moi de vous.

— De vous ?

— Oui, d'elle et toi.

Elle veut tout savoir. Comment nous étions-nous rencontrés, où ?

Dans ces moments-là, elle ne me lâche pas.

— Qu'est-ce qui t'a séduit chez elle ? Est-ce que vous avez fait l'amour le premier soir ? Comment l'as-tu demandée en mariage ? Tes parents l'appréciaient ? Elle était bonne cuisinière ? Quelles étaient vos relations sur la fin, vous vous engueuliez souvent ? Vous faisiez encore l'amour ? Comment ne t'es-tu pas aperçu qu'elle te trompait ? Est-ce que tu l'as aimée autant que moi ?

À cette question, je m'insurge.

— Non. Notre amour dépasse tout !

Elle me plaint.

— Ton ex-femme a profité de ta naïveté et de ta gentillesse. Ce n'est pas bien…

Elle me demande ensuite si moi aussi je l'ai trompée.

— Jamais.

Elle sourit.

— Cela se voit immédiatement que tu es un homme droit et fidèle.

Elle s'exclame soudain :

— Je bénis Béatrice !

— C'est nouveau.

— Ben, non, mon amour. Si elle ne s'était pas laissé séduire par le bellâtre, tu mènerais une vie sans intérêt auprès d'une épouse détestable et, *surtout*, nous ne nous serions pas rencontrés !

— Et aimés, j'ajoute aussitôt.

Je ne peux résister plus longtemps à lui raconter comment j'ai déjà châtié Darcourt. Elle se régale.

— Tu l'as bien humilié. Trompé à son tour, tu l'as pris à son propre piège. Je n'aurais pas fait mieux ! dit-elle, fière de moi.

Elle blottit son visage dans le creux de mon cou.

— Je suis bien, là, murmure-t-elle.

Je ne sais si c'est elle ou moi qui prend l'initiative, mais, enlacés l'un à l'autre, nous allons vers la chambre, plongée dans l'obscurité.

32

Je la regarde s'assoupir, le visage apaisé. Je garde en mémoire tous les mots tendres qu'elle a murmurés tandis que nous nous aimions. Délicatement, je me lève, emportant avec moi mon carnet.

Dans le salon, je relis les notes rassemblées sur Béatrice. Mon regard s'éclaire. « On va s'occuper de la méchante, maintenant… À son tour de payer ! »

Je ne sais pourquoi, mais, soudain, je suis envahi de scrupules.

Une part de moi plaide la cause de Béatrice. Je devrais l'épargner puisque c'est « ce pauvre con de bellâtre qui est le principal responsable de mon malheur. Elle est tombée dans ses filets… ». C'est tout juste si cette partie de moi ne lui trouve pas des circonstances atténuantes.

Je me l'interdis. « Des circonstances atténuantes avec tout ce que tu as subi, Sébastien ? Il n'en est pas question ! »

Et surtout, Dominique ne comprendrait pas pourquoi j'abandonne.

Je l'entends me dire :

— Tu as terriblement souffert à cause d'elle. N'oublie

jamais dans quel état tu étais quand elle t'a quitté du jour au lendemain, sans une explication, pour ce briseur de ménage. N'oublie pas non plus l'état dans lequel tu étais quand je t'ai rencontré après des années de dépression. Et maintenant, tu restes là, les bras ballants, à te demander si tu dois te venger.

Je ne pourrais alors que protester: «Non! Je n'abandonnerai pas!» Mais elle menacerait:

— Je te préviens, si tu ne fais rien, je m'en vais. Je refuse de vivre avec quelqu'un qui recule face à l'évidence. Elle t'a humilié, tu dois te venger. Ne sois pas lâche… Je déteste les lâches!

Je paniquerais. Avec elle, ce ne sont jamais des menaces en l'air. Je la rassurerais de mon mieux. Je répéterais:

— Non, non, tu as raison, elle doit être sévèrement punie.

Mes mots manqueraient sans doute de conviction.

— Tu renonces? demanderait-elle d'une voix défaite.

— Non!

— Jure-le-moi.

Et je jurerais.

J'en suis là de mes réflexions, quand je la vois surgir de la chambre. Elle est nue, tellement belle… Sans un mot, elle s'assoit à mes côtés, pose sa tête sur mon épaule, saisit ma main et la caresse.

Son murmure à peine audible résonne comme un orage:

— Sébastien, laisse Béatrice tranquille… Ne te venge pas.

Je proteste, mais je trouve difficilement les mots :

— Ah, non !

— Vous avez vécu une belle histoire tous les deux, même si la fin est dramatique. Vous avez des enfants…

— Elle m'a fait si mal qu'elle doit être punie !

— Tu le veux vraiment ?

— Oui !

— Écoute-moi bien, Sébastien : Béatrice ne mérite plus ta rancune. Le temps est passé. Tu as châtié le bellâtre de belle façon. Cela doit te suffire. Pense à tes enfants… Ils vont en souffrir et n'y sont pour rien… Pense à moi aussi.

— À toi ? Pourquoi à toi ?

— Parce que je ne veux pas me sentir complice de ça. Du mal que tu vas lui faire.

— Tu n'es complice de rien du tout. Je ne t'y mêlerai pas.

Après un instant de silence, elle ajoute :

— Fais-le pour moi.

— Pour toi ?

— Oui, pour moi. Pardonne-lui.

Je m'insurge encore :

— Non, non ! Je ne lui pardonnerai jamais. Tu me demandes l'impossible, Dominique. Il y a des années que j'attends ce moment. Ne m'en prive pas.

— S'il te plaît, mon amour.

J'éclate en sanglots et je cède.

— Merci, murmure-t-elle pour seul commentaire.

À l'écart, je saisis mon carnet, j'arrache la page consacrée à Béatrice.

33

Assouvir ma vengeance contre Béatrice me torturait. Au fond de moi, je n'avais plus la force de la châtier. Le temps, l'affection pour mes enfants, et, surtout, la révélation d'un nouvel amour ont gommé ma haine.

Dominique, qui m'épaule en tout, l'a compris.

Grâce à elle, je me sens apaisé, délivré de ce poids trop lourd. La femme que j'aime s'en réjouit.

— Tu as pris la meilleure des décisions. Jamais je ne t'ai vu l'esprit aussi tranquille. En réalité, même si tu te refusais à l'admettre, tu ne voulais plus te venger de ton ancienne femme. En ne la punissant pas, tu te sauves… Je suis fière de toi, mon amour, et je t'aime encore plus. Comme je n'ai jamais aimé personne.

Elle m'entraîne Chez Victor, l'un de mes restaurants favoris.

La soirée est délicieuse. En sa compagnie, je ne m'ennuie jamais. Dominique est drôle, curieuse de tout. Pour chaque instant de la vie, elle s'enthousiasme.

Maintenant, elle s'amuse au jeu des ressemblances en dévisageant les clients du restaurant où nous avons choisi une table en retrait. Ici, elle reconnaît Sarkozy, là Belmondo, plus loin Ségolène Royal. Ensuite, elle imagine la vie des uns et des autres. Ce couple un peu austère, au fond de la salle ? Ils sont enseignants et proches de la séparation. Ils ne se sont rien dit du repas. Tout le contraire de nous, qui discutons sans cesse. Le bel homme à notre droite est pilote de ligne et la femme hôtesse de l'air pour une compagnie américaine, imagine-t-elle.

Elle ajoute :

— Il est marié avec trois gosses, il vit à Chicago.

Je renchéris :

— Il espère bien coucher avec la fille ce soir.

— Sauf qu'elle se tape déjà un autre pilote !

Nous délirons sur eux de longues minutes et éclatons de rire en les dévisageant.

Dominique rayonne. Elle est transfigurée. Depuis quelques mois, elle revit. Est-ce notre amour qui en est la cause ? Évidemment, mais il n'y a pas que cela.

Elle n'a jamais été aussi épanouie depuis qu'elle m'épaule dans le règlement de mes rancunes. Elle ne fait pas que m'aider, elle s'investit, me dicte ma conduite, invente les plus belles des vengeances.

Je vois bien qu'elle y prend beaucoup de plaisir.

Certes, il est inévitable que resurgisse un jour le traumatisme profond qu'elle a enduré et qui l'a plongée dans l'état désastreux où je l'ai connue. Mais je sens que les souvenirs terribles qui hantaient ses nuits et ses jours sont bien enfouis. Ils sont derrière elle, je l'espère tant…

Si, par malheur, ils remontent, je serai là. À deux, je nous sens forts.

Voilà à quoi je pense, tandis que je l'entends détailler la carte, hésitant entre plusieurs plats. Tout la tente.

— Je prendrai comme toi, finit-elle par dire.

Je m'adresse au maître d'hôtel :

— Savez-vous ce qu'il y a de plus important dans la vie ?

— Un bon repas ?

— Non, non, cher monsieur… Le plus important est d'être amoureux, d'être avec la femme qu'on aime…

Il sourit.

— C'est beau, l'amour, dit-il.

J'opte pour un carpaccio de bar de ligne et une fricassée de langoustines tout juste pêchées. Elle prend la même chose. Je lorgne déjà un imposant baba au rhum que nous partagerons.

Je commande deux coupes de champagne et nous trinquons les yeux dans les yeux à notre amour.

— Pour la vie, dit-elle.

À cet instant, je n'en doute pas une seconde.

Après avoir trempé ses lèvres, elle ajoute, souriante :

— À Béatrice !

Elle tend sa coupe et nous croisons nos avant-bras. Je bois dans son verre, et elle dans le mien.

Elle plaisante :

— Maintenant, je connais toutes tes mauvaises pensées ! Ouh, que c'est vilain !

Le couple de trentenaires (le pilote et son hôtesse) à la table voisine m'examine d'un regard bizarre. Un peu gêné, je leur réponds par un petit sourire, puis je détourne la tête.

— On les emmerde, annonçai-je à Dominique, suffisamment fort pour qu'ils entendent.

Ils n'insistent pas et nous abandonnent à nos fous rires. À notre complicité.
Le couple discute à voix basse avec le serveur. Visiblement, je les intrigue.

— Alors, mon amour, dis-moi, tu as encore des petits secrets pour l'amour de ta vie ou faut-il que je finisse ta coupe de champagne jusqu'à la dernière goutte ?
Je tente maladroitement de me défendre.
— Je ne te cache jamais rien…
Le jeu semble l'amuser, pourtant son ton est sérieux, insistant.
— C'est bien vrai, ce mensonge ?
Je bredouille :
— Je ne suis pas un menteur…
— Pas un menteur, mais un gros cachottier !
Elle caresse ma joue. Elle m'encourage :
— Raconte-moi ce qu'il y a dans le petit carnet de moleskine rouge que tu gardes dans la poche *gauche* de ta veste.
— J'y prends des notes, comme ça, au hasard.
— Encore un mensonge, petit coquin !
Alors, d'un coup, je me lance et je lui dis tout.
Elle me laisse parler sans m'interrompre un instant. Silencieuse, ses yeux plongés dans les miens, elle est fascinée par ce que je raconte.
— Ainsi, tu as dans ton carnet la liste de tous ceux qui t'ont fait du mal… Je trouve ça extraordinaire.
— Extraordinaire ?
Elle prend ma main, la caresse, murmure :

— Moi, je n'ai pas besoin d'un carnet pour me souvenir de tout. (Elle frappe son crâne avec son index.) Ils sont tous là ! Je suis comme toi, moi non plus je n'oublie rien.

34

Ni l'un ni l'autre n'avons touché à l'entrée que le serveur a déposée il y a une dizaine de minutes.

Je sors mon carnet de la poche et le lui tends.

Elle le serre dans sa main, caresse la couverture usée par les années.

— Il est beau, murmure-t-elle.

Elle refuse de l'ouvrir comme je le lui propose.

— Non, répond-elle gentiment, c'est l'histoire de ta vie. Il t'appartient, et il est encore trop tôt pour que je le lise. Mangeons, j'ai faim ! Ton carnet des rancunes m'a ouvert l'appétit.

Tout le temps du dîner, le carnet reste posé à ma droite, mais nous n'en reparlons plus. Elle est trop occupée à détailler les autres convives. Elle a repéré un couple de septuagénaires. Ils se tiennent la main.

— Nous finirons comme eux.

Si je ne la retenais pas, elle irait leur dire qu'elle les trouve magnifiques…

Ce n'est qu'après avoir commandé un café qu'elle me demande :

— Et il te reste encore des rancunes à régler dans ce petit carnet si mystérieux ?

Histoire d'exciter sa curiosité, je tourne les pages une à une.

— Fait, fait, fait !

— Cette vengeance, c'était avec moi ! m'interrompt-elle, parfois.

Pour les autres, je raconte dans les détails comment je m'y suis pris.

Elle accompagne chacun de mes récits de bruyants éclats de rire qui font se retourner des tables vers nous, s'exclamant de temps à autre : « Il l'a bien mérité, celui-là ! »

Elle me félicite, approuve, commente (« Avec elle, j'aurais été beaucoup plus sévère »). Elle s'étonne que j'aie échoué lamentablement avec Labourbe, celle qui m'a arnaqué avec son montage financier. Elle veut m'aider, tout reprendre à zéro. Elle me promet qu'un jour on l'aura. Je fais mine de la croire. Elle pose un baiser sur ma main. Je souris, je suis heureux.

Je m'arrête quelques secondes sur la page consacrée à Yannick, hésitant entre l'envie de lui raconter le mal qu'il a fait et la peur qu'elle trouve la sanction que j'ai choisie trop extrême. Ne s'agit-il pas d'assassiner un homme, tout misérable soit-il ?

Elle relève mon hésitation et s'exclame :

— Pourquoi t'arrêtes-tu sur cette page ? De qui s'agit-il ?

Je calme son enthousiasme.

— Celle-là, je la garde pour la fin. Bien au chaud !

— Je veux en être !

— Tu en seras, bien sûr. Ce sera notre apothéose !

— Raconte, supplie-t-elle presque.

— Non, pas maintenant. Le moment n'est pas encore venu !

— Cruel, vilain ! Trouve-moi autre chose à me mettre sous la dent puisque tu m'interdis celui-là.

— Je ne te le refuse pas. Je te promets que tu en seras ! Bientôt. Nous finirons avec lui.

— En apothéose !

Je feuillette fébrilement mon carnet, à la recherche d'une belle rancune qui la satisfera.

Je la trouve enfin.

Je tends mon carnet :

— Tu veux lire ?

— Ah non, fais-le… C'est ton histoire…

Je commence à haute voix :

Nom : Aurélie Marchand.

Âge : 41 ans.

Situation familiale : divorcée, un enfant de 5 ans.

Profession : gérante d'une agence immobilière.

Ex-mari, premier adjoint à la mairie, médecin.

Adresse : 26 bis, *avenue de la Libération.*

Véhicule : Ford Fiesta.

Niveau de vie : bon.

Sa faute : a refusé de partager un gain au loto.

Préjudice : perte pécuniaire (la moitié de la somme, soit 75 200 euros, m'aurait permis de sortir la tête de l'eau).

Élément aggravant : cette trahison a provoqué une nouvelle dépression. Perte de confiance dans l'amour après avoir perdu celle dans l'amitié. Grave sentiment de solitude doublé d'un refus de l'avenir. Pendant longtemps, à cause d'elle, je n'ai eu le goût à rien.

Je n'oublierai jamais son rire quand je l'ai menacée de porter plainte, d'appeler la Française des jeux. Hilare, elle a tendu le doigt et a ironisé : « Le commissariat, c'est par là. Je peux même t'y conduire, ça te fera économiser un taxi. »

Je n'ai jamais autant eu que ce jour-là le sentiment d'être pris pour un moins-que-rien.

Je me rappelle avoir, de colère, réduit en miettes les photos d'Aurélie. Je voulais la rayer de ma vie, l'oublier à jamais. Ce n'est que des mois plus tard qu'elle est entrée dans mon carnet des rancunes.

À l'époque, Aurélie était une très belle femme. Si je devais résumer son caractère, je dirais que c'était une battante, une ambitieuse, mais dans le bon sens du terme (du moins, le croyais-je). Elle était cultivée, aimait les voyages et la fête. Elle était coquette, élégante, et ne se cachait pas de recourir à la chirurgie esthétique « pour réparer les dommages inéluctables du temps ».

Elle proclamait sans le moindre complexe :

— Je n'ai pas le droit de devenir une vieille dame !

En toute franchise, puisque j'ai décidé de ne rien cacher, je n'en revenais pas qu'une femme comme elle jette son dévolu sur moi. Je me demande encore ce qu'elle m'a trouvé…

Aurélie m'a ouvertement dragué après m'avoir fait visiter un logement bien situé mais malheureusement beaucoup trop cher pour moi. Le soir même je couchais chez elle. Notre liaison a duré à peine plus d'un mois. J'étais amoureux, je trouvais le monde et la vie formidables. La chute n'en a été que plus cruelle.

Voilà comment les choses se sont passées. Nous jouions deux fois par semaine au loto, toujours les mêmes chiffres qui mêlaient nos dates de naissance. Nous partagions la mise, plusieurs dizaines d'euros, car elle multipliait les combinaisons. Je la laissais faire. Ce n'est que plus tard que j'ai compris qu'elle ne mettait pas un seul centime. C'est moi qui payais tout. Les deux ou trois premières fois, je faisais attention aux résultats. Après, plus du tout.

Jusqu'au jour où nous avons gagné une très belle somme. Sauf que je n'en ai jamais vu la couleur. Et je n'en aurais rien su si, en partant travailler, je n'étais pas passé devant le bureau de tabac où elle jouait. Une affiche, placardée sur la vitrine, indiquait : « Ici a été gagnée la somme de 150 400 euros. »

Par la porte entrouverte, j'ai interpellé Gilbert, le tenancier :

— T'as pris un pourcentage, j'espère !

Il a rigolé.

— J'attendais justement que tu passes me voir.

Je n'ai pas compris tout de suite. Gilbert était vraiment gêné en s'étonnant qu'Aurélie ne m'ait pas prévenu. J'ai menti en disant que nous viendrions fêter ça un de ces soirs à la fermeture de son bar-tabac avant de m'éclipser piteusement.

Aurélie n'a pas nié. Au contraire, elle a triomphé :

— Je ne partage pas avec les minables !

Elle m'a jeté, sans autre forme de procès. J'étais tellement abattu que je n'ai pas trouvé la force de lui rentrer dans le lard.

— Tu es vraiment trop gentil, Sébastien. Moi, je l'aurais écrabouillée ! a commenté Dominique avant d'ajouter, conquise : Nous allons bien nous amuser avec elle !

Elle s'exclame :

— Décidément, tu n'as pas de chance avec les femmes. Tu devrais me foutre à la porte. Avec moi, tes ennuis vont recommencer !

Je plaisante à mon tour :

— J'espère bien !

Son œil frise, son ton redevient sérieux quand elle dit :

— J'ai comme l'impression que cette rancune n'est pas grand-chose à côté de l'autre.

— Quelle autre ?

— Ne fais pas l'idiot. Tu sais parfaitement de quoi je parle.

— Moi, faire l'idiot, ce n'est pas mon genre…

Ma réponse l'amuse.

— Mon chéri, je fais allusion à cette rancune dont tu n'as pas voulu me parler et que tu gardes pour la fin… Faudrait pas l'oublier, celui-là, et nous devons lui réserver une vengeance à la hauteur de ce qu'il t'a fait.

Si elle savait…

— Nous verrons le moment venu, ma chérie… Nous ne le raterons pas ! Crois-moi, je n'ai aucune envie de l'épargner.

— Si tu le dis… Ce qu'il a fait doit être très grave.

Je laisse un important pourboire, le maître d'hôtel me demande si j'ai passé une bonne soirée.

— Excellente. Tout était parfait ! Nous reviendrons !

Yannick

Officiellement, pour nos amis, nous partons en famille à l'aventure !

Bien sûr, je ne le dirais pas ainsi, mais la pression est telle qu'en réalité nous fuyons le pays pendant le mois d'août. Je le sais capable de me traquer jusqu'à notre maison de l'île de Ré. Nous avons besoin de milliers de kilomètres entre lui et nous. J'entraîne tout le monde dans une virée dans l'Ouest américain. Je l'organise au dernier moment et je présente ce voyage comme une surprise. J'explique : « Vous êtes grands, c'est la dernière année que nous pouvons faire ensemble ce voyage dont nous avons toujours rêvé ! »

Agnès n'est pas dupe, les enfants non plus, probablement, mais toute la famille, ainsi que mon futur gendre, est de « l'aventure ». Nous décollons le 2 août. Là-bas, nous serons enfin tranquilles.

Ces derniers jours je ne vivais plus. J'attendais avec anxiété ses messages, je craignais de l'apercevoir mêlé à la foule, à tout instant je le voyais débouler dans ma vie, une arme à la main, dans son déguisement ridicule. Parfois, allez comprendre pourquoi, j'allais traîner jusqu'à la station de tram.

Il devenait urgent de s'éloigner de ce monstre. De respirer, un temps.

Pour ne pas être rattrapé par ce fumier, nous changeons au tout dernier moment nos numéros de portable.

Je suis tellement parano que, dans l'avion, je passe en revue les allées pour vérifier qu'il n'est pas là. Même si je ne sais pas vraiment à quoi il ressemble…

Les premiers jours, à Los Angeles, puis à San Francisco, nous réussissons enfin à l'oublier. Agnès s'enthousiasme et plaisante :

— Nous allons nous installer dans ce pays merveilleux !

Je lâche :

— Pourquoi pas ! Ça fait longtemps que je ne me suis pas senti aussi bien. Il doit enrager que nous lui ayons échappé !

Elle me coupe aussitôt :

— Yannick, je ne veux plus entendre parler de lui pendant tout le voyage !

Les jours se succèdent, heureux et tranquilles. Plus un mot de cette histoire ni la moindre allusion à l'inconnu.

Bien sûr, quand j'ai organisé ce lointain voyage en famille, je ne me berçais pas d'illusion. Je savais qu'il n'était qu'une parenthèse enchantée et qu'il faudrait de nouveau l'affronter dès l'instant où nous remettrions les pieds en France. Mais ce séjour fait du bien à tous. Nous respirons, profitant de chaque instant sans penser à ce qui nous attend au retour. Grâce à ce voyage où la seule préoccupation est d'organiser le programme de la journée, je reprends vie, sinon confiance.

Sur place, je sais que Balthazar continue à chercher. Je me raccroche à l'idée qu'il me réserve une bonne surprise à notre retour.

Eva, ma princesse, n'est plus la gamine traumatisée, refermée sur elle-même. Elle rayonne. Tout l'enthousiasme.

Nous chantons en chœur dans le van que j'ai loué, en roulant sous les immenses séquoias de Yosemite Park. J'annonce la suite du programme : la vallée de la Mort, puis Las Vegas. Je préviens tout le monde que nous allons y dépenser une fortune.

— Ah non, gagner une fortune ! s'insurge gaiement Eva.

35

Nous jouons avec un certain délice au chat et à la souris !

Dominique est une femme obstinée. Elle use de « toutes les perfidies pour arriver à ses fins », le charme, des serments d'amour, les caresses, les baisers… Par touches mutines, elle cherche à savoir qui est celui qui a droit à ce traitement de choix dans mon carnet des rancunes. Celui qu'elle nomme « ma cible numéro un ».

Elle s'amuse à me menacer de faire la grève de l'amour. Quand je lui demande ce que cela signifie, elle répond qu'elle refusera de m'aimer pendant vingt-quatre heures.

— Et ce sera une grève reconductible !

Je lui dis d'être patiente mais lui concède un premier indice :

— Il s'appelle Yannick.

Elle trouve que ce n'est pas un joli prénom – bien banal pour une telle rancune. Elle insiste :

— Yannick comment ?

— Yannick L.

Elle s'exclame :

— Lebreton ! Yannick, c'est un pur prénom de Breton !

Soudain, les souvenirs m'envahissent, mon visage s'assombrit. Je manque de m'effondrer. Elle me prend dans ses bras pour me consoler.

— Pardonne-moi, mon amour. Je plaisante, mais je ne devrais pas. J'ignore ce que cet homme t'a fait, mais c'est sûrement très grave, et ta rancune à son égard est immense, je le sens tout au fond de moi. Je suis une imbécile, j'arrête de te taquiner avec ça. Tu m'en parleras si tu le souhaites et quand tu l'auras décidé.

Je me laisse entraîner par le lent balancement de son corps qui ne fait qu'un avec le mien. J'accepte comme une offrande les baisers dont elle me couvre.

Existe-t-il au monde une femme aussi compréhensive ? Aussi aimante ?

Soudain elle se reprend, jamais je ne l'ai vue aussi déterminée.

— Ton bonhomme, ta rancune à son égard dépasse toutes les autres, n'est-ce pas ?

Je concède un oui timide.

Elle s'agace :

— C'est oui ou c'est non ?

— OUI !

— Ah ! Maintenant laisse-moi te dire ce que tu dois faire. Tu m'écoutes ?

— Bien sûr, mon amour…

— Tu t'amuses bien avec lui, hein ?

— Je le harcèle depuis des semaines.

— Et alors ?

— Il flippe, il a peur de moi parce que je représente

une menace réelle mais fantôme. Il sent le danger mais il ignore d'où il vient, qui je suis, ce que je veux. Et ce mystère le rend dingue.

— Tu n'imagines pas à quel point cette histoire m'excite. Je veux en être, mon amour.

Je m'écrie :

— Tu en seras…

— Promis ?

— Juré !

Elle m'attire à elle et murmure dans le creux de mon oreille :

— Merci…

— Pourquoi « merci » ?

— Merci parce que tu as confiance en moi, parce que tu ne me caches rien, parce que nous ne formons qu'un.

Il n'en faut pas davantage pour que j'éclate en sanglots. Lorsque je parviens à reprendre le contrôle, elle s'exclame :

— Il serait temps que nous nous occupions de la bonne femme de l'agence immobilière, non ?

Je ne la crois qu'à moitié quand elle ajoute :

— Je l'avais oubliée, celle-là.

Car Dominique n'oublie jamais rien. Je suis même certain qu'elle a déjà trouvé comment assouvir ma rancune.

36

Aurélie Marchand est la personne de mon carnet que j'ai le plus négligée.

Je n'ai touché à rien, laissant son portrait en l'état. Pas par manque d'intérêt, plus par dégoût. Chaque fois que je tombais sur sa page, son simple souvenir me répugnait.

Je n'ai jamais essayé de savoir ce qu'elle est devenue.

De toute façon, je ne la voyais pas changer de vie. Elle vieillirait, multiplierait les opérations de chirurgie esthétique, collectionnerait les amants, et continuerait à vivre confortablement. C'était écrit, et il me serait facile de la retrouver le moment voulu.

Mais les choses ne se sont pas passées comme je l'imaginais.

Il n'y avait aucune raison qu'elle tourne le dos à cette réussite qui lui allait parfaitement. C'est pourtant ce qu'elle a fait. À mon grand étonnement.

Aurélie a disparu de la circulation, abandonnant quasiment du jour au lendemain mari, maison, agence, fils et chiens, bouffant le pognon qu'elle m'avait volé.

Pour Dominique, il y avait forcément un mec là-dessous… Avec l'obstination sans faille que je lui connais et en quelques jours seulement, elle l'a retrouvée en région parisienne alors que j'étais prêt à abandonner.

Et puis, soyons honnêtes, en ce moment je n'ai que Lefèvre en tête, parti en Amérique où il pense m'échapper…

Dominique s'est fâchée :

— Dans ce cas, il fallait arracher sa page. Si elle y figure encore, tu dois t'en occuper. *Tous*. Ils doivent *tous* y passer !

Elle a ajouté, petit sourire perfide en coin :

— Et surtout ce fameux Yannick L.

Je n'ai pu m'empêcher de dire :

— Toi, tu ne lâches jamais rien !

— Une mémoire d'éléphant, surtout pour tout ce qui te concerne !

Je ne sais pas si Aurélie Marchand a tout plaqué par amour, mais toujours est-il qu'elle vit dans la dèche, seule et abandonnée de tous, dans un studio miteux de Saint-Ouen dans le 93. Son fils lui tourne le dos.

Vu la déchéance actuelle de Marchand, j'avoue à Dominique que je suis désemparé.

— Ce n'est plus celle qui m'a humilié, dis-je. Qu'est-ce que je peux lui faire ?

— Tu as pitié d'elle ? s'exclame Dominique.

— De la pitié, non. Mais je manque d'idées pour solder ma rancune. Peut-être que me moquer d'elle suffira…

Dominique reste énigmatique.

— Nous irons quand même à Paris.

Dans la capitale aussi, nous joignons, une fois encore, l'utile à l'agréable. Nous en profitons pour découvrir le troisième étage de la tour Eiffel, où ni elle ni moi ne sommes jamais montés. Je lui offre un dîner chez le grand chef Jean-François Piège. Je sais qu'elle rêve de sa cuisine au point d'acheter tous ses livres.

Au dessert, un formidable soufflé, elle annonce avec ce regard pétillant que je lui connais depuis qu'elle se régale avec mes rancunes :

— Il est temps de s'occuper d'Aurélie Marchand. Il ne faut pas qu'elle te reste sur l'estomac !

— Qu'est-ce que tu as imaginé ?

— Tu verras demain… Mais je ne suis pas trop mécontente de mon idée. Elle te plaira… J'espère.

— Ça, je n'en doute pas une seconde.

— Crois-moi, après, tu ne t'oublieras plus jamais !

Je la laisse agir, suivant chaque étape de la vengeance qu'elle a ourdie pour moi.

D'abord, nous la suivons dans les rues de Saint-Ouen.

— Profite, me susurre Dominique. Regarde comme celle qui t'a humilié est devenue effrayante. Une loque !

Ce n'est pas dix ans qu'elle a pris, mais vingt. Elle est sale, les cheveux en désordre. Laide et énorme. Je n'en reviens pas qu'elle soit tombée aussi bas.

Je dis à Dominique qu'elle doit picoler « sec », et « pas que de la Saint-Yorre ! ».

Nous sommes si près d'elle que nous pourrions la toucher. Marchand ne s'aperçoit de rien, progresse à grand-peine, se reposant parfois, appuyée aux murs. Elle me voit mais ne me reconnaît pas.

Je m'apprête à aller la défier quand Dominique me retient par le bras.

— Laissons-la, dit-elle, et rentrons chez nous. Cette pauvre femme ne descendra pas plus bas.

Je regarde Dominique, plein d'admiration.

— Tu as raison, mon amour, dis-je. Elle est suffisamment punie !

Je comprends tout. Dominique, dans son immense bonté, m'a attiré ici pour que je réalise que ma vengeance n'a plus de sens. Elle me demande la même compassion que celle que j'ai accordée à Béatrice.

Dominique me dit de l'attendre. Je la vois s'approcher d'Aurélie et lui glisser un ticket de loto. Je l'entends dire :

— N'oubliez pas de vérifier le tirage, madame.

Face à tant de bonté, j'en ai les larmes aux yeux.

J'accueille Dominique dans mes bras. Elle s'y blottit tandis que la silhouette titubante de ce qui fut Aurélie Marchand disparaît au coin de la rue.

37

De retour chez nous, je finis par céder. À peine avons-nous défait nos sacs que je prends la décision de lui confier mon secret.

Si je le fais, c'est en toute conscience. Je veux l'associer à mon projet contre Yannick Lefèvre. Plus j'approche du but, plus le poids de cette rancune est lourd à porter. Son appui me sera précieux. J'ai besoin d'elle. Je sais aussi qu'elle n'attend que cela.

Pourtant, depuis notre dernière discussion où elle a senti mon terrible désarroi, Dominique ne m'a plus jamais reparlé de Lefèvre. Elle s'est tue par respect, mais aussi par amour. J'ai apprécié sa patience, sa volonté de ne plus me brusquer, de ne plus jouer avec cette histoire sordide. De ne pas réveiller ma douleur.

Ainsi, alors que nous avons commandé des sushis (c'est son péché mignon), et qu'elle a déjà choisi le film que nous allons regarder, lovés l'un contre l'autre sur le canapé, j'annonce :

— Il faut que je te raconte mon histoire avec Yannick.

— Lebreton ?

— Non, il s'appelle Lefèvre…

— Merci, mon amour. Merci de ta confiance. Tu sais à quel point j'ai envie de tout partager avec toi.

— Je le sais, mon amour. Mais je ne veux rien t'imposer. Peut-être n'es-tu pas prête ?

— Pas prête… C'est tout le contraire, pour toi, je suis prête à tout entendre. Nous sommes ensemble, Sébastien, unis pour le meilleur et pour le pire.

Je souris.

— Surtout pour le meilleur !

Sur l'instant, le regard de la femme que j'aime est si insistant que j'en ai des frissons. Comme si elle voulait m'encourager, elle répète :

— Nous ne sommes qu'un… Pour toujours. Dis-moi tout, mon amour.

Je n'hésite plus.

— Ce que je vais te dire est dur à entendre… Rien à voir avec les petites rancunes que j'avais à régler.

Elle rectifie :

— Que *nous* avons réglées.

Avant de commencer, je pose un baiser délicat sur le coin de sa bouche. Je murmure « merci ».

Elle m'écoute sans m'interrompre un seul instant, parfois, son émotion est si forte qu'elle ferme les yeux. J'efface du doigt une larme qui roule le long de sa joue.

Lui parler de Yannick Lefèvre est pour moi une libération. Je réalise à quel point j'avais besoin de partager ma détresse.

Dominique est la première et restera la seule à connaître mon secret.

Je n'ai pas achevé mon récit qu'elle est prise de

tremblements. Son regard implore. Elle me dévisage, terrifiée.

— C'est horrible…, sanglote-t-elle.

— Oui…

Elle murmure avant de fondre en larmes :

— Ce que t'ont fait Béatrice et son bellâtre n'est rien à côté de cette horreur.

Elle est si bouleversée que durant d'interminables minutes je ne parviens pas à l'apaiser.

— Comment as-tu fait pour surmonter ce malheur ? demande-t-elle entre deux sanglots.

Lorsque enfin elle retrouve un semblant de calme, son jugement est définitif.

— Cet homme, mais en est-ce un vraiment, ce monstre doit payer.

Son regard, d'ordinaire si doux, s'est soudain durci. Au point d'en être effrayant.

Je lui détaille comment je le harcèle depuis des mois. Mon déguisement, mes apparitions surprises, mes appels anonymes… Tout ce que je lui fais endurer.

— Pourquoi New York ? m'interroge-t-elle soudain.

Je lui explique, elle s'étonne :

— Il n'a toujours pas fait le rapprochement ?

— Non, je ne pense pas…

— Effectivement, il doit flipper, cette ordure de… Comment s'appelle-t-il déjà ?

— Lefèvre… Yannick Lefèvre.

Elle me trouve trop gentil, trop patient.

— Moi, je l'aurais davantage fait souffrir, et tout de suite !

Je lui explique que l'éliminer tout de suite n'aurait pas été suffisant. Avant, je veux profiter de ma vengeance…

— Il perd pied, tu n'imagines pas à quel point chaque instant de sa chute me ravit…

— Si, je sens très bien ton plaisir, m'assure-t-elle. Il n'a que ce qu'il mérite. Et je t'accompagnerai au bout de ta rancune.

Je lui livre tous les détails qu'elle souhaite. Elle est bluffée.

— Ça dure depuis des mois, et je ne me suis rendu compte de rien. Quel cachottier.

— Je craignais ta réaction…

— Comment peux-tu dire cela ? souffle-t-elle. Tu n'as pas confiance ?

— Bien sûr que si…

Un quart d'heure plus tard, elle n'ignore plus rien de ce monstre.

Je conclus :

— Je pense que j'en suis arrivé à ce que je désirais. Lui pourrir la vie. Je sais qu'il a une peur panique de moi. Au début, il n'a pas pris au sérieux le mec déguisé qui s'est amusé à le suivre, ensuite il s'est agacé, il a commencé à trembler. Maintenant il s'affole. Il sent ma force. Il a compris qu'il est à ma merci, que quelles que soient ses protections je peux l'atteindre où et quand je veux.

— Je sais pourquoi il panique, me glisse-t-elle à l'oreille.

— Pourquoi ? Je suis impatient de connaître ton avis.

Elle répond, pleine d'assurance :

— Parce qu'il ignore qui tu es, jusqu'où tu es capable d'aller.

— C'est exactement ça !

Elle ajoute :

— Cet homme a fait tant de mal dans sa vie et à tellement de gens qu'il sent quand il est en danger. Voilà pourquoi il prend tes menaces au sérieux. Il sait que tu es très fort, et même plus que lui… Tu l'as magnifiquement manipulé, Sébastien !

Je m'emballe à mon tour.

— Il a peur de mourir !

— C'est ce que tu veux : le tuer ? me demande-t-elle d'une voix douce où ne perce ni inquiétude ni le moindre reproche.

— Oui, car une ordure, ça ne mérite pas de vivre !

Elle lance :

— Sa mort serait la conséquence logique du mal qu'il a commis.

Soudain, elle s'enflamme. Elle injurie Lefèvre. Elle le traite de monstre, de pourriture. Elle réclame le pire pour lui.

— La mort, ce n'est pas assez ! Jure-moi qu'il ne s'en tirera pas ! Il faut qu'il paye.

J'ai beau lui promettre qu'il va non seulement payer mais souffrir pour le mal qu'il a fait, je ne réussis pas à la calmer. Jamais je n'ai vu autant de haine dans ses yeux.

Puis elle saisit mon visage, me fixe avec résolution.

— Regarde-moi bien, Sébastien. J'ai déjà une petite idée pour ta rancune.

— Dis-moi !

— Non, non, patience, je dois encore peaufiner mon plan. Mais je te promets que nous ne le raterons pas.

— Merci, mon amour… je savais que tu serais avec moi dans cette épreuve…

— Ce n'est pas une épreuve, se fâche-t-elle, ce n'est que justice !

Elle m'embrasse tendrement.

Nous dégustons nos sushis. Oubliant Lefèvre, nous évoquons les merveilleux endroits où nous partirons après.

Dominique a déjà des idées formidables.

38

Dominique me réveille au milieu de la nuit. Elle me secoue, sans ménagement.

— Pendant que tu ronflais gentiment, mon chéri, j'ai réfléchi, moi !

Elle allume.

— Tu m'écoutes ou pas ?

Je murmure :

— Tu as réfléchi, et à quoi, mon amour ?

— À la façon dont nous allons nous venger, pardi ! J'ai le plan parfait !

Je relève qu'elle emploie le « nous » pour parler de ma rancune.

— *Nous* venger ?

— Oui, mon amour, rappelle-toi ce que nous nous sommes dit hier. Toi et moi, nous ne sommes qu'un…

Elle me saisit le menton et s'exclame :

— Ce n'est pas le moment de dormir !

Je donnerais cher pour remettre la conversation à demain, mais impossible de lui échapper. Elle insiste :

— Tu es avec moi, oui ou merde ?

Je ris en m'exclamant : « Merde ! »

— Je te déteste !

— Je t'adore.
— Fumier !
— Ma reine !
— Sans couilles !
Je plaisante :
— Il ne faut pas me chercher ! Maintenant je suis parfaitement réveillé. Et tu vas apprendre ce qu'est capable de faire un homme parfaitement réveillé et en pleine forme !
— Essaye pour voir !
— Tu ne perds rien pour attendre !
— Je t'aime tant.
Je la serre contre moi. Elle se laisse faire.
Elle pousse de petits cris, comme un animal pris au piège, puis, après un long râle de plaisir, elle se libère de mon étreinte. Elle s'éloigne à l'autre extrémité du lit où elle s'étend de tout son long, les mains derrière la tête.
Tandis qu'encore essoufflé je reprends à peine mes esprits, elle lance :
— Où en étions-nous, mon amour ?
J'aimerais qu'elle m'attire à elle, qu'elle me répète, comme elle me l'a susurré à l'oreille tandis que nous faisions l'amour, que j'étais l'homme de sa vie, qu'elle n'a jamais aimé personne autant que moi, mais non, elle insiste :
— Je t'ai réveillé pour parler de Lefèvre… Nous sommes bien d'accord que cet homme doit mourir.
— Bien sûr… C'est la seule punition…
Elle me coupe :
— Que ce fumier mérite…

Je murmure qu'elle devrait rester à l'écart de cette histoire. Elle s'insurge :

— Et pourquoi, dis-moi !

J'ai parlé par défi. Maintenant qu'elle est avec moi, je ne veux pas qu'elle abandonne. Je réponds :

— D'abord, c'est trop dangereux et je ne veux pas te faire prendre de risque. Lefèvre est capable du pire… Ensuite, je ne veux surtout pas que tu ailles en prison, au cas où ça tournerait mal.

— Nous n'irons jamais en prison, mon amour.

— Et pourquoi ?

— Pour deux raisons : d'abord, rien ni personne ne pourra nous séparer, nous finirons ensemble, vieux et pleins de rhumatismes, ensuite, et surtout, parce que mon plan est infaillible. Et puis, tu sais bien que personne ne peut m'atteindre !

Je le cache, mais je suis satisfait.

— Bon… Raconte-moi comment tu envisages les choses.

Elle a en effet tout prévu dans les moindres détails.

— Tu m'impressionnes ! lui dis-je.

Dominique, comme à son habitude, fait sa modeste.

— Vraiment… Ce n'est pas un de tes mensonges ?

— Non, je te le jure. Je n'aurais pas fait mieux !

Ce qu'elle a imaginé est tordu, compliqué, risqué aussi, mais, je le reconnais, infaillible.

En me réveillant ce matin, tandis qu'elle sommeille encore à mes côtés, je suis heureux. Mes rancunes sont désormais les siennes. Nous faisons corps et elle sera à mes côtés jusqu'au bout. Jusqu'à la mort de Yannick Lefèvre.

Mais pour commencer, on va lui gâcher son beau voyage !

Yannick

À l'instant où nous échappons à la chaleur étouffante du désert et que, joyeux, nous traversons les faubourgs sans charme de Las Vegas, je n'imagine pas que tout va s'écrouler.

À la réception du MGM, une carte postale nous attend. Elle est adressée à la « famille Lefèvre ». Je sais aussitôt qui l'envoie. Car c'est toujours cette même plage interminable des Landes. Je suis suffisamment habile pour la dissimuler aux enfants, mais pas à ma femme. « Le cauchemar continue… », ce sont ses mots. Eva s'étonne en entendant sa mère, mais les autres l'entraînent déjà vers le casino de l'hôtel.

À peine sommes-nous dans la chambre qu'Agnès explose. Elle veut rentrer. Je ne parviens pas à calmer son angoisse. Elle est certaine qu'il nous suit depuis Paris, qu'il est là tapi dans l'ombre à nous espionner.

— Il nous attendait ! hurle-t-elle.

Elle veut qu'on change d'hôtel.

Je lui administre un calmant, explique aux enfants que leur mère est fatiguée. Nous allons jouer au casino. Je perds plus que de raison, mais je m'en fous. Je n'ai que lui en tête.

De retour dans la chambre, je convaincs Agnès de poursuivre notre road trip et de ne surtout pas parler de ce message aux enfants.

Les jours suivants, nous dissimulons au mieux notre angoisse. L'ambiance dans le van n'est plus aussi festive. Eva s'en étonne.

— Tout va bien, explique Agnès. Tous ces kilomètres me fatiguent.

Je plaisante :

— Votre mère déteste les voyages ! Et les Américains !

Les derniers kilomètres sont un calvaire. Agnès n'arrête pas de vérifier qu'il n'est pas après nous. Elle n'est pas plus rassurée dans le vol retour et insiste pour que je passe les allées en revue, de peur qu'il ait embarqué avec nous.

— Le plus angoissant, me dit-elle avant de sombrer dans le sommeil, emportée par un somnifère puissant, est de savoir qu'il a un accès direct à notre vie. Comment fait-il pour être plus fort que nous, Yannick ?

Elle a raison : comment a-t-il su que nous arriverions ce jour-là, à cet hôtel ? Était-il lui aussi à Vegas ?

La carte est oblitérée en France, mais ça ne prouve rien. Il peut avoir fabriqué un faux, être parti après…

La question me hante encore au moment de nous poser à Roissy, après un vol de nuit où je ne suis pas parvenu à m'endormir. Je sais que d'une façon ou d'une autre nous allons replonger dans ce cauchemar sans fin.

Je m'attends à le voir surgir, brandissant une pancarte « Bienvenue en enfer ». Car c'est bien là que nous retournons : en enfer.

Yannick

À Paris, nous ratons notre correspondance, et c'est épuisés que nous arrivons enfin chez nous. Eva et son frère vont immédiatement se coucher. Ma fille aînée est chez son futur mari. Heureusement, cela leur épargne le drame qui suit.

Je ne saurais l'expliquer, mais, dès que j'ai ouvert la porte d'entrée j'ai eu un mauvais pressentiment.

Effectivement, je trouve dans le tas de courrier une nouvelle carte postale. Cette fois, ce ne sont plus les plages des Landes, mais un panorama du Grand Canyon. Je vérifie : il n'y a pas de tampon de la Poste. Il l'a glissée dans notre boîte aux lettres.

Agnès se réfugie dans notre chambre, où elle craque.

— Qu'est-ce qu'il veut ? Qu'est-ce que tu lui as fait pour qu'il nous martyrise ainsi ?

J'ai beau assurer une énième fois que je n'en sais foutre rien, elle refuse de me croire.

— Tu mens !

Je me fâche.

— J'en ai assez que tu mettes ma parole en doute. JE NE SAIS PAS CE QU'IL VEUT. Tu m'entends ?

— Oui… Mais jusqu'où cela va-t-il nous mener ? Ça

ne peut pas durer éternellement comme ça. Fais quelque chose, Yannick. Nous ne pouvons pas continuer ainsi. Cet homme doit disparaître de notre vie ! Je n'en peux plus.

Elle ajoute :

— Il faut que nous retournions voir la police. Cette fois, il ne faudra rien leur cacher.

Ma femme sait pourtant qu'il y a des pans de ma vie où je ne souhaite pas qu'ils fouillent.

Je lui propose de faire de nouveau appel à mon enquêteur belge.

— Balthazar est très compétent, beaucoup plus que les flics.

Agnès refuse.

— Je ne veux avoir affaire qu'à la police. Pas à ce margoulin.

— Ce n'est pas un escroc, Agnès ! Loin de là !

— Je n'aime pas ses méthodes. Libre à toi de faire appel à lui pour couvrir tes magouilles. Mais pour *notre* famille, je veux la police !

— Quelles que soient les conséquences ?

— Je m'en moque, Yannick. C'est de notre survie qu'il est question.

Elle exige de m'accompagner demain matin au commissariat, et « tu n'as pas intérêt à te défiler ».

J'irai donc voir ce flic…

— Merci, dit-elle avant de s'endormir, victime du décalage horaire et d'un voyage interminable.

Son téléphone retentit, la tirant du sommeil où elle vient de plonger.

Je l'entends s'exclamer :

— Non, pas elle !

Elle se tourne vers moi, le regard affolé.

— Ma mère a disparu. Elle n'est pas dans sa chambre ni dans le parc. Ils pensent qu'elle s'est échappée. L'enfer continue !

— Ce n'est pas le moment de craquer, allons-y tant qu'il fait encore jour !

39

Certes, elle n'a plus toute sa tête mais la vieille dame est d'une totale docilité. Elle est assise à l'ombre d'un imposant tilleul un peu à l'écart de l'élégante demeure du dix-neuvième où elle réside. C'est le milieu de l'après-midi, juste après le goûter, et les pensionnaires sont libres de se promener dans le parc en attendant le dîner. À cette heure-là, la surveillance se relâche, comme j'ai pu le constater ces derniers jours. Le personnel s'accorde un peu de repos. Il fait si chaud.

Son sourire est doux tandis que je m'approche. La belle-mère de Lefèvre est parfaitement coiffée, maquillée. Elle porte une chemise de soie sur un pantalon de toile blanc. Rien ne laisse supposer qu'elle est maboule, ou si peu.

Il suffit que je la prenne par le bras pour qu'elle me suive. Elle dit que je suis très gentil et elle m'appelle Michel, comme son défunt mari. Puisqu'elle me prend pour lui, je lui raconte que les enfants sont partis en voyage aux États-Unis, sur la côte ouest, et qu'ils rentrent aujourd'hui.

— J'aurais tant aimé que tu m'y emmènes, me reproche-t-elle gentiment, d'une voix toute douce.

Je lui réponds que nous y sommes allés et je lui rappelle l'époque où elle était une star à Hollywood. Mon gros mensonge la ravit.

— J'ai tourné avec les plus grands !

Puis elle évoque notre voyage de noces sur la Côte d'Azur. Elle se souvient que nous avions croisé Louis de Funès à Saint-Tropez.

Je m'exclame :

— Le gendarme !

— En personne !

J'évoque la soirée inoubliable que nous avons passée à la Madrague avec Brigitte Bardot. Elle me reproche gentiment d'être tombé amoureux d'elle. Je réponds que ce n'est pas faux en songeant à Brigitte Charland, née de La Marque. Le souvenir de la façon dont nous avons réglé son cas avec Dominique m'arrache un sourire.

Tandis que nous franchissons, bras dessus bras dessous, le petit portail grillagé au fond du jardin, dont il a été facile de forcer la serrure sans laisser de trace, elle n'en a que pour de Funès.

Comme il n'est pas question que je la contrarie, j'ajoute :

— Qu'est-ce qu'il a pu nous faire rire !

Puis, changeant tout à coup de sujet, elle s'inquiète de savoir ce que nous allons manger ce soir.

— Je n'ai rien acheté, et tu connais l'appétit d'Agnès !

Elle insiste :

— Il faut aller à Carrefour ! Le frigo est vide et les filles vont rentrer de l'école.

Je propose des huîtres. Elle se fâche :

— Depuis le temps, tu ne sais pas que j'ai horreur de ça !

Je me rattrape :

— C'était pour rire ! Je vous emmène dîner chez Desjoyaux !

— Le nec plus ultra... Toi, tu as des choses à te faire pardonner !

Les hauts murs de pierre des Érables sont maintenant à une centaine de mètres derrière nous.

C'est ici, dans cet établissement haut de gamme et dont on lui a dit le plus grand bien, qu'Agnès a placé sa mère pendant leur séjour en Amérique. Ils doivent la récupérer demain. J'ai donc décidé, en plus de la carte postale qu'ils ont trouvée à leur arrivée, de leur faire ce deuxième cadeau de bienvenue !

— Ne la brusque pas, c'est une vieille dame, m'a demandé Dominique.

— Promis, je vais la chouchouter, cette vieille carne !

— Vilain !

Je n'écoute plus ce que raconte la vieille. Elle débloque totalement et je ne prends pas la peine de la relancer. Je m'applique surtout à mettre le plus de distance entre l'établissement et nous en accélérant le pas. La vieille n'a plus sa tête mais elle a ses jambes ! Elle avance aussi vite que moi.

Je l'entraîne dans le petit bois et, quand nous nous y sommes suffisamment enfoncés, je lâche son bras. Avant de l'abandonner assise sur un banc en métal, je pose sur sa tête une casquette avec les lettres NY qui me rappelleront au bon souvenir de la famille Lefèvre quand ils la retrouveront.

Je lui souhaite une bonne soirée et je m'éloigne.

— Au revoir, Michel ! Tu es très gentil.

Sa disparition a déjà dû affoler l'établissement des Érables et la famille Lefèvre doit être prévenue.

Autant j'ai eu des scrupules à impressionner la jeune Eva, autant avec la vieille, non. Après avoir enquêté sur elle, Dominique m'a dit qu'elle était aussi de la « race des méchants ».

Je pars à regret, car, cette fois encore, je resterais bien pour assister au spectacle. « Je vais rater le meilleur », dis-je à Dominique quand je l'informe que tout s'est passé comme elle l'a prévu.

Yannick

Ma belle-mère patiente tranquillement, assise sur un banc de métal un peu rouillé, peu après l'orée de la forêt. Nous la cherchons depuis une heure. Pleins phares, Agnès parcourt en voiture avec le directeur toutes les rues autour des Érables, tandis qu'avec trois membres du personnel nous fouillons le petit bois en criant son nom.

Elle ne me reconnaît pas, s'inquiète de savoir qui je suis avant d'accepter mon bras et de me suivre.

Mon premier réflexe est de lui enlever la casquette qu'elle porte. L'évidence s'impose, elle ne s'est pas échappée toute seule. Ce fumier l'a aidée…

— Qui vous a conduite ici, belle-maman ? Vous étiez avec qui ?

— Avec qui, vous en avez des questions, monsieur. Je me promenais avec Michel. Vous connaissez mon époux ?

Je n'insiste pas.

Puis j'appelle Agnès pour l'informer qu'on a retrouvé sa mère.

— Elle est en bonne forme, tout va bien. Nous arrivons.

Agnès est dans une colère noire.

— Ils vont m'entendre, à la direction. Comment ont-ils pu la laisser sans surveillance ? C'est un scandale et nous allons porter plainte pour négligence.

Je raccroche. Connaissant Agnès, le directeur va en prendre plein la gueule.

Je glisse la casquette dans la poche arrière de mon jean. Je garderai cette découverte pour moi. Je demande à ma belle-mère qui lui a mis la casquette. Toute guillerette, elle me répond :

— Michel, mon cher époux. Mon mari est un homme charmant. Et nous sommes des amis de Brigitte Bardot.

Dès qu'Agnès nous retrouve, elle fait monter sa mère à l'arrière du 4 × 4. Elle annonce au directeur qu'elle ne paiera pas un centime de son séjour.

— Votre établissement est mort, monsieur Bellée, faites-moi confiance pour le faire savoir à toute la ville.

J'ai à peine le temps de monter qu'elle accélère déjà. Moins de dix minutes plus tard, nous sommes à l'appartement.

Sa pauvre mère, souriante, n'a toujours pas compris ce qui s'est passé.

Je ne dors pas depuis quarante-huit heures mais je n'ai pas sommeil.

Je vérifie à la fenêtre qu'il n'est pas là à nous espionner, à triompher. Puis je me sers un whisky dans mon bureau. Je liste à nouveau tous les éléments dont je dispose, je m'obstine à chercher, sans la trouver, la clef de son acharnement. Puis, après avoir examiné les cartes, j'en déduis qu'il n'a pas quitté la ville de l'été, se contentant de nous surprendre à distance.

Je les range dans le tiroir du haut. Je saisis la casquette New York que portait ma belle-mère. Je me triture la tête pour trouver le lien avec cette ville où j'aurais aimé ne jamais foutre les pieds.

Soudain un détail me saute aux yeux. Je m'exclame à haute voix :

— Putain, c'est ça ! Enfoiré, j'ai trouvé !

Il est difficile de décrire le sentiment qui m'envahit d'un coup quand je trouve l'indice qui me manquait. Je suis comme submergé par cette découverte. Libéré aussi du poids qui me pèse tant depuis des jours.

Des semaines, des mois, désormais, réalisé-je avec effroi. Tout ce temps perdu durant lequel il a occupé mon espace au point de m'interdire de vivre. C'est terminé !

C'est grâce à un détail relevé dans le revers de la casquette que portait ma belle-mère que j'ai peut-être la clef.

Sa trace, je l'ai trouvée, un peu par hasard, dans le deuxième repli de la doublure. Je l'ai défait par réflexe, comme si j'avais besoin de me dégourdir les doigts… Et là, presque invisible, j'ai découvert l'adresse du magasin. Une petite boutique du centre-ville tenue par des Chinois qui vendent des tas de marchandises bon marché. Dont des modèles bas de gamme de casquettes NY.

Dans les casquettes qu'il m'a adressées, l'inconnu a tout verrouillé pour demeurer insaisissable, jusqu'à découdre la marque et les étiquettes. Tout, sauf ça, cet infime détail.

J'envoie aussitôt la photo de ma découverte à Balthazar. Je reste prudent.

— J'ai peut-être quelque chose.

Lui, en revanche, il exulte :

— Oui, c'est super, croyez-moi. Notre inconnu a fait une grosse bêtise ! Maintenant, ce sera facile de mettre une identité sur lui. Bravo, Yannick !

Il ne m'appelle jamais par mon prénom, sauf dans les bons moments…

Il m'explique comment il va tirer sur ce fil pour remonter jusqu'à ce fumier.

— J'y mettrai les moyens qu'il faut et je réglerai cette histoire en quelques jours ! Il est foutu !

Je lui raconte que j'ai trouvé le même indice dans la casquette qu'il a laissée devant ma porte.

Balthazar pousse un énorme « merde », puis il s'exclame :

— Putain, comment un truc comme cela a pu m'échapper ?

Il éclate de rire :

— Je suis nul !

C'est la première fois depuis toutes ces années où je fais appel à ses équipes que j'entends son rire tonitruant. Il est si communicatif qu'à mon tour je cède à son optimisme.

— On le tient, Balthazar !

— Dans deux jours maximum, vous avez son nom, son pedigree, etc.

— Prenez le temps nécessaire, mais je veux tout !

— Vous l'aurez jeudi à 18 heures.

Je sais qu'il ne plaisante plus. Cette fois, il n'échouera pas. Quand il tient un fil, il tire sur la pelote jusqu'au bout.

— Une fois que nous l'avons logé, qu'en faisons-nous ? me demande-t-il.

— C'est mon affaire. J'aviserai en fonction de ce que vous aurez rassemblé sur lui... Mais de vous à moi...

Je n'en dis pas plus. Balthazar comprend mes intentions. Il n'est évidemment pas question que cette histoire se règle à l'amiable. Il ne s'en mêlera pas.

Il dit seulement :

— Si je comprends bien, cher Yannick, les choses vont vraiment se gâter pour lui.

— Exactement, mon très cher Balthazar. Il le mérite largement, non ?

— Oui, monsieur Lefèvre.

Balthazar me propose quelques hommes de main originaires des Balkans qui se feront un plaisir de lui indiquer que le jeu est terminé. J'ai déjà fait appel à leurs services et je n'ai jamais été déçu.

— Notre inconnu va apprendre ce que sont de vrais pros. Et non des amateurs comme lui.

— Ce ne sera pas nécessaire, j'ai l'intention de m'occuper personnellement de cet individu.

Je suis tellement excité que j'ai du mal à trouver le sommeil. Il me tarde de découvrir sa gueule, de connaître tout de sa vie. Mais surtout, j'imagine toutes les formes que prendra l'assouvissement de ma rancune.

Dans mes rêves éveillés, il souffre. Beaucoup. Et enfin, il meurt… Agnès, elle aussi, fait une insomnie.

— Tu penses à lui ? me demande-t-elle.

— Oui…

— Comment allons-nous nous en sortir, Yannick ? J'ai peur. Vraiment peur…

Je n'en ai pas spécialement le désir, mais je tente de l'attirer à moi. Comme elle résiste un peu, je n'insiste pas.

Je lui tends un cachet de zolpidem qu'elle avale comme un zombie, sans même me remercier. Moi, je n'en prends pas, de peur de m'endormir ! J'aime trop penser à lui et au mal que je vais lui faire.

Yannick

Le lendemain, flanqué de mon avocat, j'accompagne Agnès au commissariat, comme elle l'a exigé.

Dès que nous sommes annoncés, le divisionnaire Gloasguen tient à nous recevoir en personne.

— Séance tenante, dit-il suffisamment fort pour que nous entendions.

Agnès me glisse :

— Tu vois qu'il prend les choses au sérieux.

Pour elle, c'est à de tels signes qu'on voit qu'on est une personne qui compte dans la ville. Si ça peut la rassurer…

En préambule, je répète au divisionnaire que, si la vie des affaires n'est pas celle des Bisounours, mes comptes, mes affaires sont « clairs comme de l'eau de roche ». Je le sens un peu dubitatif. Je réponds ensuite à toutes ses questions.

La connaissant parfaitement, je vois dans le regard d'Agnès qu'elle est étonnée par certains pans de ma vie. Mais elle n'en montre rien. Cependant, je n'y échapperai pas : elle demandera des explications à notre retour à la maison…

Je livre des noms de concurrents, parle de négociations avortées, de commissions oubliées. J'avance aussi les noms de collaborateurs licenciés. Parce que trop curieux…

Le commissaire y voit quelques pistes à explorer d'urgence. Il est optimiste. Il réclame un peu de patience. À aucun moment il ne s'étonne de mes pratiques. La présence de mon avocat l'impressionne peut-être. C'était le but…

— Il est impossible que nous échouions. Dans ce genre d'affaire, le criminel n'est jamais très loin de sa victime. C'est même souvent un proche qu'on ne soupçonne pas.

— « Criminel », c'est bien le mot qui convient, se réjouit à haute voix Agnès.

— Je ne m'attendais pas à en entendre autant, déclare le commissaire quand nous partons au bout de deux heures. Vous n'avez pas que des amis, monsieur Lefèvre ! Nous allons vérifier tout cela… Notre gars, il est sûrement là !

J'en ai dit suffisamment pour qu'Agnès soit rassurée. Elle me remercie.

— Tu as bien fait de ne rien leur cacher. Il le fallait, Yannick, c'était important pour que notre calvaire finisse. Et il va s'achever, hein ?

— Bien sûr !

— Ce commissaire me fait très bonne impression.

— À moi aussi. Il a une excellente réputation.

Tout « bon flic » qu'il soit, Gloasguen n'a rien su de ma découverte inespérée dans la casquette siglée NY.

Cet indice, je le garde précieusement pour moi. J'ai beaucoup plus confiance en Balthazar et ses équipes pour débusquer rapidement « mon inconnu ».

Ensuite, et cela ne devrait plus tarder, il sera à ma merci. Ma proie.

40

Au matin, alors que Dominique s'active à préparer mes tartines grillées, je l'attire à moi et lui murmure au creux de l'oreille :

— Je suis tellement heureux de t'avoir avec moi, mon amour.

Elle répond, amusée :

— Je le sais déjà, trouve autre chose pour me séduire en ce joli matin ensoleillé !

— J'ai oublié que j'ai encore une autre rancune à régler avant d'en finir avec Lefèvre !

Elle s'exclame, radieuse :

— Ça tombe bien, j'ai envie de m'amuser avant de passer aux choses sérieuses.

Son regard est dur et résolu, comme chaque fois que nous évoquons Lefèvre.

Elle poursuit, de nouveau détendue :

— Raconte !

J'ouvre mon cahier.

Nom : Lamine M'Baye.

Né en France. Parents sénégalais. Troisième d'une fratrie de cinq.

Âge : 19 ans.

Adresse : cité du Bois-Joli, bâtiment B, apt 65, troisième étage. Habite chez ses parents.

Signe particulier : une tête de loup tatouée sur le bras droit.

Profession : sans. Dealer...

Physique : petite taille, mince.

Situation familiale : une copine, Pauline Favier, 21 ans, esthéticienne, coiffeuse.

Je précise pour Dominique : « Blonde décolorée, la pouffiasse de compétition ! »

Préjudice : vol d'un scooter 125 cm³, de marque Peugeot il y a deux ans. Gymkhana et rodéo dans les rues avoisinantes depuis deux ans. La police laisse faire (plainte pas suivie d'effets et remboursement a minima de l'assurance). Il vient me narguer régulièrement sous mes fenêtres en roulant sur la roue arrière de MON scooter + doigt d'honneur.

Dominique me dit qu'elle n'a jamais vu traîner « ce petit con » dans le coin.

— Il est pourtant encore passé hier soir, dis-je.

— Alors nous allons lui faire *passer* l'envie de revenir, assure-t-elle, toujours aussi souriante.

Cependant, quand Dominique parle comme ça, avec tant d'assurance, je sais que ce ne sont pas des paroles en l'air. Elle prend l'affaire au sérieux et je la laisse trouver comment nous allons solder ma rancune avec celui qu'elle n'appelle plus que le « petit con »... Une chose est sûre : Lamine M'Baye ne va pas m'oublier de sitôt ! Ma Dominique va s'occuper de son cas !

Sa tasse de café en main, elle entrouvre les tentures vertes.

Elle s'écrie, toute contente.

— Viens vite. Il est là !

— LUI ?

— Oui, lui… Il vient de se garer et je l'ai vu sortir de sa méga voiture…

Je me précipite et j'exulte.

— Je savais qu'il finirait par me trouver… Il en a mis du temps !

— Cinq jours…

Elle commente :

— Nous sommes vraiment très forts !

Je rectifie :

— TU ES TRÈS FORTE.

— Très forte !

Elle conclut d'une voix terrible :

— Cette ordure n'en a plus pour très longtemps. Mon plan est encore plus pervers, mon chéri.

— Dis-moi !

— Non, non ! Patience… Chaque chose en son temps, mais c'est pour bientôt ! Va donc faire un petit tour, histoire de l'agacer…

Yannick

Ce mardi, je déserte le bureau, mes affaires, un important dossier à traiter rapidement. Ma priorité est ailleurs. Dès l'aube, pour être certain de ne pas le rater, je me suis garé près de chez lui. Le plus discrètement possible, mais avec une vue sur son appartement. Je suis impatient de me caler dans ses pas, curieux de découvrir ce qu'il fait de ses journées. Où il va, qui il voit, avec qui il déjeune… Je veux connaître tous les instants de sa petite vie.

Avant de le punir, j'ai envie de m'amuser à le suivre. Étrangement, alors que je rêvais de vengeance et que je l'ai sous la main, je ne suis plus pressé. C'est un peu puéril, mais ça me plaît. À mon tour de jouer !

Il est tout juste 7 heures. À peine me suis-je positionné que la lumière à son étage s'allume à travers les persiennes qui restent closes. J'aperçois l'ombre de sa silhouette. Debout, il vide une tasse. Comme tous les minables, ce doit être un café au lait, ou alors de la Ricoré !

Tandis que je patiente en attendant qu'il sorte, je parcours le rapport que m'a remis hier Balthazar. La fiche est précise et bien documentée. Je l'ai félicité : « C'est parfait, comme toujours. »

Je sais qu'il est très bon et c'est pour cela que je l'emploie depuis des années. Mais cette fois, franchement, il m'épate.

J'ai conscience que, s'il n'est parvenu à rien ces dernières semaines, c'est parce que mon tortionnaire avait tout verrouillé. Sauf ce détail insignifiant… Gloasguen a raison, ces types font tôt ou tard une erreur…

Balthazar a tenu les délais annoncés. Il lui a fallu seulement cinq jours tandis que les flics balbutient toujours. Deux jours pour trouver son nom, son adresse, et trois pour rassembler le maximum d'éléments. L'inconnu n'en est plus un.

Il a fait une erreur, celle de payer avec sa carte bleue…

En parcourant le rapport de cinq pages, j'ai eu la satisfaction de voir que rien n'a échappé à mon Belge. Balthazar était très content du résultat. « Nous avons bien bossé », s'est-il vanté. Il peut triompher, car je mesure à quel point il a vécu ses récents échecs comme une humiliation.

Il ne faut pas humilier Balthazar…

Voilà l'essentiel de ce que je retiens d'un homme dont, jusqu'à hier, je n'avais jamais entendu parler.

Il s'appelle Sébastien Desmichelles. Il est né à Royan il y a cinquante ans. Ses parents, qui sont toujours vivants, étaient marchands de fromage sur les marchés.

J'ai étalé sur mon bureau la dizaine de photos que Balthazar a sélectionnées. Son allure est tout ce qu'il y a de banal. Balthazar a parlé d'un physique « passe-partout ». Il est de taille et de corpulence moyennes. Il mesure environ un mètre soixante-quinze pour soixante-quinze kilos.

Ses cheveux coupés court sont de couleur châtain clair avec un début de calvitie sur le sommet du crâne. Il a les yeux bruns. Il porte des lunettes pour lire (« une presbytie normale à son âge »).

Ce qui m'a frappé sur tous les clichés est qu'il ne sourit jamais. « Il a toujours l'air triste », a commenté le Belge.

Le rapport médical joint au dossier n'indique aucune pathologie grave, physique ou psychiatrique.

J'ai demandé à Balthazar s'il était certain qu'il n'était pas dingue, « car il faut être dingo pour faire ça ».

— Faire ça ? s'est-il étonné.

— Oui… S'en prendre à quelqu'un qui ne le connaît pas. Depuis que vous m'avez livré son identité, j'ai cherché partout. Je n'ai jamais eu affaire à lui. Il reste un inconnu.

Balthazar n'a pas eu l'air de me croire. Cependant, il a poursuivi comme si de rien n'était :

— Non, rien n'indique des problèmes psychiatriques profonds, m'a assuré mon enquêteur. Sébastien Desmichelles a très mal vécu la séparation d'avec sa femme et il est tombé dans une grave dépression dont il semble être enfin sorti. Il a fait de nombreux séjours en HP, mais son dossier n'indique aucune pathologie grave, seulement les syndromes liés à une profonde dépression, difficile à guérir. Il n'est pas schizophrène. Il est cependant noté une tendance paranoïaque.

— Et avec tout ça, il n'est pas dingue !

— Non, il est parano, obsessionnel, dangereux, tout ce que vous voulez, mais il n'est pas fou, au sens médical du terme. D'ailleurs, il n'a été soigné que pour sa dépression.

— Donc, il est normal ?

— Autant qu'on peut l'être…

— OK… Si vous le dites… Je vous crois.

C'est vrai que je n'aimerais pas avoir affaire à un fou. Me venger d'un type normal a plus de sens.

Selon le Belge, les relations entre lui et son ex-épouse sont distantes mais apaisées. Elle était même présente à son anniversaire.

— Elle m'a cependant dit que moins elle le voyait, mieux elle se portait. Je n'ai pas insisté !

Ils ont eu deux enfants, Samuel et Emma, lycéen en terminale et étudiante en dessin industriel. Il les voit assez peu. Cependant, il semble très attaché à eux.

Il est comptable dans une entreprise d'ingénierie (adresse, Kbis, bilans en PJ). Il vient de passer aux trois cinquièmes.

— Probablement pour avoir du temps pour se consacrer à vous, a précisé Balthazar.

Je l'avais compris…

Un récent incident assez étrange a émaillé la vie de sa boîte. Le nouveau patron a démissionné quelques jours seulement après avoir été présenté au personnel.

— On raconte qu'il se serait assis sur un étron et qu'il n'aurait pas apprécié la blague.

L'adjointe du Belge a fait un rapide sondage auprès de ses collègues. Il est plutôt apprécié. Les avis vont de

« il passe inaperçu, mais c'est un collègue agréable » à « il la ramène parfois pour des broutilles », « il est sympa », « il se mouille pour des gars en difficulté avec les patrons », « c'est pas un grand bavard, il faut lui tirer les vers du nez ». Globalement, les gens le trouvent gentil. « Il ne ferait pas de mal à une mouche », a confié son chef de service.

Sur un point, il y a unanimité : « Il parle rarement de sa vie personnelle. On ne sait pas grand-chose. Beaucoup ignorent que sa femme l'a plaqué. Selon ses collègues, il est fier de ses enfants au point d'exagérer, je dirais même de fantasmer, ses relations avec eux. »

Balthazar a commenté :

— Notre inconnu est un mec lambda, ordinaire, passe-partout.

Ses voisins, notamment sa voisine de palier, parlent d'un homme discret mais poli et courtois. Avec lui, c'est « bonjour, bonsoir », mais parfois il rend service.

Il a peu d'amis.

À la question importante de savoir s'il a refait sa vie et avec qui, l'enquêteur dispose de plusieurs témoignages qui vont dans ce sens. Elle s'appelle Dominique, elle est institutrice et ils sont ensemble depuis quelques mois seulement. C'est ce qu'il a confié à un certain Pelletier, l'un de ses collègues qui l'aime bien.

— Selon lui, depuis qu'il fréquente cette Dominique, il est moins stressé et beaucoup plus agréable. Pelletier nous a confié que Desmichelles se vante d'avoir rencontré le grand amour, « celui qui vous met des étoiles dans les yeux ».

Balthazar a reconnu que c'est le seul point sur lequel il manque encore d'éléments.

— Mais vous me connaissez, Yannick, dans deux jours au plus tard, je vous apporte un rapport complet sur cette femme.

Je l'ai coupé tout en soupesant le petit dossier :

— Ce ne sera pas la peine, il est assez lourd ! Et puis… Je veux en finir vite avec lui.

— La présence de cette femme peut contrecarrer vos projets… La fouille de l'appartement a permis de déterminer qu'elle passe du temps chez lui.

Je sais à quoi il a fait allusion : ma volonté de m'occuper en personne de l'homme qui me tourmente. Mais cela ne le regarde plus. C'est mon affaire.

Cinglant, j'ai répliqué :

— Je dispose de suffisamment de choses, Balthazar. Je n'ai besoin de rien de plus. Pour l'instant, nous en restons là.

Il est vexé par ma sortie. Mon Belge est très susceptible.

J'ai plaisanté, histoire de détendre l'atmosphère.

— Et puis vous avez assez travaillé, il faut vous reposer ! Prendre un congé !

Ça ne l'a pas fait rire.

— Je ne me repose jamais, monsieur Lefèvre. Je n'aime pas rester inactif.

Je l'ai rassuré.

— Mon cher Balthazar, vous et votre équipe avez réalisé un travail remarquable, au-delà de mes espérances. Rien ne manque, bravo !

C'est vrai que le rapport est complet. Il indique même que « l'individu est Sagittaire, ascendant Poissons ». Il a fait analyser son signe. Je retiens qu'il est méticuleux, voire maniaque, avec une forte tendance à l'autosatisfaction. Il ne supporte pas la contradiction.

Il y a un détail qui a suscité mon intérêt et m'a amusé : « Il est claustrophobe. Il a une peur panique d'être enfermé. Son bureau est au huitième étage et il monte toujours par l'escalier ! »

J'ai plaisanté :

— Et si je le coinçais dans un ascenseur pendant des heures, il le sentirait passer ?

— Impossible, monsieur Lefèvre ! Notre homme n'emprunte jamais un ascenseur.

Balthazar est un excellent enquêteur. En revanche il n'a aucun sens de l'humour.

En conclusion, son jugement a été sans appel.

— Je n'irais pas jusqu'à dire que c'est un minable, mais Desmichelles est un pauvre type qui n'a pas réussi grand-chose dans sa vie.

Ses yeux se sont assombris, le ton est devenu sérieux, presque martial, quand il a ajouté :

— En revanche, ça ne veut pas dire qu'il n'est pas dangereux. Il faut se méfier de ce genre d'individus, intelligents, retors et par-dessus tout paranos. Ils sont capables du pire, croyez-moi.

— C'est-à-dire ?

— Ils n'ont rien à perdre, et ce sont des obsessionnels. Ils sont imprévisibles.

— Vous avez compris ce qu'il me veut, pourquoi il en a après moi ?

Balthazar a soupiré.

— Non, pas encore. Il n'y a qu'en l'interrogeant qu'on aura la réponse. J'insiste : je peux m'en charger.

Je le coupe :

— Non, NON !

— J'ai compris… Il est à vous.

J'ai changé de sujet.

— Sa nouvelle compagne, cette institutrice, vous pensez qu'elle est au courant ? Qu'elle est sa complice ?

— Non, je ne le pense pas. Desmichelles est un solitaire. Et un solitaire, ça ne partage pas ses secrets.

Je me suis soudain emballé.

— Cet homme reste un mystère, je ne le connais pas et il s'acharne sur moi et me pourrit la vie !

Il a laissé passer quelques secondes.

— Je n'ai pas de réponse, monsieur Lefèvre. En effet, nous n'avons établi aucun lien entre lui et vous. Pourtant, il vous en veut personnellement. À ce stade, j'ai une seule explication. Pour une raison connue de lui seul, il vous a pris en grippe. Il vous déteste, vous veut du mal. Vous avez dû lui faire quelque chose dont vous n'avez pas le souvenir mais sur quoi il fait une fixation. Comme je vous le disais, vous l'obsédez…

— Jusqu'où est-il capable d'aller ?

— Pour l'instant, ça l'amuse de vous faire trembler. Après… Tout est possible…

— Jusqu'à vouloir me tuer ?

— Oui, je le crains.

Je me suis écrié :

— C'est un imbécile et je vais me le payer ! Croyez-moi, Balthazar, il va le sentir passer !

— Je peux m'en charger si vous le souhaitez.

— Je vous ai déjà répondu par la négative, Balthazar. C'est mon affaire et je ne veux pas gâcher mon plaisir. Il m'a assez pourri la vie pour que je ne le rate pas. N'insistez pas.

— Alors, monsieur Lefèvre, si j'ai un conseil à vous donner : ne le sous-estimez pas.

C'est en repensant à ce dernier conseil que je le vois sortir de l'immeuble à la façade décrépie où il réside.

Yannick

Un pauvre type… Voilà ce qu'il est.

Si ma haine n'était pas aussi puissante, je serais déçu tant mon adversaire n'est pas du tout à ma hauteur et je laisserais tomber. Mais il n'est évidemment pas question que je l'épargne…

Et c'est avec le ravissement d'un facile futur vainqueur que j'observe ma proie.

Je pense à Agnès, aux miens, à Eva qui se débat contre ses démons. C'est donc lui qui nous a mis à terre. J'en viens à me traiter d'abruti : comment un tel personnage, sans aucune dimension, aucun charisme, a-t-il pu mettre un pareil bordel dans ma vie ?

L'idée d'avoir été manipulé par ce misérable me plonge dans une colère noire et un abîme de perplexité : « Tu perds la main, Yannick ! Comment as-tu pu te laisser impressionner par ce moins-que-rien ? »

Il est temps que je me reprenne et que je mette fin à cette histoire.

Mais une chose est certaine : ce « minable » va payer cher. Découvrir que c'est un zéro n'apaise nullement ma rancune à son égard. Je me dis seulement que ce sera plus facile que je ne le pensais. Une victoire sans péril, au final. Il faudra bien que je m'en satisfasse !

Quand je pense que Balthazar m'a conseillé d'être prudent…

Bizarrement, il est en survêtement avec des baskets blanches au pied et un petit sac au dos. S'il part pour un jogging matinal, je ne le suivrai pas. Je n'ai ni l'envie ni la tenue ! Mais non, il ignore le parc qui fait face à son immeuble et s'enfonce dans la cité, d'un pas résolu. Tout indique qu'il sait où il va. J'hésite à le suivre, de peur qu'il me repère, tant les rues sont vides à cette heure matinale. Mais je ne vais quand même pas l'abandonner alors que je suis venu pour lui.

Je le laisse prendre une centaine de mètres d'avance avant de lui emboîter le pas. Il marche sans se retourner, toujours aussi décidé. Plus il s'enfonce dans la cité, plus les rues sont défoncées, sales. Les détritus s'entassent à côté des poubelles. Une voiture calcinée l'oblige à changer de trottoir. C'est donc ici, dans ce décor de fin du monde, que vit ce pauvre type.

Je le trouve pathétique, lamentable, pitoyable. Je ne le répéterai jamais assez : UN MINABLE !

Il s'arrête devant des motos et des scooters garés en désordre sur une place bétonnée. Une plaque toute neuve indique : place Charles-de-Gaulle.

Je le vois se pencher sur un scooter. D'où je suis, à environ une cinquantaine de mètres, j'ai du mal à deviner ce qu'il trafique. Il me semble qu'il a sorti de son sac une pince et un tournevis. Lorsque je tente de m'approcher pour comprendre, il se relève. Je le vois donner un petit coup de la main sur la selle, comme s'il encourageait le scooter. Puis il repart lentement sans quitter le deux-roues des yeux.

J'ai le temps de m'abriter sous un perron. Une jeune fille qui sort de l'immeuble me salue poliment. Surpris, je réponds par un sourire. Quand Sébastien Desmichelles passe à ma hauteur de l'autre côté de la rue, il est au téléphone. Sa voix porte et je l'entends depuis ma cachette.

— Tout s'est déroulé exactement comme tu m'as dit, Dominique. Il me tarde d'être à ce soir !

Puis, après un long silence durant lequel son interlocuteur parle, il reprend, tout guilleret :

— Je t'aime, ma chérie.

Puis :

— J'arrive, j'arrive… que tu es impatiente !

Enfin :

— Mon amour, mon amour, mon amour de ma vie.

C'est donc avec cette Dominique dont m'a parlé Balthazar qu'il est au téléphone. Trois fois « mon amour ». Pour que le tableau soit parfait, il ne manquerait plus que ce minable soit vraiment amoureux.

Alors qu'il ne m'offre plus que le dos de son jogging multicolore et ses cheveux dégarnis sur le haut du crâne, je me dis qu'il me tarde de voir la dégaine de « son amour ».

L'envie me prend soudain de la faire payer, elle aussi. Pourquoi pas, finalement… Qu'elle soit ou non sa complice, il souffrira tant il semble tenir à elle.

En cet instant, tandis qu'il revient chez lui d'un pas un peu plus rapide, je suis pris entre deux sentiments : d'un côté j'éprouve de la haine, de l'autre monte en moi un immense mépris à son égard.

Ce type et tout ce qu'il représente me débecte. Agnès dit que je n'aime pas les pauvres. C'est faux, ils ne m'intéressent pas…

Il disparaît dans le hall de son immeuble. Si on peut appeler cela un hall…

41

— Il n'est vraiment pas discret !

À peine ai-je franchi la porte d'entrée de l'appartement encore plongé dans l'obscurité que Dominique m'appelle. Elle est à la fenêtre du balcon. Attentive, concentrée.

— Viens, je suis là !

Je me colle à elle, glissant mon œil dans le mince espace entre le mur et la tenture de gros velours verte.

— Je ne le vois pas, dis-je.

— Mais si, il est remonté dans sa voiture, le 4 × 4 noir, là, juste derrière l'arrêt de bus.

Les vitres sont teintées, et je la crois sur parole.

Elle demande :

— Il t'a vu trafiquer le scooter ?

— Il m'a suivi, c'est certain… Mais il était loin… En revenant, je l'ai vu se cacher dans l'entrée d'un immeuble… De toute façon, on s'en fout, qu'est-ce que tu veux qu'il aille raconter aux flics ?

— Rien du tout ! s'exclame-t-elle. Avec tout ce qu'il a à se reprocher, le mal qu'il a fait, il ne va pas s'amuser à aller cafter ! Cette ordure ne veut pas que son passé resurgisse. Et surtout, maintenant qu'il t'a trouvé, il croit te tenir…

Je plaisante :

— Je suis à son entière disposition !

— Non, mon amour, il est à nous, c'est lui qui est à *notre* entière disposition !

J'adore la façon dont elle a appuyé sur « notre ».

Je regarde l'heure sur l'antique pendule murale qui me vient de ma mère. J'annonce :

— Huit heures trente.

Elle me murmure dans le creux de l'oreille (elle sait que j'adore ça, sentir sa présence, son parfum musqué que je lui ai offert à Noel) :

— Nous avons toute la journée pour nous… Je ne travaille pas aujourd'hui…

— Et moi non plus ! Il reste du café ?

— Il est tout chaud… Tu en veux ?

Inutile de répondre, elle sait que j'en boirais des cafetières entières tellement j'aime ça.

Les heures s'égrènent gentiment. Nous avons regardé et vite refermé BFMTV. Nous avons aussi écouté de la musique. Dominique, qui est toujours de bon conseil avec moi, m'a converti à la musique classique et à l'opéra. Un exploit, car jusque-là je n'appréciais que Johnny et les Rolling Stones !

À tour de rôle, en écartant légèrement le rideau, nous vérifions qu'il est là.

— Il doit bien s'emmerder ! s'amuse-t-elle.

Vers midi, Dominique me pousse à aller faire un tour, car « elle n'a pas envie qu'il se barre ».

Elle s'amuse :
— Il faut le divertir ! Va donc le promener !

Dans le rétroviseur de la Twingo, je vois qu'il me suit. Pour le plaisir, je roule jusqu'à son quartier. Quand je passe devant son immeuble, je donne, allez savoir pourquoi, un petit coup de klaxon. Il est trop loin et il ne l'a sans doute pas entendu. Alors je fais demi-tour au rond-point suivant et j'appuie de longues secondes sur l'avertisseur. Cette fois, ça n'a pas pu lui échapper car nous nous sommes croisés quasiment devant chez lui.

Le connaissant, il doit être dans tous ses états !

Puis je rentre tranquillement jusque chez moi (j'allais écrire « chez nous »). Il est toujours sur mes talons, forcé dans sa grosse voiture d'avancer à trente kilomètres heure parce que j'ai décidé de rouler le plus lentement possible, histoire de le faire enrager encore davantage… En bon citoyen, car dans notre zone la vitesse est limitée !

Quand je raconte l'anecdote à Dominique, elle éclate de rire.

— Tu es un sale petit pervers, toi !

— Et fier de l'être… Qu'est-ce qu'on fait maintenant ?

— On le laisse mariner, pendant que nous regardons un film !

— Y a pas mieux ?

— Toi, t'es un coquin !

— On ne se refait pas !

Vers 19 heures, nous le voyons enfin disparaître.

— Il va rater le meilleur ! s'exclame Dominique. Il devrait pourtant savoir que le meilleur arrive toujours à la fin !

— Le spectacle va commencer !

42

Ce matin, il pleut. Une pluie fine mais si insistante qu'elle vous trempe en moins de temps qu'il n'en faut pour l'écrire.

Nous sommes déjà à la fenêtre à l'attendre. Comme hier, il vient se garer vers 7 heures. À la même place, un peu éloignée, d'où, pense-t-il, il a bonne vue sur mon petit appartement et son étroit balcon au quatrième étage. Bien que nous n'apercevions que l'avant de sa voiture, inutile de dire que Dominique le repère dès qu'il arrive. Elle se réjouit :

— Qu'est-ce que la journée doit être longue à attendre dans une voiture ! En plus, il pleut…

De temps en temps, les essuie-glaces de sa grosse berline balaient le pare-brise.

Tandis que je l'embrasse dans le cou, Dominique dit qu'il faut maintenant passer à l'étape suivante. Je réponds :

— Je te laisse décider, mon amour. C'est toi, le chef.

— La cheffe, espèce de vieux macho, rectifie-t-elle.

— *Ma* cheffe !

— *Ta* cheffe te dit la chose suivante, écoute-moi

avec attention : Lefèvre n'est pas seulement revenu pour t'espionner. Il veut plus.

— Quoi donc ?

— Il va venir fouiller dans l'appartement.

— Son Belge est déjà entré !

— Ce n'est pas suffisant. Il veut voir ça de ses propres yeux, mieux te connaître, savoir qui tu es vraiment. Je le connais par cœur… Ce type, et c'est en ça que nous devons nous méfier, ne laisse rien au hasard. Nous allons lui libérer la place. Toi, tu vas au travail. Allez, va te préparer. Et moi je file discrètement.

— Pourquoi « discrètement » ?

— Je n'ai pas envie qu'il me voie…

Son regard me fixe, intense, comme possédé.

— J'en suis sûre, il va venir chez nous !

« Nous », « nous », « nous », quel bonheur d'entendre encore, encore et encore ce mot. Même du temps où j'étais marié avec Béatrice, elle et moi l'avons tellement vite abandonné, ce « nous »…

Je l'embrasse avec fougue. Elle s'esclaffe :

— Oh, qu'est-ce qu'il t'arrive ! T'es devenu fou ?

— Fou de toi !

— Quelle originalité !

— Je t'aime !

— Imbécile !

Elle ajoute :

— Je vais prendre une douche avant de partir à mon tour. J'ai classe à 9 heures !

Elle revient sur ses pas, une brosse en main.

— Tu es coiffé n'importe comment ! Laisse-moi faire. Voilà ! Tu es beau comme un sou neuf !

Je l'embrasse tendrement dans le cou et clame « je t'aime », avant de tirer la porte.

Au même instant, ma voisine, Mme Garnier, sort de chez elle un cabas à la main. Depuis que je suis installé ici, je la croise tous les matins à la même heure. C'est ainsi que nous nous connaissons, par un rapide échange dans le hall. Elle prend l'ascenseur, je descends par l'escalier. Quel enfer ce serait d'être coincé avec elle ! Par chance, je suis claustrophobe !

Elle sourit à pleines dents. Par ce simple sourire, elle me fait comprendre qu'elle est contente de me savoir heureux. (Un jour, il n'y a pas si longtemps, elle m'a dit : « Ah, l'amour, monsieur Desmichelles, ça vous transforme un homme. »)

Puis, un peu honteuse, elle me raconte qu'une dame est venue lui poser des questions à mon sujet. Elle se vante de n'avoir dit que des choses gentilles.

— Je me suis permis de dire que vous étiez amoureux d'une certaine Dominique. Vous n'êtes pas fâché, j'espère ?

Je réponds par la négative :

— C'est moi qui vous ai parlé d'elle le premier. Il faut absolument que je vous la présente. Elle est formidable !

J'ajoute :

— Je n'ai rien à cacher ! Je veux que le monde entier sache que je suis amoureux, madame Garnier !

Je sais qui est cette femme, venue la questionner. L'adjointe de son enquêteur belge.

Alors que je m'engage dans l'escalier, elle m'interpelle :

— Vous avez vu ce qui s'est passé hier soir ?

— L'accident ?

— Le gamin n'était pas beau à voir.

— J'ai juste aperçu le brancard monter dans la fourgonnette du Samu.

— Des pompiers, rectifie-t-elle.

Je sais bien que ce sont les pompiers qui sont venus. C'est même moi qui les ai appelés. Mais je ne vais quand même pas raconter à Mme Garnier que j'étais aux premières loges !

Et ce, depuis le début de cette formidable (et inoubliable) soirée.

43

Comme quasiment tous les soirs, cette petite frappe de Lamine M'Baye est venue me narguer sous mes fenêtres. Pour lui, c'est comme un rituel, pour moi, une humiliation à laquelle je ne me fais pas. Il passe au ralenti, fait un petit signe de la main, souvent un pouce renversé, et parfois, comme hier, il se frotte les couilles. C'est probablement sa façon élégante de me dire : « J'en ai une plus grosse que toi et je baise ta mère. »

— Profite, mon garçon, ai-je pensé très fort.

D'ordinaire, je ne réagis pas. Pas hier soir. Histoire de le prendre à son propre jeu, j'ai souri et je lui ai adressé un signal amical, le pouce levé. Si ça se trouve, il est tellement bête, il ne s'est pas rendu compte que je me suis foutu de sa gueule.

Dans mon dos, ses bras autour de ma taille, j'ai entendu le petit rire charmant de Dominique.

— Il ne va pas triompher longtemps, a-t-elle murmuré à mon oreille.

Elle a ajouté de sa belle voix douce :

— Tu es sûr que ce ne sera pas trop grave ?

— Je veux juste lui faire passer l'envie de recommencer. Et puis, c'est ton idée !

— Je suis tellement méchante, s'amuse-t-elle.

Comme chaque fois que je règle une rancune, elle a préféré rester à l'écart, dans l'ombre. Car, dit-elle, « tu dois être le seul à jouir de ta revanche ».

— Ma revanche méritée !

Elle plaisante quand elle précise :

— Je ne suis que ta modeste assistante.

— La meilleure assistante du monde !

J'ai insisté pour qu'elle reste à mes côtés. Mais elle s'est réfugiée à l'intérieur.

— Il est à toi !

Néanmoins, elle n'a rien perdu du spectacle, observant la scène cachée derrière le rideau.

C'est elle qui m'a indiqué comment procéder sur le scooter de ce petit voyou. Dominique m'étonne chaque jour davantage : elle s'y connaît en tout, même en mécanique.

Pour provoquer la chute d'un deux-roues, il suffit de dévisser ce que l'on appelle le XXX et de serrer le YYY[1]. Si le travail est bien exécuté, cette double action provoque un déséquilibre de l'engin lorsqu'il se dresse sur sa roue arrière et une chute obligatoire. Celle-ci peut s'avérer très douloureuse, surtout lorsque le conducteur ne porte évidemment pas de casque et roule « trop vite ».

1. J'utilise volontairement XXX et YYY pour désigner les pièces concernées, car je ne tiens pas à livrer ici le mode d'emploi pour provoquer d'autres accidents de scooter. Je l'ai fait à la demande expresse de Dominique qui veut ainsi m'épargner tout sentiment de culpabilité. Cependant, en cherchant bien, on trouve sur le Net le modus operandi précis de cette méthode infaillible.

Cette méthode a deux avantages :

1- La roue arrière ne se dérègle que petit à petit, et le conducteur prend ainsi plus de confiance et donc de vitesse (ces casse-cou sont capables d'atteindre les soixante kilomètres heure sur une seule roue).

2- Le traficotage est indécelable et l'accident est mis sur le compte d'un mauvais entretien de l'engin.

Si mon nom apparaît, je risque non seulement la prison, mais surtout de subir la colère des voyous du quartier, qui peuvent se montrer particulièrement féroces… Et la famille M'Baye fait figure de caïd dans la cité.

Ce gamin, je le rappelle à toutes fins utiles, m'a volé mon scooter et, à ce titre, mérite la « petite » correction qui l'attend.

Il est repassé à plusieurs reprises en faisant le malin. À genoux sur la selle, bras et jambes écartés, puis il a cabré sa monture. De nouveau, j'ai levé le pouce, histoire de bien l'exciter.

Mieux : à son dernier passage, j'ai applaudi. Cette fois, cet idiot a enfin compris que je me foutais ouvertement de sa gueule. Il a répondu par un doigt d'honneur avant de se mettre sur la roue arrière.

C'est Dominique qui, depuis sa cachette, m'a encouragé à l'applaudir.

— Il est total vénère ! s'est-elle exclamée.

Cette femme ne cesse de me surprendre. Voilà maintenant qu'elle se met à parler comme eux !

Les minutes qui suivent resteront inoubliables !

Il a fait vrombir le tuyau d'échappement trafiqué, s'est éloigné jusqu'au bout de l'avenue. Il a pris de la vitesse, tiré sur le guidon pour faire monter l'engin sur la roue arrière. J'ignore s'il a grimpé jusqu'à cinquante kilomètres heure, mais sa chute a été spectaculaire.

Magnifique !

L'engin a d'abord zigzagué, si fortement qu'il en a perdu le contrôle. Son corps désarticulé s'est élevé de trois bons mètres avant de s'écraser sur une antique BMW aux roues crevées. Elle n'a pas bougé de cette place depuis des lustres.

Il a glissé du toit au capot, puis jusqu'au bitume. Il était conscient, car je l'ai entendu appeler à l'aide. Quand ses copains ont tenté de le relever, il a hurlé si fort qu'ils l'ont reposé. J'ai aperçu son visage ensanglanté. Il n'était pas beau à voir. Ces idiots semblaient se demander ce qu'ils devaient faire.

— Ce morveux a de la chance dans son malheur, ai-je dit à Dominique. S'il s'était mangé le trottoir, il était bon pour la morgue. Là, il bouge encore ! Il s'en souviendra !

Dans mon dos, Dominique est atterrée.

— Le pauvre gamin, il a dû se faire très mal. Appelle vite les pompiers ! Je prie pour que ce ne soit pas trop grave.

J'ai donc averti les secours tant je l'ai sentie bouleversée. Il a fallu que je la retienne, car elle voulait descendre pour lui prodiguer les premiers soins.

— Tu vas me faire repérer par ces brutes.

J'ai appris à cette occasion qu'elle avait une formation de secouriste.

Cette femme m'épatera toujours…

Je n'en suis pas certain, mais j'ai eu le sentiment qu'il a regardé dans la direction de mon balcon quand ses copains l'ont allongé sur l'asphalte. J'espère vraiment qu'il a vu mon pouce levé en signe de victoire.

La gueule de loup tatouée sur son bras m'a fixé, prête à mordre.

Selon Mme Garnier, le gamin va finir en chaise roulante. Mais la vieille dame exagère toujours. Elle ne voit pas que je croise mon majeur et mon index derrière mon dos.

Elle conclut, fataliste :

— Il n'est pas mort, c'est déjà ça !

Yannick

Il ne sort pas négligé comme hier. Ce matin, il s'est habillé pour aller au bureau : un pantalon marron à pinces, une chemise bleu foncé sous un pull en V gris pâle, un blouson de cuir clair et des chaussures noires, qui, vu d'où je me trouve, ne semblent pas toutes neuves. Si un jour je m'étais demandé comment est fringué un comptable, j'aurais eu ce matin la réponse parfaite devant moi : chichement, avec des vêtements milieu de gamme. Un peu usés, mais en suffisamment bon état pour être encore portés.

Décidément, cet homme est fidèle aux gens de son rang, celui des modestes !

Il n'ouvre pas son parapluie, qu'il garde en main. Le petit crachin matinal ne semble pas le gêner.

Il est rasé de près. Il a attaché ses cheveux qu'il doit juger un peu trop longs, par un petit catogan qui fait luire son crâne chauve sur le sommet.

« Je ne pensais pas que cela se faisait encore », dirait Eva, ma princesse, en se moquant de sa petite queue-de-cheval. Elle est comme moi, elle n'aime pas les ringards !

Mon tortionnaire a un aspect encore plus pitoyable qu'hier en survêtement.

Dans son rapport, mon enquêteur belge m'a donné des horaires précis auxquels il ne déroge pas : il embauche à 8 h 30 et part à 18 heures. Il a onze minutes de transport et cinq de marche, voilà pourquoi il sort de l'immeuble à 8 h 13 précises. Il n'y va jamais en voiture.

— Sa vie de pauvre type est réglée comme du papier à musique, a rigolé Balthazar. Jamais de fantaisie. À moins qu'elle soit comme lui, sa copine ne doit pas rigoler tous les jours.

Je le suis de loin pour m'assurer qu'il monte bien dans le tram et je l'abandonne à sa morne journée, où, peut-être, il va penser à la façon de m'empoisonner la vie. Je jubile, car il ignore l'énorme avantage que, désormais, j'ai sur lui.

Je sais où il habite et comment il s'appelle. Je connais beaucoup de ses secrets. Ce matin, je les veux tous…

Je me hâte pour ne pas rater Andreï. Il m'attend à 9 h 15 tapantes. Balthazar m'a prévenu : il est toujours à l'heure et s'impatiente au moindre retard.

C'est un spécialiste qui en un tour de main va m'ouvrir l'appartement de ce minable. Pour deux billets de cent euros, je vais m'offrir le plaisir de pénétrer dans son intimité. Avant de le châtier, j'ai envie d'en savoir encore plus. Mon enquêteur, qui est déjà entré, m'a dit que la visite n'a aucun intérêt, mais je veux voir.

Alors il m'a envoyé Andreï, dit « le Serrurier ».

Je m'attends à tomber sur un grand gaillard, avec une bonne gueule de Slave. Mais non, c'est un Marocain minuscule venu de Tanger et qui ne parle pas un foutu mot de français. Il sonne pour s'assurer que le logement est vide.

Nous laissons passer quelques secondes. L'appartement est silencieux. Andreï l'ouvre en moins de temps qu'il ne faut pour le dire. La porte est seulement tirée et il utilise une feuille de radiographie. J'aurais fait aussi bien !

Le Belge s'est trompé quand il m'a décrit les lieux, car, à l'inverse de lui, je suis sûr que l'appartement, dont je fais rapidement le tour, est d'un très grand intérêt. Je vais apprendre plein de choses sur lui.

Ce qui me frappe d'entrée est la puissante odeur de parfum d'intérieur qui inonde le logement. J'y vois une touche féminine.

Il comporte trois pièces. Une immense photo aérienne de New York est épinglée dans le salon. Je l'examine : elle est quasi neuve et vierge de toute inscription. Sur le mur voisin est encadré le menu d'un grand restaurant. Des tableaux de fleurs sont alignés dans le couloir.

Je m'attendais à un peu de désordre. En fait, tout est parfaitement rangé, propre. Seul traîne sur la table un paquet familial de Kellogg's au chocolat. Deux bols reposent au bord de l'évier. La cuisine dispose de tout ce qu'il faut, le frigidaire est bien rempli avec pas mal de produits bio. Il boit de la bière sans alcool. La bouteille d'eau gazeuse est à moitié vide.

Sur la table basse du salon, deux revues féminines et un livre de cuisine de Piège.

En plus du parfum entêtant, l'appartement respire la présence d'une femme qui, visiblement, s'est emparée des lieux depuis peu. En effet, dans le grand placard de la chambre, je trouve quelques vêtements et sous-vêtements féminins de bonne qualité. J'imaginais sa compagne plus grosse qu'elle n'est : elle fait du quarante-deux.

Je repère deux paires de chaussures à talon neuves et une longue veste de cuir noire, assez chic. Une bague dorée avec un rubis (un faux, sans doute) traîne dans une coupelle au pied d'un lit étroit.

Le lit est parfaitement bordé. Je hume les oreillers qui portent leurs empreintes. De longs cheveux noirs traînent sur celui de droite. C'est là qu'elle dort.

Dans la salle de bains, parfaitement alignés, s'étalent des crèmes de jour et de nuit, du mascara, du démaquillant, du rouge à lèvres, du vernis, bref la panoplie complète d'une femme coquette.

Je cherche d'autres traces d'elle. Des photos, d'autres bijoux. Rien.

Je file jeter un œil sur la troisième pièce. Elle ne contient que deux lits jumeaux. C'est ici que dorment ses enfants, mais ils ne viennent plus que rarement. Selon Balthazar, ce ne sont pas eux qui refusent de venir. Il pense que c'est la nouvelle femme qui les écarte de leur père.

— De ce que j'ai compris, elle n'aime pas partager son homme, m'a-t-il dit.

Son enquêtrice a recueilli quelques confidences de sa fille. Elle s'est plainte que « son *father* » ait changé depuis quelque temps. Il est moins après eux, n'a pas insisté pour qu'ils l'accompagnent passer quinze jours de vacances avec lui. Il a même oublié de fêter l'anniversaire de « son *brother* ». La fille affirme qu'il s'est trouvé une femme et déplore qu'il n'y en ait que pour elle.

J'ouvre l'armoire normande en chêne brun, et là, le choc : une collection de cinq casquettes noires siglées NY, deux paires de lunettes de soleil et un long imperméable gris foncé. J'examine les casquettes, elles viennent toutes du même fournisseur.

Les voir réveille ma haine à son égard. Je revois l'image de ma belle-mère perdue dans le petit bois, cette casquette vissée sur la tête.

Quand je tiendrai ce type à ma merci, je lui mettrai une casquette sur le crâne avant de le massacrer.

Plus il me suppliera, moins je l'épargnerai. J'hésite encore sur le supplice qu'il va endurer. Je dis « supplice », car c'est par la violence que je me vengerai. Depuis deux jours je ne pense qu'à cela, je m'endors avec : sa souffrance, ses larmes, ses cris, comme seule punition.

Et c'est moi qui la lui infligerai.

Yannick

Dans l'immédiat, je profite du plaisir de déambuler dans son univers miteux. Je suis là depuis un peu plus d'une heure et je resterais volontiers plus longtemps, mais je ne veux pas tenter le diable. Je m'échappe par prudence.

Dans le hall, je croise une bonne femme qui m'interpelle comme si nous nous connaissions depuis des lustres.

— Vous avez vu ce qui s'est passé hier soir ? me demande-t-elle.

À ma réaction, elle comprend que j'ignore tout.

Quand elle termine son récit en disant « un stupide accident, mais ça devait finir par arriver », surgit l'image de Desmichelles penché durant de longues minutes sur un scooter.

Je m'approche du lieu de l'accident, où s'est attroupé un groupe de jeunes. Un ado gueule contre ces « merdes de scoot Peugeot ». Un autre confirme :

— Ça ne tient pas la route, ces merdes !

Le premier affirme à ses potes qu'il avait prévenu Lamine.

— Cette andouille s'est foutue de ma gueule, disant que j'y connaissais que dalle. Résultat, c'est lui qui est à l'hosto.

Un troisième ajoute, l'œil torve :

— Il est pas près d'y remonter, sur sa merde !

Je m'approche. Je demande ce qui s'est passé hier soir. Ils me regardent comme si j'arrivais de Mars. C'est vrai qu'avec mon costume en lin et ma cravate noire, je ne ressemble pas aux types qu'ils croisent d'ordinaire dans le quartier.

— De quoi tu te mêles, toi ?

— Casse-toi !

C'est bien connu, un billet de cent euros amadoue les plus récalcitrants. Ils me racontent tout. L'embardée, la roue arrière qui se met à tanguer, Lamine qui fait un vol plané, ses jambes qu'il ne sent plus, son nez tout tordu.

— Putain, il faisait peur à voir.

— Comment il s'appelle ?

— Lamine M'Baye. Sa mère vient du Sénégal, comme moi. Le père lui a fait cinq enfants et il s'est barré. Disparu… C'est pas cool. Dans la famille, c'est Mamadou, le patron.

— Mamadou ?

— Le grand frère.

— Il est de la cité ?

— Le B3, comme moi, monsieur ! D'autres questions ?

Il me fait comprendre que tout s'achète en frottant son pouce et son index. Je sors vingt euros et je demande d'où vient le scooter. Un grand Black rigole.

— Je te le dis contre un petit extra de cinquante.

Je sors le billet.

— Volé… On ne va quand même pas s'emmerder à acheter ces merdes.

— Il était de quelle couleur ?

— Pourquoi ?

— Juste par curiosité.

— Elle était moche cette merde !

J'insiste : « Quelle couleur ? »

— Gris. Un gris vraiment moche…

Je réalise qu'hier matin, c'est un scooter Peugeot gris que j'ai vu Desmichelles trafiquer.

— Merci, messieurs !

— Plus de questions ? Parce que tu nous as alléché les babines avec ton pognon !

— On se reverra peut-être…

— Nous serons là, monsieur…

En m'éloignant, je comprends ce que Desmichelles a fait hier matin. Il a saboté le scooter du gamin pour qu'il se plante. Pourquoi ? La réponse reste à découvrir, mais la raison n'a guère d'importance. Ce qui compte est qu'il l'ait fait… Et que je le sache.

La famille du gamin aura envie de le venger si je lui raconte ce que j'ai vu. Surtout ce Mamadou, qui me semble une terreur, à voir comment les garçons en parlent.

Certes, mon plan prend une tournure un peu inattendue, mais il est encore plus alléchant.

Après avoir massacré Desmichelles, car je vais le massacrer, je lui livrerai un moribond qu'il se fera un plaisir d'achever. Pour l'honneur des siens. Il n'y a pas de raisons que la famille M'Baye ne soit pas rancunière, elle aussi ! Et je serai là, bien sûr, pour assister à sa fin. La seule qu'il mérite, me convaincs-je maintenant.

Ma décision est prise, définitive : c'est pour demain. Je ne veux, ni ne peux, attendre davantage. D'autant qu'à la maison, Agnès est de plus en plus agressive à mon égard.

44

— Il est venu !

Je feins de m'étonner.

— Qui ?

Je sais parfaitement de qui elle parle, mais je veux seulement l'entendre me répondre :

— Ton sale type. Il a fureté partout. Même dans mes sous-vêtements…

Ce matin, avant de partir travailler, Dominique a laissé quelques indices afin de noter son passage. Comme un papier coincé sur le bord d'un tiroir, l'un de ses longs cheveux collé avec sa salive sur le bas d'un placard, la porte de la chambre laissée entrouverte d'un petit centimètre.

Elle a ricané :

— Je sacrifie ma belle chevelure pour toi, mon chéri.

J'adore quand elle plaisante avec son petit air de ne pas y toucher… Je la trouve délicieuse.

Oui, « délicieuse » est bien le mot approprié, tant tout en elle est appétissant. Je contemple sa beauté éclatante, ses yeux verts, ses courbes, ses seins, sa peau au discret parfum d'amande. Ses beaux cheveux noirs. Je ne peux résister à cette impérieuse envie de la prendre dans mes bras. Je murmure « je t'aime, je t'aime, je t'aime », alors que j'ai envie de le hurler.

Elle se laisse entraîner sur le canapé où nous restons longuement assis côte à côte, sans prononcer un mot. Ce silence m'apaise. Sentir sa présence suffit à mon bonheur.

Dominique rompt le silence :

— Il reviendra demain.

Je m'étonne.

— Si vite ?

— Il reviendra, je te dis. Parce qu'en pénétrant dans ton univers, il est persuadé qu'il te domine, qu'il est maître de la situation. Il veut profiter de son avantage… C'est du moins ce qu'il croit…

— Voilà pourquoi tu voulais qu'il entre ici.

— Oui, mon amour, pour qu'il se convainque que tu seras une proie facile. Son tort est de te mésestimer. Tout ça parce que tu ne paies pas de mine. Moi, je sais que tu es tout le contraire. Tu es un être extraordinaire.

Je murmure :

— Si je suis devenu ce que je suis aujourd'hui, c'est beaucoup grâce à toi. Tu m'as transfiguré, je ne suis plus le même homme !

Elle s'enflamme :

— Tu as bien caché ton jeu. Lui et son enquêteur belge sont tombés dans ton piège comme des débutants.

— *Notre* piège… Nous avons fait fort, ce sont des amateurs !

— Tu te rends compte que tout s'est passé comme prévu ?

Je rectifie :

— Comme *tu* l'as prévu. C'est toi qui m'as dit qu'il fouillerait l'appartement aujourd'hui.

— À partir du moment où nous l'avons aidé à te retrouver, il ne pouvait pas résister à l'envie de voir lui-même où tu vivais. Ce type a un besoin impérieux de dominer.

— Tu l'avais prédit !

— Peu importe ce que j'ai dit, l'important est qu'il soit venu… Mais sa visite n'est que l'avant-dernière étape. La prochaine fois qu'il viendra, ce sera avec l'intention de te punir.

— Pour ça, il faut l'appâter…

Elle réfléchit un instant. Concentrée, elle ajoute :

— Envoie-lui un message menaçant du genre « tu vas bientôt payer » ou « le moment est venu. Tu vas payer ».

— Maintenant ?

— Oui, tout de suite. Il est résolu à en finir vite avec toi, et ça le poussera à agir rapidement… Dès demain.

— Si vite ?

— Oui, et il veut que ça se passe ici, chez toi.

Sérieuse, elle rectifie aussitôt :

— Chez nous !

Je tente de la prendre dans mes bras, tellement je suis ému. « Chez nous… » Je crois que je vais éclater en sanglots. Elle esquive mon étreinte, me fuit, s'installe à l'extrémité du canapé. Son visage se durcit, son regard plonge dans le mien. Impossible d'y échapper.

— Sébastien, il va venir pour se venger des mois de calvaire que tu lui as fait vivre.

— Je me suis bien diverti !

— Demain, il ne faudra pas flancher, mon amour. Tu devras être prêt.

— Je le sais, Dominique. Là-dessus, tu peux me faire confiance. Ma haine est trop forte pour que j'échoue. Je l'attendrai ici, au quatrième étage de *notre* immeuble. Chez nous !

Ses traits se figent. C'est comme si, durant ces interminables secondes, ses yeux me transperçaient.

— Cette rancune ne peut s'accomplir qu'ici, nous le savons tous les deux, Sébastien. Voilà aussi pourquoi il doit revenir.

— Demain…

— Demain matin !

Puis elle saisit ma main, la caresse avec affection, y dépose un baiser. Et sans relever la tête elle dit :

— Ensuite nous serons libres, délivrés de ce mal.

— Et si heureux… Pour toujours !

— Je ne t'abandonnerai jamais, mon amour.

Je prends une longue inspiration et je lance :

— Demain, il souffrira et mourra ! Je te le promets.

— Tu devras faire exactement comme je te le dirai. J'ai déjà tout organisé !

— S'il le fallait, je te suivrais au plus profond de l'enfer les yeux fermés, mon amour.

— Je t'aime…

— J'ai hâte d'être à demain.

— Moi aussi !

En chœur, nous éclatons de rire, certains d'accomplir notre vengeance. J'attends depuis si longtemps. Enfin nous échangeons, tel un pacte éternel entre nous, un long et tendre baiser. Je m'enivre des effluves musqués de son parfum.

Soudain, elle se fige.

— Tu as oublié de l'appeler. Fais-le !

Yannick

L'envie est trop forte, je ne peux m'empêcher de passer sous ses fenêtres à la nuit tombante. Je crois deviner sa silhouette derrière la fenêtre de son appartement à peine éclairé. L'apercevoir ravive ma rancune et ma hâte de me venger. Son appel et ses mots n'ont fait que renforcer ma détermination.

Quel mal ? Payer pour quoi ? C'est toi, saloperie, qui vas morfler. Tu l'ignores, mais je sais qui tu es, où tu es. Ton cirque n'a que trop duré. Demain, moi et les miens serons délivrés de ton acharnement monstrueux.

« Le moment est venu que tu payes pour tout le mal que tu as fait », a-t-il dit avant de laisser éclater son effrayant ricanement. Rien de plus, mais c'était suffisant pour que je décide d'agir.

Puis, en fin d'après-midi, j'ai reçu sur ma messagerie un texto avec les deux lettres N et Y. Il n'a pas compris qu'il ne m'impressionne plus. Son message n'a fait qu'attiser ma haine. Ce fumier ne mérite plus aucun sursis…

J'ai passé ma soirée à tout programmer, à ne rien laisser au hasard. Tout est prêt et je souris à la simple idée de voir sa tête de pauvre type quand je vais le surprendre. Il ne s'attend pas à tomber sur moi.

Je repasse encore devant l'immeuble.

Son ombre s'agite toujours derrière les rideaux tirés. Je résiste à l'envie de monter. Non, demain…

Il est 21 h 30, il est temps que je rentre à la maison. Je dois veiller sur Agnès qui vit toujours difficilement les événements de ses derniers mois. Elle est au bord du gouffre, elle en veut à la terre entière. À moi, surtout.

Bachelard l'a placée sous anxiolytiques, mais je n'ai pas l'impression que son état s'améliore. Elle est nerveuse, tendue, s'impatiente pour des riens. Invivable. Elle passe ses journées mutique. Elle déserte son bureau.

Derrière son silence percent ses reproches. Désormais, elle les garde pour elle, mais ils sont bien là… J'ai beau lui assurer que nous allons être rapidement débarrassés de lui, elle ne me croit plus.

Elle s'agace parfois de l'incurie des flics. De son propre chef, elle est retournée les voir. L'optimisme qu'ils affichent la rassure pour un temps, puis son mal la submerge à nouveau.

Elle ne sait rien. Si je lui révèle que j'ai retrouvé notre tortionnaire, elle exigera que j'aille à la police, m'interdisant de régler cette histoire à ma façon. Elle ne comprendrait pas que je ne le veux que pour moi seul.

Quant à nos enfants, je préfère ne pas parler de leurs angoisses. Elles me font tellement mal. Eva suit les cours en fac d'économie sans enthousiasme. Mon garçon déserte le plus souvent possible la maison, quant à mon aînée elle se dispute plus que de raison avec son futur mari.

Comment leur dire à eux aussi que demain ils en seront délivrés ?

Hier, j'ai demandé à Balthazar de se renseigner sur ce garçon qui a fait une grave chute en scooter. Il m'a donné le nom et le numéro de portable de l'aîné de la fratrie.

J'avise une cabine téléphonique. Probablement la dernière du quartier encore en service. En plus, miracle, elle fonctionne.

Il décroche alors que je pensais tomber sur sa boîte vocale.

— Mamadou M'Baye ?

— C'est qui ? demande-t-il sur un ton agacé.

Il prévient aussitôt :

— Je n'ai plus de matos.

Je réponds sans marquer la moindre hésitation :

— Je suis celui qui sait que le scooter de ton frère Lamine a été trafiqué. J'ai tout vu et j'ai le nom du salaud.

— C'est quoi cette histoire ?

— Je te dis que l'engin a été trafiqué pour que Lamine se pète la gueule. Demain, tu sauras qui a agressé ton frangin. Reste attentif ! Je t'enverrai un message.

Je l'entends hurler :

— C'est quoi, ces conneries… T'es qui, toi ?

— T'es con ou quoi ? Je te répète que je connais le mec qui a trafiqué le scooter de ton frère. Écoute-moi bien, Mamadou, ce qui est arrivé n'est pas un accident, ni une erreur de pilotage de Lamine. C'est un attentat. Quelqu'un a voulu le tuer, et je sais qui c'est.

— Qui, putain ?

Je coupe court :

— Il paraît qu'il ne va pas fort, le petit Lamine ?

Le type est soudain tout attendri.

— Il est sorti du coma artificiel, mon frérot… Il n'a rien de cassé… Il sera vite sur pied.

Puis il s'énerve à nouveau.

— Putain, mec, dis-moi qui c'est !

Je ricane :

— Tu as la haine ? Demain, à 18 heures précises, tu recevras un texto qui t'expliquera tout.

Puis je raccroche, lui coupant la parole d'autorité.

Demain, quand Desmichelles sera à ma merci, je lui demanderai pourquoi il s'en est pris au gamin.

Il est temps que je rejoigne ma famille en détresse.

Yannick

Dès que je franchis la porte de l'appartement me parviennent les bruits d'une discussion animée dans le salon.

Agnès se précipite à ma rencontre. Il y a des semaines que je ne l'ai pas vue sourire.

— Le commissaire vient d'arriver, annonce-t-elle.

Celui-ci vient à son tour à ma rencontre.

— Nous progressons, monsieur Lefèvre. Je tenais à venir vous en informer en dépit de l'heure tardive.

— C'est-à-dire ?

Agnès ne laisse pas le temps au commissaire de répondre.

— Ils ont identifié une dizaine de suspects possibles, Yannick !

— Neuf, exactement, précise le policier, très content de lui. Il se pourrait, en effet, que notre homme soit l'un d'eux.

Je n'y crois pas, mais je feins l'intérêt. Il m'explique qu'ils ont mouliné pendant des jours sur un ordinateur super puissant :

— Une bête ! On entre tous les éléments dont on dispose, jusqu'aux plus insignifiants, et la bête recrache des noms de suspects potentiels. Il suffit simplement d'avoir eu affaire un jour à la justice ou à nos services et hop, la bête, qui a une mémoire d'éléphant, l'identifie.

Il m'agace à répéter « la bête », et encore plus à parler de mémoire d'éléphant. Il doit ressortir la blague chaque fois.

Je demande :

— Et s'il n'a jamais eu affaire à vous ?

— Dans ce cas, il échappe à la bête, où le moindre fait délictuel est recensé. En France, désormais, il ne faut plus bouger une oreille, ou la bonne ! Aussi, dans cette affaire, ça m'étonnerait fort. Ce genre de bonshommes sont des récidivistes. Ils harcèlent, font peur et finissent toujours par réclamer une rançon. Nous avons entré toutes les plaintes, les mains courantes. Pour moi, notre bonhomme est là.

Il me tend un papier que je parcours rapidement. Le nom de Desmichelles figure en quatrième position. Il m'indique en parlant du nom en haut de la liste que « ce Fasseta, André, a été condamné à six mois ferme pour chantage sur un associé. Un sale type… On va commencer par lui ! Et ainsi de suite ! ».

— Fasseta… ça ne m'évoque rien du tout, dis-je.

Je ne crois pas au hasard, mais il pose son index sur Desmichelles.

— Celui-là, par exemple, a été signalé par sa femme il y a une dizaine d'années. Il la harcelait et la menaçait après leur divorce. L'affaire n'est pas allée plus loin, car il n'y a pas eu de poursuite pénale. Mais la bête ne l'a pas oublié, et voilà pourquoi il est là et pourquoi il aura droit à la visite de la police.

— C'est impressionnant, s'emballe Agnès.

— Dès demain, annonce-t-il toujours aussi content de lui, nous allons procéder aux premières auditions.

Je cache ma déconvenue et le félicite chaleureusement :

— Merci, merci. Vous avez réalisé un travail remarquable.

— Grâce à la bête !

Agnès ajoute aussitôt en prenant le flic à témoin :

— Mon mari et moi savions que vous réussiriez… Vous n'imaginez pas la rancune que je ressens contre cet homme.

— Oh, si… Ne nous emballons pas, madame Lefèvre. Il y a encore beaucoup de travail. Comme j'ai l'habitude de dire à mes hommes : « Ne vendons pas la peau de l'ours avant de l'avoir tué. » Mais… C'est très bien parti.

Il tapote sa fiche, pérorant comme un paon :

— Notre homme, il est là !

Je m'adresse à Agnès :

— Grâce au travail du commissaire, notre calvaire est bientôt terminé. Je suis sûr que ce salopard est dans leur liste… Leur bête est un outil formidable.

— Enfin…, soupire-t-elle

Inutile de lui révéler que je vais conclure bien avant eux. J'ai une avance encore suffisante mais j'ai bien fait de programmer sa fin pour demain. Il n'y a pas de temps à perdre.

45

Je suis en attente de solder mon ultime rancune.

Je me sens tranquille, Dominique a trouvé les mots justes pour me rassurer. Ils me rendront invincibles. Elle n'a aucun doute.

— Excité comme il est, il viendra ! Il est à bout et veut en finir.

Dominique m'a quitté à l'aube, arguant toujours du fait que je dois régler mes histoires tout seul. Elle n'en démord pas.

— C'est une affaire entre lui et toi. Je n'ai pas le droit d'être présente.

J'ai cédé. Elle m'a cependant rassuré.

— Je ne serai jamais loin, j'ai pris ma journée. Je t'attendrai dehors.

— Où ?

Elle exhibe son portable et s'exclame :

— Je serai aux premières loges et je vais tout filmer ! Crois-moi, je ne veux rien rater. Ensuite, nous nous retrouverons.

Je ne me lasse pas de l'entendre prononcer « nous », cette promesse d'un avenir commun et heureux.

En désertant son travail, elle m'a offert un beau

sacrifice personnel : habituellement, il faut vraiment qu'elle soit malade à crever pour ne pas y aller tant elle est dévouée à ses élèves.

Une fois seul, je fais mine de partir au bureau.

Depuis le hall de l'immeuble, je repère sa voiture, garée à ce même endroit où il se croit invisible. Dominique m'a assuré que, comme hier, il me suivrait à distance jusqu'à la station du tram. C'est ce qu'il a fait. Pas très discrètement, d'ailleurs…

Je fais semblant de monter dans une rame. Profitant des allées et venues de la foule, je m'éclipse et je cours afin de rentrer à l'appartement avant lui. J'ai du mal à reprendre mon souffle, d'autant que j'ai grimpé les quatre étages à pied.

À cet instant, Mme Garnier sort de chez elle.

— Vous n'allez pas travailler ? me demande-t-elle.

Je réponds :

— J'ai pris ma journée…

— Pardon ?

J'ai oublié qu'elle a des problèmes d'audition. Je hausse le ton.

— J'ai un jour de RTT !

L'appartement est plongé dans l'obscurité. Les volets et les rideaux sont restés tirés. Personne ne peut m'apercevoir de l'extérieur.

Je me change dans la petite chambre du fond. J'enfile l'imperméable gris foncé, je me coiffe avec l'une des casquettes NY. Quand il arrivera, je mettrai mes lunettes noires. Ainsi vêtu, il me reconnaîtra sans problème !

Je m'assois sur le bord du lit. Je n'ai que lui en tête. J'ai l'absolue certitude qu'il va arriver d'un moment à l'autre. Pour supporter l'attente, je songe à Dominique et à l'amour immense qu'elle m'a offert. Cet amour m'a sauvé, et je lui en serai à jamais reconnaissant. J'attrape son oreiller et m'enivre de son parfum.

J'aimerais qu'elle soit avec moi, même si je comprends son choix. Elle me respecte trop pour se mêler davantage de mes rancunes.

J'ignore, et je m'en moque, combien de temps (des dizaines de minutes sans doute, des heures peut-être) je suis resté silencieux et immobile. Penser à la femme que j'aime me suffit. Je suis calme, confiant, certain de réussir.

Soudain, je sors de cette douce léthargie. Je sursaute, la sonnette vient de retentir. Il vérifie qu'il n'y a personne. J'entends qu'il force la porte d'entrée que j'ai seulement tirée. Je patiente le temps que la porte se referme puis je me lève.

Yannick

Pris au piège. Je me suis fait avoir comme un débutant.

Je suis fermement attaché sur une chaise, incapable de bouger, de crier aussi. Plusieurs tours de bande adhésive ceinturent ma bouche.

Je suis au centre de la pièce. Il a dégagé les meubles tout autour.

Bien qu'affaibli par le traitement qu'il m'a fait subir, je suis totalement lucide. Étrangement, en dépit de ses efforts ridicules, tout effrayant qu'il soit dans son déguisement, il ne m'impressionne pas plus que cela.

J'ai peur, bien sûr – qui ne serait pas effrayé dans ma situation ? –, mais pour l'instant c'est la colère contre moi-même qui l'emporte. Comment ai-je pu être aussi naïf ? Balthazar m'avait pourtant mis en garde.

Face à moi, il m'examine sans prononcer un mot. Il retire ses lunettes noires, son regard méprisant est celui d'un vainqueur, il veut me signifier qu'il me domine.

Il approche son visage, si près que je sens son souffle sur mes joues. Puis il fait le tour de la chaise à plusieurs reprises. Ses mains vérifient que je suis bien attaché, qu'en dépit de mes efforts je ne réussirai pas à fuir.

Nul ne va s'inquiéter de mon absence avant plusieurs heures… Pas plus mon enquêteur belge qu'Andreï, qui m'a aidé à forcer la porte d'entrée et qui s'est éclipsé aussitôt. Ou mon épouse qui ignore tout de mes intentions. Et je ne suis pas censé aller au boulot aujourd'hui.

La police ? Il y a huit autres noms dans leur liste. Passera-t-il dans les premiers, en numéro quatre ? Je prie pour qu'ils s'intéressent vite à lui, mais j'ai peu d'espoir, ils ont été si nuls, jusqu'à présent.

J'en ai un peu plus avec Mamadou, le grand frère. J'ai programmé un SMS à 18 heures avec le nom, l'adresse précise de Desmichelles et tous les détails du sabotage du scooter. Il foncera, c'est certain. Mais ne sera-t-il pas trop tard ? Il faut que je tienne, que je gagne du temps.

Quelle heure est-il ? Je l'ignore. En dépit des tentures tirées, je devine que dehors il fait encore plein jour.

En attendant un miracle, je suis à la merci de ce taré. Si je veux m'en sortir, je ne peux compter que sur moi-même.

Tandis qu'il continue son manège malsain, je m'accable de reproches tellement j'ai agi par excès de confiance.

Mon plan était simple : m'introduire chez lui, l'attendre tranquillement, le maîtriser dès son retour sous la menace de mon 9 mm. J'avais même prévu de quoi attacher sa compagne dans l'hypothèse où elle arriverait la première. J'avais avec moi tout un attirail. Je l'aperçois, jeté en vrac sur un canapé défoncé.

Ensuite, je l'aurais « questionné » jusqu'à ce qu'il me dise pourquoi il s'est acharné sur moi et ma famille.

Je devais comprendre avant de le faire souffrir. Enfin, comme je l'ai annoncé au frère aîné, je l'aurais livré à sa bande. En mauvais état, certes, mais vivant.

Je doute qu'il le serait resté, mais bon, je les laissais décider de son sort.

Cela ne me regarderait plus, et avec un peu de chance son tabassage serait mis sur le dos de la famille M'Baye, bien connue des services de police…

Moi, en tout cas, j'aurais un alibi, puisque le portable, confié à Andreï, aurait borné loin d'ici, à proximité de la zone où va se construire un barrage près de Mollens.

Bref je me suis senti tellement en confiance que j'ai voulu me préparer un café. J'étais en train de verser de l'eau dans le récipient quand j'ai senti une violente décharge électrique dans le dos qui m'a plié en deux, puis une piqûre à la base du crâne.

J'ai perdu la notion du temps. La vieille pendule sur le mur est bloquée sur 12 heures. Il surprend mon regard.

— Minuit, l'heure du crime, plaisante-t-il.

Il fait encore jour. Un rai de lumière s'infiltre entre les deux pans du rideau.

Après avoir fait plusieurs fois le tour de la chaise, il s'immobilise face à moi. Sa main droite me saisit le menton. Je résiste un peu, mais il me force à lever les yeux sur lui.

Je l'entends me dire :

— J'ai la rancune tenace, monsieur Yannick Lefèvre.

Il ajoute après un bref silence :

— Je n'oublie jamais rien, et avec moi on paye toujours sa dette.

Sa voix est étonnamment fluette. Elle porterait à rire si elle n'était pas aussi menaçante. Il a réussi à m'effrayer. Il s'en aperçoit aussitôt.

— Oui, vous pouvez trembler, monsieur Yannick Lefèvre. À votre place, j'aurais vraiment peur.

Il exhibe mon 9 mm.

— Vous comptiez m'abattre ? C'est raté !

Je le vois saisir un carnet de moleskine rouge sur la table derrière lui. Il le feuillette. Puis il me le colle ouvert sur le visage. J'ai juste le temps d'apercevoir mon nom écrit en majuscules.

Sa petite voix lance :

— Vous êtes en bonne place dans mon carnet des rancunes, monsieur Yannick Lefèvre. La meilleure, l'ultime…

Il y a tant de haine dans ses mots que je frémis d'angoisse.

Il éclate soudain de rire.

— Vous êtes rancunier, monsieur Yannick Lefèvre ? Moi, beaucoup ! Sachez que nous, les rancuniers, nous sommes une putain de sale race !

C'est étrange, mais en cet instant je n'ai qu'une question en tête : combien de fois va-t-il m'appeler « monsieur Yannick Lefèvre » ?

46

Je le pensais meilleur que ça… Il s'est fait prendre comme un débutant… D'où elle est, Dominique doit être fière de moi.

Elle me manque, même si je sais qu'elle n'est pas loin, qu'elle attend fébrilement. Sans doute s'inquiète-t-elle un peu pour moi. Aussi lui envoyé-je un rapide SMS, comme nous en avions convenu : « OK. »

Pas besoin d'ajouter qu'il est à ma merci. Ce « OK » est suffisant. Il signifie aussi que j'ai opéré ainsi qu'elle me l'a indiqué.

Cette femme a un sens inné de l'organisation. Je l'admire pour cette capacité à anticiper, à tout planifier dans les moindres détails. Elle est ainsi : perfectionniste. Elle est tout le contraire de moi… Elle comble mes absences, rectifie mes erreurs.

Je réalise à quel point Dominique m'est devenue indispensable.

Béatrice, ma première épouse, était tout aussi bordélique que moi. Pas étonnant qu'elle m'ait cocufié avec le premier rouleur de mécaniques venu ! Mais c'est de l'histoire ancienne. Je ne veux plus entendre parler d'elle.

Donc… Comme un bleu…

Il a tenté de se redresser en s'agrippant au mur. Il a vite perdu l'équilibre et s'est affalé sur le tapis. Inconscient. À quelques centimètres près, son front a manqué cogner la table basse.

Il a mis quatre heures à retrouver totalement ses esprits. La dose dans la piqûre préparée par Dominique était un peu forte. Ensuite, comme elle me l'a recommandé, j'ai veillé sur lui, prenant régulièrement son pouls, vérifiant sa respiration.

— C'est capital, m'a répété Dominique ce matin. Il ne faut surtout pas qu'il meure comme ça ! Ce n'est pas ce que nous avons prévu pour lui, hein, amour ?

— Ah, non, cette ordure crèvera par où il a fauté !

Elle m'a réprimandé.

— Ne dis pas « crever », tu sais que je n'aime pas ce mot…

Je l'ai solidement attaché et j'ai patienté. Je l'ai vu émerger doucement. C'est amusant, un homme qui sort petit à petit de sa léthargie. D'abord, il ne comprend pas, se demande où il est, essaie de rassembler ses souvenirs. Puis il se rend compte qu'il est attaché, qu'il ne peut se libérer. Il panique, tandis que les souvenirs lui reviennent petit à petit, jusqu'à réaliser son erreur.

J'observe tout cela dans la pénombre. J'ouvre les volets du balcon puis j'écarte légèrement les tentures vertes pour faire entrer un peu de lumière. Par l'étroite fente, je tente d'apercevoir Dominique quatre étages plus bas. En vain. Où s'est-elle installée pour assister à l'apothéose finale ?

C'est une silhouette, sans doute un peu floue, qu'il découvre d'abord. Je tourne autour de lui sans prononcer un mot. Derrière le bâillon de ruban adhésif, il tente de hurler pour appeler à l'aide. Mais ce n'est qu'un ridicule borborygme qui sort de sa bouche prisonnière. En plus, inutile de s'égosiller, ma vieille voisine est sourde !

Je joue longuement, passant et repassant devant lui. Je lis dans ses yeux la peur qu'il ressent, les reproches qu'il se fait, les questions qui l'assaillent. J'y vois surtout beaucoup de haine.

Je saisis mon carnet sur la table basse, l'ouvre à la bonne page et le pose sur son visage. J'appuie avec vigueur, comme si je voulais que ma rancune imprègne tous les pores de sa peau. Il essaie, par des mouvements de tête, d'écarter le carnet. Ma main est trop puissante, il ne résiste plus. Alors, je prends la parole :

— Connaissez-vous, monsieur Yannick Lefèvre, le sens du mot « rancune » ?

Je retire le carnet et le brandis à quelques centimètres de son visage.

— Dans les pages de ce carnet, il y a les noms de tous les gens qui m'ont fait du mal pendant ma vie. Chacun à sa façon a déjà été puni. Durement parfois…

Je précise :

— Des peines administrées en parfaite justice !

Je feuillette les pages.

— Jusqu'à maintenant, je me suis bien amusé… Il ne me reste plus que vous, Yannick Lefèvre. Vous êtes le dernier de ma liste. Une fois que vous aurez été châtié, j'aurai l'immense plaisir d'entamer une nouvelle et formidable vie... En compagnie de celle que j'aime.

Je précise aussitôt :

— Et qui m'aime !

Je lui demande s'il a connu le grand amour dans sa vie de sale type... « Agnès ? »

Il se tait. Il est vrai que, bâillonné, il a du mal à répondre ! Puis, sans perdre un instant, je lui annonce ma sentence.

Je ne saurais expliquer la jouissance que je ressens à ce moment-là, face à cet homme qui prend conscience de son impuissance. Il est perdu. Rien ni personne ne pourra le sauver.

Si je fais exception de Dominique, de ma vie je n'ai jamais éprouvé un aussi intense frisson.

Il transpire. Ses yeux supplient. Il veut parler, mais comment pourrait-il ? Il se démène tant sur la chaise qu'il bascule sur le côté. Cette fois, son front n'échappe pas au coin de la table basse.

Je plaisante :

— Vous allez vous blesser, monsieur Lefèvre.

Je le relève. Difficilement. Il est si lourd que j'ai hésité à le laisser à terre. J'essuie son visage avec l'éponge que j'attrape sur le bord de l'évier.

— Cela ne sert à rien que vous vous agitiez ! Regardez votre front qui saigne. Vous allez avoir une grosse bosse !

J'enfreins les consignes et j'appelle Dominique. J'ai trop envie de partager avec elle ma jouissance, lui raconter ce à quoi j'assiste : ce mélange de peur et de haine qui s'échappe de tout son être. Malheureusement, je tombe sur son répondeur.

Je laisse un message : « Mon amour de ma vie, quel dommage que tu ne sois pas à mes côtés. Tu rates un moment exceptionnel, vraiment extraordinaire. Viens nous rejoindre ! »

Je sais qu'elle ne le fera pas. Qu'elle ne m'appellera pas non plus. Mais entendre le son de sa voix sur son répondeur suffit à mon bonheur.

Je me penche sur ma montre, celle qu'elle m'a offerte. Je lance la trotteuse et la lui montre :

— Dix minutes. Il ne vous reste que dix minutes, monsieur Yannick Lefèvre.

Yannick

Dix minutes…

Au ton de sa voix, dure et implacable, je sais qu'il ne plaisante pas. Il ne m'accordera pas une seconde de plus. Étrangement, ma peur s'évanouit, tout cela semble si irréel…

Il dit :

— Je vais retirer votre bâillon. Au premier cri, je le remets aussitôt.

Il l'arrache si brutalement qu'il me brûle la lèvre inférieure.

Dix minutes…

Je demande :

— Pourquoi je suis là ? Qu'est-ce que je t'ai fait ?

— On ne se tutoie pas, monsieur Yannick Lefèvre… Répétez votre question, je n'ai pas compris.

« Ne te laisse pas impressionner, me dis-je, c'est ta seule chance. Et surtout, ne te donne pas en spectacle. Il n'attend que cela, que tu t'effondres. Résiste, prends-le à son propre jeu. Fais semblant… Et surtout gagne du temps. »

Je demande, le souffle court, le regard apeuré :

— Qu'est-ce que je vous ai fait ? Je ne comprends pas !

Je crie, feignant la panique :

— Qui êtes-vous ?

Il me montre un rouleau de ruban adhésif.

— Moins fort ! Sinon…

Neuf minutes… Je pense aux flics qui approchent peut-être. Ils sont à la porte, ça va sonner. Non, ils sont trop nuls. Quelle heure est-il, bon Dieu ? M'Baye sera alerté à 18 heures. Je compte dix minutes avant qu'il ne déboule. Peut-être n'en est-on pas loin. À travers les rideaux tirés, j'ai l'impression que la lumière baisse.

Je demande :

— Quelle heure est-il ?

Il rit :

— Pourquoi, vous avez un rendez-vous ?

Il montre l'horloge toujours bloquée à midi et poursuit, moqueur :

— Alors comme ça, vous ignorez pourquoi vous êtes là ? À ma merci… Quel comédien vous faites. Si les événements n'étaient pas tragiques, ce serait risible.

Il élève la voix.

— Arrêtez de vous moquer de moi, monsieur Yannick Lefèvre. C'est indécent !

Il consulte la trotteuse sur son portable.

— Huit minutes et 33 secondes !

Il tend le bras.

— Cette montre est un cadeau. Elle est belle, n'est-ce pas ? Vous êtes gâté vous aussi par votre épouse, monsieur Yannick Lefèvre ?

Il poursuit :

— Ce que vous m'avez fait ? Mal, très mal. Qui je suis ? Quelqu'un de très rancunier…

Je proteste, haussant de nouveau la voix :

— Mais je ne vous connais pas ! Expliquez-moi, par pitié… Que je comprenne !

— Moins fort !

J'évalue mes chances si je me mets à appeler à l'aide. Elles sont quasi nulles. Ce n'est pas la vieille d'à côté qui réagira, et il me remettra aussitôt le bâillon. Il est plus utile que je continue à lui parler. L'apaiser…

Je tente, même si je sais d'avance que c'est peine perdue :

— J'ai de l'argent, vous savez…

— Je sais que vous êtes riche. Mais cette fois votre argent ne vous sera d'aucune utilité. Vous avez entendu ma sentence. Elle est irrévocable.

Il ajoute :

— En toute franchise, de quoi aurais-je l'air si je vous laissais partir ?

— J'ai trois enfants…

Il ironise :

— Ils hériteront plus vite ! Et puis…

Il hésite à poursuivre.

— Et puis, je voulais m'excuser pour la jeune Eva. Ce n'est pas dans mes habitudes de tourmenter une enfant…

L'enfoiré. J'ai envie de l'injurier, de le traiter d'ordure, de salaud, de brute. Je me raisonne de justesse. Je dois gagner du temps, alors, dans un murmure, j'implore seulement sa pitié.

Il précède ma demande.

— Non, monsieur Yannick Lefèvre, je ne vous croirai pas si vous me promettez que vous ne tenterez rien contre moi si je vous laisse partir.

— Je vous le jure sur mes gosses !

— Arrêtez ce cirque ridicule. C'est impossible et vous en avez parfaitement conscience. Soyez réaliste et voyez les choses en face : il ne faut pas promettre ce qu'on ne peut pas tenir. Vous savez tout de moi, vous irez voir la police. Ou, pire, vous lâcherez vos tueurs. Ce soir, c'est donc vous ou moi…

Il ironise de nouveau :

— Pour être franc, je préfère que ce soit vous !

Ce type est dingue… Je panique : comment lutter contre un fou ? Je suis perdu. Je n'ai pas la clef.

Soudain, sans que je parvienne à les retenir, des larmes s'échappent de mes yeux. Je les sens couler sur mes joues.

Je l'entends dire :

— Vous êtes pathétique… il est trop tard pour pleurer. Vous savez ce qu'elles m'inspirent, vos larmes ?

Je sanglote, incapable de réprimer la crise d'angoisse qui me submerge.

— Encore plus de haine, poursuit-il. Car j'ai tant pleuré par votre faute…

Il sourit.

— Cinq minutes… le temps passe si vite !

Incapable de maîtriser mes émotions, je fais ce qu'il m'a interdit : je hurle à pleins poumons, avec tout ce qui me reste de force.

— Au secours ! À l'aide !

Combien de temps lui faut-il pour réagir… Quelques secondes à peine. Il serre le ruban adhésif autour de mon visage. Il tire sur ma peau si violemment que je crie de douleur. Il me traite d'imbécile. Il ajoute :

— Je vous ai prévenu.

Il me gifle du revers de la main.

— Décidément, on ne peut jamais vous faire confiance… Aujourd'hui autant qu'hier.

Dans mon dos, il boit à même le robinet. Je ne le vois pas quand il annonce :

— Quatre minutes.

Dehors, le jour a encore baissé. Putain, quelle heure est-il ?

Le voilà, il est face à moi. Mes yeux supplient. Je pleure toujours.

Il dit :

— Vous méritez votre punition. Et vous le savez, n'est-ce pas ?

Je tente de lui faire comprendre qu'il faut qu'il m'ôte le bâillon, mais ça ne semble pas l'émouvoir.

— Je ne vous l'enlèverai qu'au dernier moment. Je veux vous entendre hurler.

Puis, comme s'il en éprouvait un besoin impérieux, il se lance dans un long monologue. Il parle de sa haine, de ses années de souffrance à ruminer sa vengeance. Il parle de ce carnet où il a listé les noms de tous ceux qui ont droit à sa rancune. Il raconte quelques-unes de ses vengeances. Il sourit à leur évocation, triomphe parfois, content de lui, content de les avoir punis. Il brandit ce carnet dont il semble si fier.

— J'ai attendu d'avoir cinquante berges pour solder

tout ça. Vous êtes douzième sur ma liste. J'ai connu un seul échec jusqu'à présent et nous avons gracié deux personnes. Peu importe, le bilan est très positif... Maintenant, je me sens libéré et, avec vous, ce sera mon apothéose.

Je sais alors, tandis qu'il annonce « deux minutes », qu'il ne m'épargnera pas. Que seul un miracle peut me sauver.

Il triomphe, son carnet tendu.

— Regardez ! Tous les noms sont rayés ! À l'exception du vôtre.

Je ne veux pas voir et détourne les yeux. Il me traite de lâche.

— Il faut assumer ses actes, même les plus vils, monsieur Yannick Lefèvre !

Je tente de lui faire comprendre que je veux lui parler, que c'est important.

Il saisit ma demande mais la balaie :

— Non, nous n'avons plus rien à nous dire.

J'insiste avec la seule force de mon regard. Qu'il comprenne qu'il se trompe, que je ne suis pas le responsable de son malheur.

— Vous me faites honte, dit-il. Je vous méprise.

Il regarde la trotteuse de son portable. Il ironise encore :

— C'était tellement passionnant de discuter avec vous que je vous ai accordé une minute et... dix-huit secondes de rab !

Il coupe les liens qui me retiennent à la chaise. Sa poigne est ferme. Je voudrais résister, me relever, fuir, mais je n'en ai pas la force. C'est terrible à avouer, mais à cet instant, vaincu, je me laisse faire. Je perds espoir que les flics ou le grand frère arrivent à temps.

— Debout, monsieur Yannick Lefèvre ! C'est l'heure de ma rancune.

Il se ravise soudain.

— Avant d'y aller, il y a encore quelque chose dont je dois vous parler.

Il ajoute, narquois, tandis qu'il met ses lunettes noires :

— Asseyez-vous, ce ne sera pas long.

J'obéis. J'aperçois mon 9 mm posé sur la commode, juste derrière moi.

47

Je m'apprête à le relever quand je lui annonce :

— Dominique va assister au spectacle ! Il sera grandiose. Inoubliable. Elle l'attend presque autant que moi !

En cet instant, je me dois de parler d'elle. Je vois bien qu'il tressaille à l'évocation de Dominique.

Ce monstre feint la surprise. Ce n'est pas possible qu'il ignore qui elle est, ce qu'elle représente pour moi. Son enquêteur belge aurait-il mal rempli sa mission ? C'est impossible.

Je peux bien perdre quelques secondes à le lui rappeler :

— Dominique est la femme que j'aime. Elle m'aime aussi… Notre amour dépasse tout ce que j'ai pu connaître dans ma vie. Mais tout cela vous le savez. Votre Balthazar a dû vous parler d'elle, n'est-ce pas ?

Il s'entête à nier d'un mouvement de tête. Ses yeux continuent à m'interroger.

Je poursuis, indifférent à son déni :

— Sans elle, je ne suis rien. Tout ce qui vous arrive, nous l'avons planifié ensemble.

Je m'enflamme :

— Dominique est une femme extraordinaire. Sachez qu'elle a toujours été à mes côtés dans ma vengeance à votre égard. J'ose même dire qu'elle a été votre pire ennemie. Car nous étions deux contre vous… Elle a inspiré chacun de mes actes. Tiens, par exemple, laisser l'adresse du vendeur dans la casquette que j'ai payée avec ma carte bleue… Ce n'était pas une erreur, je l'ai fait exprès pour que vous me trouviez. Dominique a tout programmé. Y compris le piège dans lequel vous êtes tombé comme un con ce matin.

Je me reprends.

— Pardon, comme un « idiot », Dominique n'aime pas quand je suis vulgaire.

J'attrape la photo posée sur le petit guéridon.

— Regardez comme elle est belle. Elle irradie, n'est-ce pas ?

Il me fixe, incrédule. Peut-être a-t-il encore l'espoir d'échapper à son sort.

— Son visage ne vous dit rien ?

Il secoue la tête.

Je conclus :

— Debout ! Et inutile d'essayer d'attraper votre revolver, j'ai jeté les balles… Je ne suis pas totalement idiot, monsieur Yannick Lefèvre !

Il résiste, se débat. Je le saisis par les aisselles. J'ai du mal à le maîtriser tant il s'agite, mais j'y parviens enfin. J'ironise en lui glissant à l'oreille dans un souffle :

— La fin approche ! Allons, soyez à la hauteur de mes quatre étages !

Tandis que je le traîne vers le balcon, ses pieds toujours

entravés, je ne pense qu'à Dominique. Dans quelques secondes elle va m'apercevoir d'en bas. Cette seule perspective suffit à décupler mes forces. Je ne veux pas la décevoir, et surtout pas à ce moment qu'elle a appelé « mon apothéose ».

Il a beau lutter, freiner des pieds, il s'incline face à mon énergie. Le puissant analgésique que je lui ai administré y est pour beaucoup. Il manque de force.

Arrivé sur le petit balcon, je reprends mon souffle. Il est lourd. L'effort m'a épuisé. Je le lâche, il s'effondre sur le béton.

Je lui explique :

— C'est important que nous soyons au quatrième étage. Vous savez pourquoi, n'est-ce pas ?

Il fait non de la tête. Ses yeux supplient.

— Ne faites pas celui qui ne sait pas, monsieur Lefèvre ! Vous êtes pitoyable…

Dominique m'a bien expliqué comment faire :

— Si tu t'appliques, tu n'auras aucun problème. Ce sera un jeu d'enfant.

Hier soir, nous avons répété la scène à plusieurs reprises, avec elle dans le rôle de Lefèvre et moi dans le mien. Nous avons recommencé des dizaines de fois. Dominique trouvait toujours un détail à améliorer. Elle est parvenue à prendre le dessus sur moi à plusieurs reprises, ce qui la rendait furieuse. Je m'appliquais, mais elle me piégeait toujours, jusqu'au moment où elle a annoncé : « C'est parfait. »

J'étais soulagé, nous nous sommes tapé dans la main comme deux adolescents contents d'eux, mais elle a exigé que nous recommencions « pour la dernière fois ». Emportés par un immense éclat de rire, nous ne sommes pas allés au bout de cet ultime essai.

Elle a dit : « Tu es mon champion. »

J'ai répondu sans hésiter :

— Et toi la femme de ma vie. Tu seras fière de ton champion !

Elle a lancé :

— Oublions-le un petit moment, d'accord !

Dominique a refusé que j'ouvre une bouteille de champagne.

— Après, quand ce sera terminé, nous aurons toute la vie pour boire tout le champagne du monde !

Elle avait raison.

— Je la garde au frais !

Puis nous avons regardé une série sur Netflix, un truc de zombies qu'elle a choisi.

— Un bon frisson, et tu seras d'attaque demain !

Cette femme a le don de trouver les mots justes, au moment opportun !

Je me suis souvent demandé si, sans elle, j'y serais arrivé. Elle m'a tant aidé.

N'est-ce pas elle aussi qui a tout organisé pour notre fuite ? Car, en dépit de toutes les précautions, il y a le risque que je sois identifié après l'accomplissement de cette dernière rancune. Autant éviter d'être recherché par toutes les polices de France et de Navarre, comme on dit, et autant profiter de l'existence. Elle est si courte, surtout quand on aime !

Je ne résiste pas au plaisir de dire à Lefèvre que

Dominique et moi allons disparaître et que notre vie sera magnifique loin d'ici.

— Tout est planifié ! Je ne risque absolument rien.

J'ironise :

— Malheureusement, vous ne serez pas témoin de notre bonheur…

En larmes, affalé à mes pieds, il m'écoute, le regard affolé, suppliant. Mais non, monsieur Yannick Lefèvre, vos jérémiades ridicules ne réussiront pas à m'émouvoir.

Je rassemble mes forces pour le relever. J'en ai plus qu'assez de lui, il est temps d'en finir. Je m'apprête à lui enlever son bandeau, lorsque retentit le « ding dong » de la porte d'entrée.

Ce ne peut être Dominique, elle a ses clefs. Je jette un œil sur la montre. Qui peut bien sonner à 18 heures ?

Il retombe sur le béton du balcon, comme une poupée désarticulée. Je lis dans ses yeux une lueur d'espoir, tandis que la sonnette se fait de plus en plus insistante.

— C'est trop tard, dis-je.

Dans le même mouvement, je saisis Lefèvre sous les bras, retire son bâillon d'un geste vif, délivre ses jambes prisonnières et le fais basculer dans le vide.

Le « ding dong » insistant m'empêche de profiter pleinement de son hurlement de terreur.

48

D'où je suis, j'aperçois parfaitement le corps étendu sur la chaussée. Sa jambe droite disloquée semble détachée de son corps au niveau du tronc. Je vois le crâne éclaté, le sang qui s'échappe de sa bouche dans un léger filet. Son visage me fait face. Ses yeux grands ouverts me donnent l'impression réjouissante de regarder vers moi. Comme s'il était encore en vie, alors qu'il est mort, bien mort.

Ainsi s'achève lamentablement la vie d'une ordure, balancée du quatrième étage.

Combien de temps a duré sa chute ? Quelques secondes à peine, mais je me poserai à jamais la question : qu'a-t-il ressenti tandis qu'il tombait ? Toute sa vie a-t-elle défilé durant ces instants, ainsi qu'on le raconte ? À quel moment a-t-il réalisé qu'il allait crever ? Quand je l'ai poussé, quand il a hurlé ? Sa mort a dû être immédiate, mais, au moins, a-t-il souffert en frappant le sol ?

Le cadavre désarticulé attire déjà des curieux. Deux ou trois personnes filment avec leurs portables. La plupart lèvent les yeux vers les étages. Aucun ne me repère, je me suis réfugié derrière la fenêtre de la chambre, d'où je vois tout. Cela n'aurait tenu qu'à moi, je serais resté sur le balcon au lieu de me cacher. Mais Dominique m'a persuadé de rentrer dans l'appartement, de fermer la baie vitrée et de quitter rapidement les lieux.

Je vais lui obéir (il ne me viendrait jamais à l'idée de faire autrement !), mais je veux profiter encore un peu. Je pense l'avoir mérité après ces mois d'efforts. Une douce euphorie, rien de violent, s'empare petit à petit de moi.

C'est comme si je flottais dans un univers apaisant avec le sentiment du devoir accompli. Pour l'exprimer avec des mots simples, je suis heureux.

Je cherche Dominique dans la foule de plus en plus compacte, mais je ne l'aperçois pas. Cette femme a le don de passer inaperçue, ou alors s'est-elle éloignée par prudence et elle m'attend déjà à notre point de rendez-vous !

De nouveaux coups de sonnette me tirent de ma rêverie. Ils m'inquiètent. Et si c'étaient des flics ? Je panique, ils vont m'embarquer et je ne reverrai plus Dominique. Je n'exigerai jamais d'elle qu'elle m'attende vingt ans…

J'hésite à aller ouvrir, je pourrais rester silencieux, attendre qu'ils partent. Mais je doute qu'ils se découragent. Je n'entends aucun bruit de conversation. N'est-ce pas la preuve qu'ils sont à l'affût ?

Finalement, le mieux est de les affronter. Coopérer, nier, tomber des nues, puis à la première occasion leur échapper. C'était le conseil de Dominique dans l'hypothèse où je serais pris, je vais le suivre à la lettre.

J'ouvre, prêt à m'étonner de leur présence.

Ma surprise est totale : c'est ma vieille voisine qui me fait face. À voir ma tête, madame Garnier doit réaliser mon étonnement. Elle s'excuse.

— Je n'ai pas de lumière chez moi… Je voulais juste savoir si c'était pareil chez vous.

J'ai envie de lui répondre : « Évidemment que non, vieille conne. T'as pas entendu mon "ding dong" ? »

Je me retiens. Dominique m'a appris à respecter les personnes âgées, « car, si Dieu nous prête vie, nous finirons tous les deux vieux, sourdingues, pleins d'arthrite et en poussant un déambulateur ! N'oublie pas, nous vieillirons ensemble ! ». Elle plaisantait, bien sûr, Dominique adorait plaisanter. Mais ce n'était jamais méchant. Cette femme était d'une gentillesse infinie.

Voilà maintenant que je parle d'elle à l'imparfait. Je me reprends : « Cette femme est d'une gentillesse infinie. »

49

Je respire. Fausse alerte. Je promets à la vieille de passer voir dans cinq minutes. Elle me dit :

— Elle est jolie, votre casquette New York.

Puis s'étonne :

— Vous avez mal aux yeux, monsieur Desmichelles ?

— Pourquoi ?

— Vos lunettes noires !

J'ai oublié de les enlever…

— Je passe chez vous dans quelques instants.

Visiblement, elle ignore que quelqu'un s'est écrasé en bas de l'immeuble, mais ses fenêtres donnent de l'autre côté. J'attends quelques secondes que sa porte claque. Je saisis mon sac à dos et commence à descendre par l'escalier.

J'ai franchi quelques marches quand j'entends l'ascenseur stopper en couinant à mon étage. Je hâte le pas, m'arrête pour écouter. Cette fois, c'est sûr, ce sont les flics. « À trois secondes près, j'étais bon ! » réalisé-je. Immobile, j'écoute les voix qui parviennent du quatrième.

— T'es sûr que ce n'est pas le mec qui s'est écrasé ?

— Je ne vais pas te le répéter vingt fois. Celui qui

s'est écrabouillé est le connard qui m'a donné l'info. Coulibaly l'a reconnu.

— Si tu le dis.

— Ferme ta gueule !

J'ignore ce que ces types me veulent, mais ils n'ont pas des voix de flics.

Impossible de les apercevoir sans trahir ma présence. Une voix tonne :

— C'est laquelle des portes ?

Ils frappent aux deux. Mme Garnier, qui d'ordinaire regarde toujours par l'œilleton, ouvre sans se méfier, pensant sans doute que c'est moi.

J'entends : « Il est là, ce fumier ? », puis le bruit de la pauvre vieille, repoussée violemment contre sa porte d'entrée. Elle geint, je n'en suis pas certain, mais je pense qu'elle est tombée à terre et ne parvient pas à se relever.

Le « ding dong » puis les bruits des coups contre ma porte indiquent qu'ils la forcent.

« Il faut que tu te tires vite fait », c'est comme si j'entendais le conseil de Dominique. Je reprends la descente des escaliers en prenant bien soin de ne pas faire de bruit et de raser le mur.

Je suis sur le palier du second quand « l'enculé, il s'est barré ! » résonne dans la cage d'escalier. Le type semble fou de rage de m'avoir raté. Je m'applique à demeurer immobile, silencieux. J'entends résonner dans la cage d'escalier un puissant « j'ai la haine ! ».

J'ignore à quoi il fait allusion, pourquoi il me hait, pourquoi il me cherche, mais ce mec doit avoir une sacrée rancune contre moi. Je fais un léger écart pour regarder en haut.

Soudain, l'un d'eux hurle depuis le quatrième :

— Oh, les mecs ! Cet enculé est dans l'escalier ! Il se barre !

— Putain, il me le faut ! hurle celui qui semble être le chef de la petite bande.

Je suis au rez-de-chaussée, je me penche. Mon regard croise celui d'un type vraiment effrayant. D'en haut, il hurle : « Fumier ! » Je le reconnais et je comprends pourquoi il en a après moi : c'est le frère de Lamine M'Baye. Une terreur dans la cité.

Dominique me dirait : « Surtout ne t'affole pas. » Alors je reste calme.

Dehors, je me mêle aux curieux que ne parviennent pas à contenir deux malheureux flics complètement dépassés. Mêlé à la foule, j'ai la conviction que je peux échapper à mes poursuivants. Je les aperçois surgissant du hall. Ils se séparent. Un seul, celui qui m'a repéré dans l'escalier, rejoint l'attroupement.

Pour me donner une contenance, je fais comme d'autres, je filme le cadavre avec mon portable. De près, il n'est pas beau à voir. La tronche éclatée, je le reconnais à peine. Sa jambe droite fait un angle droit au niveau du genou. Il a craché tout son sang, son corps, qui n'est qu'une énorme plaie, baigne dans une mare rouge. Personne ne réchappe d'une chute de quatre étages !

L'horrible spectacle ne semble effrayer personne.

Même des gosses qui se penchent au plus près. Une femme se vante de l'avoir vu tomber. « Il s'est suicidé », affirme-t-elle.

J'espère que Dominique a elle aussi profité du spectacle.

Soudain, les curieux reculent instinctivement, dès que retentissent les sirènes des voitures de police. De celle de tête sort un grand type maigre en costume noir. Nous sommes si proches que je pourrais le toucher.

Je l'entends ordonner :

— Faites-moi dégager tous ces gens ! Ne touchez pas au corps !

Puis, levant les yeux en direction de mon balcon, il dit au jeune type qui l'accompagne :

— Desmichelles l'a balancé de là-haut. Bordel, à cinq minutes près, nous pouvions éviter ça…

— Il était sur notre liste, répond le jeune. Mais pourquoi Lefèvre est allé se foutre dans la gueule du loup ?

J'ai tellement envie de lui répondre « parce qu'il se croyait plus fort que moi ! Il voulait sa revanche. Malheureusement pour lui, il nous a sous-estimés, Dominique et moi ». Je m'abstiens, bien sûr, Dominique n'aimerait pas que je « fasse mon malin ».

L'arrivée des flics fait fuir le type qui est après moi.

Bon, assez traîné, il est temps que je rejoigne la femme que j'aime.

50

J'abandonne ma Twingo, trop voyante, comme me l'a recommandé Dominique et je fais le chemin à pied. Je mets presque deux heures à arriver. J'ai dû emprunter quelques chemins détournés en entendant rugir les sirènes de la police. J'entends Dominique me répéter « sois très prudent ». Je lui obéis.

Le cimetière du quartier des Poissonniers, où nous avons rendez-vous avant de fuir loin, très loin, est plongé dans le clair-obscur de la nuit qui approche. Avec Dominique, nous nous sommes toujours demandé pourquoi ce nom, vu qu'il n'y a pas un seul poissonnier à la ronde…

L'endroit n'a aucun secret pour moi. Comme toujours, il est quasiment désert. J'aperçois seulement un vieux couple à l'autre extrémité. Sur qui s'inclinent-ils tristement ? Un fils décédé trop tôt, avant eux ?

Je viens si souvent, quasiment tous les jours. Il faut vraiment qu'il fasse un temps de chien pour que je renonce. À la longue, Bertrand, le gardien, un trentenaire barbu, est devenu un copain. Parfois, il m'invite dans son minuscule logement à l'entrée pour partager un café. Je dois le saouler tant je lui parle de Dominique, mais il a la gentillesse de ne pas le dire.

Il s'occupe de la tombe quand je m'absente. Il renouvelle le bouquet de roses blanches, ses fleurs favorites, et lustre la plaque de marbre où est inscrit « Amour éternel ».

Bertrand est derrière la vitre de sa loge. D'habitude, il sort pour discuter, là il se contente d'un simple et rapide signe de la main avant de disparaître derrière le rideau de toile grise.

Je pourrais aller à la tombe les yeux fermés, réciter à haute voix les noms de ceux qui sont enterrés de chaque côté de l'étroite allée en gravillon où pas une mauvaise herbe ne pousse. Bertrand entretient son cimetière avec un zèle maniaque.

J'ai rendez-vous ici avec Dominique. Je dépose le bouquet de treize roses blanches que j'ai acheté en venant.

Je lui annonce :

— J'ai fait comme tu m'as dit.

Puis je lui raconte tout dans les moindres détails. Dominique veut tout savoir, que je lui décrive l'état du corps. Je ne lui épargne rien. Elle s'exclame :

— Tu ne l'as pas raté, mon champion !

Je réponds :

— J'ai fait exactement comme tu m'as dit !

Elle rit.

— C'est bien, tu as été très obéissant !

— Comme toujours avec toi !

— Je t'aime !

Nous nous enlaçons. Son cœur palpite. Elle murmure :

— Voilà, tu en as fini avec tes rancunes. Tu es content ?

— Heureux, tout s'est si bien passé. Grâce à toi, mon amour.

— Non, je n'ai rien fait…

— Ne sois pas modeste… Sans toi, je ne serais arrivé à rien !

— Maintenant, tu n'as plus besoin de ton carnet, et si tu me le laissais ?

— C'est aussi le tien. Tu m'as tellement aidé.

— Pose-le et pars, mon amour.

— Il va s'abîmer ici.

— C'est pas grave… Et je l'aurai avec moi.

— Comme tu voudras… Tes désirs sont des ordres !

— Comme toujours ! s'amuse-t-elle.

Avant de le déposer, je l'ouvre et je lis à haute voix avec, je l'avoue, une certaine fierté du travail accompli.

Nom : Yannick Lefèvre.

Âge : 45 ans.

Taille : environ 1,80 mètre. Cheveux châtains, yeux verts, corps musclé. Sportif.

Situation familiale : marié depuis vingt ans à Agnès, avocate fiscaliste. Trois enfants.

Profession : PDG de Lefèvre Conseils, agence de courtier en produits financiers et de placements immobiliers.

Niveau de vie : très élevé.

Adresse : 55, allée Auguste-Renoir, résidence Château-Latour. Duplex avec terrasse de 180 mètres carrés. Cinquième étage.

Véhicules : Lexus hybride premium et Mini Austin (pour madame).
Sa faute : a poussé au suicide Dominique Delaunay, 38 ans. S'est jetée du quatrième étage de l'hôtel New York, à Paris.
Cause du suicide : acharnement moral de Lefèvre (+ parents d'élèves) avec plainte à l'académie. Accusée de mauvais traitements sur sa fille Eva. Plainte injustifiée mais retenue. Lefèvre a fait jouer ses relations !!!
Conséquence : perte de son emploi d'institutrice après des mois de procédure administrative. Dépression sévère suivie de première tentative de suicide (aux médicaments). Internement en HP durant deux ans et demi. N'a pas retrouvé d'emploi dans l'enseignement.
Lefèvre n'a jamais été inquiété ni relié à son suicide.
Préjudice : a détruit un amour infini.

Je demande :

— Tu n'as rien à ajouter, mon amour ?

— Si, s'exclame-t-elle dans un éclat de rire, qu'il l'a bien mérité !

— Tu te souviens comment nous nous sommes rencontrés ?

— Je n'oublierai jamais, mon amour.

Moi non plus. Tandis que mon regard se pose sur les deux cœurs réunis de la plaque de marbre, les souvenirs me reviennent. Puissants.

Je la revois, assise à l'écart de notre groupe de parole, mené par le docteur Leret, notre psychiatre commun. Pendant toute la séance, elle s'est tenue un peu en retrait, silencieuse, incapable d'exprimer sa détresse, mais j'ai vu à quel point elle m'écoutait parler de la mienne.

C'est elle qui, à l'issue de la séance, a noué le contact avec moi. Elle a dit « allons déjeuner ensemble ». Je l'ai suivie, nous nous sommes aimés et ne nous sommes jamais quittés. Malheureusement, quelques mois seulement après notre rencontre inespérée, par la faute de ce salopard de Lefèvre, ses angoisses ont remonté. Cette fois, je n'ai rien pu faire pour la sauver, l'empêcher de plonger dans l'abîme.

J'ai appris bien plus tard qu'elle portait des lunettes noires et son éternel imperméable gris quand elle a sauté du quatrième étage de l'hôtel New York. Elle y a pris une chambre, et il a fallu qu'elle défonce à coups de chaise les vitres impossibles à ouvrir.

J'ai inscrit Lefèvre dans mon carnet des rancunes il y a deux ans. Puis j'ai attendu patiemment mes cinquante ans. On peut vivre avec une rancune tenace, à condition de s'en délivrer un jour.

Il fait un peu frais, je frissonne. Elle dit :

— N'attrape pas froid.

Je rétorque :

— Dans tes bras, c'est impossible !

Nous sommes bien. Je voudrais que cet instant ne cesse jamais.

À l'entrée, une agitation inhabituelle trouble le calme du cimetière. J'aperçois un groupe d'hommes autour de Bertrand. Je reconnais le grand brun, celui qui, tout à l'heure, donnait des ordres en bas de mon immeuble.

Bertrand, à qui je faisais une totale confiance, me

désigne du doigt. Je comprends qu'il m'a dénoncé. Mon nom a dû apparaître partout, à la radio, sur les chaînes d'infos. Il a appelé la police.

— À bientôt, mon amour, dit Dominique.

Je ne tente pas de fuir. Pour aller où… Je réalise seulement que je ne viendrai pas ici retrouver celle que j'aime avant très longtemps.

Je fixe le jeune gardien tandis que les policiers m'entraînent sans m'avoir passé les menottes, tant je me laisse emporter.

Il est jeune, ce gardien. Il aura la cinquantaine quand je sortirai, et moi soixante-dix ans. Alors que, satisfait de lui, il me regarde passer, se doute-t-il que je n'oublie jamais rien ?

Épilogue

Je sors de quarante-six heures de garde à vue. Ils me conduisent, menotté, au palais de justice où, selon leurs dires, je vais être inculpé d'assassinat. Comme si solder une vieille rancune était un assassinat…

Ils ont commencé à éplucher mon carnet trouvé auprès de Dominique. Un avocat commis d'office m'a accompagné durant ces deux jours exténuants, durant lesquels je n'ai fait que m'inquiéter pour la femme que j'aime. « Pourvu qu'ils l'épargnent. » Je ne sais s'ils m'ont cru quand je leur ai dit qu'elle n'avait rien fait. Mon jeune avocat, en dépit de mes protestations, n'a pas voulu intervenir en sa faveur.

J'ai eu le sentiment, durant ces quarante-six heures, qu'ils me regardaient comme une bête curieuse. Mais c'est mon avocat qui m'a déplu le plus. Je ne vais pas le conserver, cet imbécile.

Il a osé mettre en doute mon amour pour Dominique.

Il a eu le toupet de me dire que le mieux serait de plaider la démence.

Dominique ne va pas être contente.

Une question me taraude : et si j'entamais, dès aujourd'hui, un nouveau carnet des rancunes ? J'ai déjà relevé deux noms…

Du même auteur :

Plus fort qu'elle, Calmann-Lévy, 2020 ; Le Livre de Poche, 2021

Le Jour de ma mort, Sonatine, 2019 ; Le Livre de Poche, 2020

Sauvez-moi, Sonatine, 2018 ; Le Livre de Poche, 2019

Ne nous quittons pas, Albin Michel, 2017 ; Le Livre de Poche, 2018

Hortense, Sonatine, 2016 ; Le Livre de Poche, 2017

Scènes de crime. 60 portraits de meurtriers célèbres, Presses de la Cité, 2015

Tu me plais, Le Livre de Poche, 2015

Deux gouttes d'eau, Sonatine, 2015 ; Le Livre de Poche, 2016

Qui ?, Sonatine, 2013 ; Le Livre de Poche, 2014

Grands Criminels de l'histoire, Éditions Radio France Roularta, 2012

Adieu, Sonatine, 2011 ; Le Livre de Poche, 2013

Ce soir je vais tuer l'assassin de mon fils, Anne Carrière, 2009 ; Le Livre de Poche, 2011

La Théorie des six, Anne Carrière, 2008 ; Le Livre de Poche, 2010

La Femme du monstre, Anne Carrière, 2007 ; Le Livre de Poche, 2009
La France qui gagne, Liber, 1996
Gens de l'Est, La Découverte, 1992
La Longue Peine, Calmann-Lévy, 1989

PAPIER À BASE DE FIBRES CERTIFIÉES

Le Livre de Poche s'engage pour l'environnement en réduisant l'empreinte carbone de ses livres. Celle de cet exemplaire est de :
550 g éq. CO_2
Rendez-vous sur www.livredepoche-durable.fr

Composition réalisée par Soft Office

Achevé d'imprimer en France par
CPI BUSSIÈRE (18200 Saint-Amand-Montrond)
en mars 2023
N° d'impression : 2070915
Dépôt légal 1re publication : février 2023
Édition 02 - mars 2023
LIBRAIRIE GÉNÉRALE FRANÇAISE
21, rue du Montparnasse – 75298 Paris Cedex 06

47/8910/2